SAINT JUSTICE

CHRISTOPHER-WREN-THRILLER
BUCH 1

MIKE GRIST

SHOTGUN
B O O K S

SHOTGUN BOOKS
www.shotgunbooks.com

1

QOTL

CHRIS WREN STAND unter der sengenden Sonne Mexikos in einer ausgetrockneten Schlucht und fragte sich, wie viele Tote es wohl noch brauchen würde, um der CIA ein für alle Mal den Rücken zuzukehren.

Vielleicht dreißig. Vielleicht aber auch nur einen.

Die abschüssigen Hänge der Schlucht bündelten die brütende Mittagshitze wie eine Linse, und Wren nahm seine Sonnenbrille ab, um die sonnenverbrannte Landschaft in Augenschein zu nehmen. Auf der linken Seite wucherte lediglich verkümmertes Wüstengestrüpp im rostroten Sand, während sich auf der rechten Seite ein paar weit ausladende Ocotillos in Richtung der orangefarbenen Felsen erhoben. Die Gegend war nichts weiter als irgendein beliebiger Fleck in der Sonorawüste, hundertfünfzig Kilometer südlich der Grenze zu den USA.

Ein paar Kilometer weiter mündete die Schlucht in eine Wüstenebene unter einem unnatürlich blau leuchtenden Himmel. Gerade drängte sich eine winzige Staubwolke ins Sichtfeld, die wie ein fernes Signalfeuer emporstieg.

Endlich kamen die Fahrzeuge an.

Wren legte eine Hand auf seine Pistole, eine Sig Sauer P320 ACP .45. Acht Schuss pro Magazin, unglaublich leistungsstark und mit einem gewaltigen Rückstoß, aber nichts, das er mit seinen 1,90 Metern Körpergröße, seiner kräftigen Statur oder seinem Gewissen nicht hätte vereinbaren können.

„Agent Wren", meldete sich eine Stimme in seinem Headset. Der Knirps, wie Wren ihn nannte. Samuel Regis, 27 Jahre alt und Sohn eines Senators. Er war im Eiltempo zur CIA geholt worden, und zwar mit höherem Dienstgrad als Wren, gerade als sein Vater sich für eine Präsidentschaftskandidatur bereitgemacht hatte. Eine politische Entscheidung.

„Für dich immer noch Officer", knurrte Wren.

„Sicher, Officer", räumte Regis mit seinem schmierigen Harvardakzent ein. „Hast du sie schon gesehen?"

„Ja, ich sehe sie", bestätigte Wren. „Die Vorhut des Qotl-Kartells ist im Anmarsch. Voraussichtliche Ankunft in fünf Minuten."

„Bleib jetzt ganz locker. Das ist ein Riesending."

Wren sparte sich eine Entgegnung. Mit zwanzig Jahren Erfahrung auf dem Buckel hört man nicht unbedingt auf Neulinge. Das war ohnehin seine Mission gewesen, bis sich der Senator eingemischt hatte. Es hätte ein einfacher Antiterror-Deal unter der Mithilfe der Qotl unter der Leitung von Don Mica sein sollen. Wren wusste alles über Mica, immerhin hatte er ihn schon einmal fast aus dem Weg geräumt. Der Don war berüchtigt dafür, seine Feinde lebendig an tollwütige Hunde zu verfüttern.

Don Mica war zwar kein idealer Mitstreiter, aber Wren bewegte sich schon seit zwanzig Jahren im Graubereich. Das Qotl-Kartell schmuggelte Drogen und sorgte für Unruhe an der Grenze, aber sie führten keine Terrorkriege oder sprengten Gebäude in die Luft. Das allein hätte sie für Wren schon quasi zu Verbündeten gemacht.

Dann hatte sich der Senator eingemischt, sein Sohn war ins Spiel gekommen, und Wrens Deal war geplatzt.

Und jetzt war er wieder allein unterwegs, um erneut den Drogen den Kampf anzusagen. Er sollte dem Qotl-Kartell einen Denkzettel verpassen. Don Mica aufmischen Dafür hatte er einen

Großteil seiner Informanten verheizen müssen, und das alles auf Geheiß eines Taugenichts, der stets nur mit dem silbernen Löffel gefüttert worden war und sich noch nie die Hände schmutzig gemacht hatte.

Wren kaufte ihm nichts davon ab. Das hatte er von Anfang an nicht. Der Senator führte irgendwas im Schilde.

Regis ergriff das Wort. „Für den Fall ...“

Da unterbrach Wren kurzerhand die Verbindung. Die Staubwolke war jetzt deutlich dichter. Noch vier Minuten. Er hatte bereits einige Vorsichtsmaßnahmen getroffen. Nun zog er sein Handy heraus, stellte die Verbindung zu seinem Headset her und wählte eine Nummer aus dem Gedächtnis.

„Hector“, sprach er.

„Christopher Wren, mein Junge!“, krähte Hector Gutierrez in die abhörsichere Leitung. Gutierrez war ein Informant des Qotl-Kartells, den Wren vor fünfzehn Jahren kennengelernt hatte, als er das erste Mal verdeckt gegen das Kartell vorgegangen war. Er war Baja-Mexikaner, der zur Hälfte in L.A. und zur Hälfte in den Elendsvierteln der Halbinsel aufgewachsen war, mit diamantbesetzten Zähnen, tränenförmigen Tattoos auf den Wangen und eigenartigerweise mit roten Hosenträgern, ohne die er nirgendwo hinging. „Was du nicht weißt, kann dich umbringen, Alter.“

Wren knurrte: „Meinst du, ich wüsste nicht, was da auf mich zukommt?“

„Das Letzte, das ich gehört habe, ist, dass Santa Justicia bald den Löffel abgibt.“ Gutierrez klang viel zu begeistert von dieser Aussicht. Und dann war da noch dieser Spitzname. ‘Santa Justicia’, oder ‘Saint Justice’ – der Heilige der Gerechtigkeit. Wren biss die Zähne zusammen. Ein bescheuerter Name, aber man konnte sich schließlich nicht aussuchen, wie man genannt wurde.

„Willst du damit sagen, dass meine Leute mich verarscht haben?“, fragte er während er die ankommenden Fahrzeuge im Blick behielt. Sie sollten sich jetzt in Reichweite der

Scharfschützen des Knirps befinden, aber wenn das Ganze ein abgekartetes Spiel war, würden die Scharfschützen unter keinen Umständen das Feuer eröffnen.

„Vielleicht ja", stichelte Gutierrez. „Es heißt ohnehin, dass du abgeschrieben bist, Kleiner. Don Mica entsorgt bekanntlich liebend gern den Müll der CIA. Zwei Fliegen mit einer Klappe, verstehst du?"

„Drei Minuten", erwiderte Wren. „Gib mir irgendwas Stichhaltiges oder hör auf, meine Zeit zu verschwenden."

Gutierrez lachte: „Irgendwas Stichhaltiges, pendejo, wie zum Beispiel ein Messer zwischen die Rippen? Was denkst du denn, was ich weiß?"

Wren beobachtete die heranrollenden Trucks. Ein Humvee. Dazu ein paar schwere schwarze Trucks, wie eine Wagenkolonne des Präsidenten. Hinten dran ein schwarzer Kastenwagen, der mit ausgehungerten Hunden vollgestopft sein konnte. Vielleicht wollte Mica ja zusehen, wie „Santa Justicia" bei lebendigem Leibe aufgefressen wurde.

„Sieht aus, als hätte Mica seine Hunde mitgebracht", stellte Wren fest. „Was hat er hier vor, Hector?"

„Mit ihnen Gassi gehen?", riet Hector. „Ich habe gehört, dass die Sonorawüste um diese Jahreszeit besonders schön sein soll."

Wren verzog das Gesicht. Gutierrez war zwar ein Vollidiot, aber zum Pech für Wren war er der einzige Idiot, den er in dieser Notlage hatte.

„Betrachte es doch mal so, Hector. Wenn ich den Hunden zum Fraß vorgeworfen werden soll, rate mal, was passiert, wenn ich deinen Namen fallen lasse, während ich ins Gras beiße?"

„Das würde wohl kein gutes Ende nehmen", lachte Gutierrez. Der Mann war geradezu übermütig, weil er Wrens Leben in seinen Händen hielt. Vielleicht war er aber auch bloß von seinem eigenen Zeug high. „Gut, dass ich nicht dabei bin."

„Du hast eine Minute Zeit, Hector. Meine Zunge sitzt heute ziemlich locker. Jetzt oder nie."

Gutierrez wartete ab, und der Humvee kam schon die Schlucht

hinauf, auf beiden Seiten flankiert von den Trucks. Genauso hätte Wren auch ein hochrangiges Ziel wie sich selbst ausgeschaltet. Maximaler Overkill.

„Triff eine Entscheidung", mahnte Wren. „Aber denk daran: Wenn ich hier lebend rauskomme, bist du geliefert."

„Also gut", erwiderte Gutierrez und klang dabei leicht gelangweilt, „aber nur, weil du so nett gefragt hast. Ich habe da möglicherweise ein paar Unterlagen."

„Was für Unterlagen?"

„Ganz unerfreuliche. In denen steht, dass Don Mica einen Deal mit Regis ausgehandelt hat, um einen Putsch in Argentinien anzuzetteln. Politische Scheiße eben, die nur dazu gedacht war, ein paar schlechte Schlagzeilen hervorzurufen. Das Ziel war, Regis dabei zu helfen, Präsident zu werden, indem man seinen Gegner fertigmachen würde." Gutierrez holte tief Luft. „Alles war schön und gut, bis Regis kalte Füße gekriegt und den Schwanz eingezogen hat. Und jetzt ist Mica sauer. Ich habe ihn gesehen, er ist schon seit Wochen stinkig, Chris. Erzählt allerhand wirres Zeug vom Drogenkrieg und davon, Regis als korrupten Scharlatan zu entlarven." Daraufhin folgt eine kurze Pause. „Sieht ganz so aus, als wärst du das Friedensangebot."

Wren schnaubte. Friedensangebot bedeutete Opferlamm, nur um das Kartell zu besänftigen. Das war ja klar. So würde man ihn ganz leicht in den Ruhestand schicken, während seine Führungsoffiziere beim CIA einfach wegschauen würden. „Wenn du mich anlügst, weißt du, was dann passiert?"

„Warum sollte ich lügen, Christopher?", erwiderte Gutierrez. „Dann würde er doch bloß die Hunde auch auf mich hetzen."

Das stimmte. Wren beendete den Anruf und trat einen Schritt vor.

Die Trucks hielten an. Soldaten des Kartells stiegen aus, kräftige Kerle mit Gewehren, die direkt auf Wren gerichtet waren. Don Mica folgte Sekunden später, ein stämmiger, energischer Mann in den Fünfzigern mit einer Glatze und einem dichten, schwarzen Bart. Wren überschlug die Zahlen. Mica war etwa 100

Meter entfernt. Ein machbarer Schuss mit der Sig .45, aber nicht ganz so einfach, wenn Wren bereits von etwa zwanzig Kugeln aus den auf ihn gerichteten Gewehren niedergestreckt werden würde.

„Don Mica", rief er, „ich höre, du bist gekommen, um mich kaltzumachen."

Der Don hob eine Hand zur Begrüßung und sprach in einem tiefen Ton mit honduranischem Akzent. „Christopher Wren. Ich habe alles über dich gehört. Sieht ganz so aus, als wärst du ein Faustpfand in diesem Spiel, das ich nur allzu gerne einlösen würde."

Wren lächelte und trat ein paar Schritte näher. „Löse mich ruhig ein, dann lässt mein Team eine Bombe fallen. Sieh nur nach oben, wenn du möchtest. Eine Predator-Drohne, Klasse C, kreist in zehntausend Fuß Höhe, obwohl du sie nie entdecken wirst. Hellfire-Rakete, hundert Meter Explosionsradius, die ganze Schlucht wird zu einem Krater. Wenn du mich umlegst, gehen hier die Lichter aus. Ein Drogenkurier weniger, um den man sich kümmern muss."

Der Don blickte nicht in den Himmel, obwohl einige seiner Männer das taten. Stattdessen lächelte er zurück. „Ich habe schon von deinen Tricks gehört." Seine tiefe, nasale Stimme passte hervorragend zu der staubigen Wüstenkulisse. „Bluffs und Taschenspielertricks sind bloß was für die Touristen in Las Vegas. Aber hier gibt es keine Hinterwäldler. Hier gibt es nur Zähne."

Er gab ein Zeichen, und die hinteren Türen des Kastenwagens öffneten sich. Ein wildes Gebell ertönte, als eine Gruppe von Hunden mit Schaum vor dem Mund auftauchte und an ihren Leinen zerrte.

Das Ganze sah wirklich übel aus.

„Vielleicht bluffe ich ja", meinte Wren. „Es gibt nur eine Möglichkeit, das rauszufinden. In der Zwischenzeit lass mich eins klarstellen. Vor einiger Zeit hätte ich fast einen Auftrag der CIA angenommen, um dich zu erledigen, aber das habe ich nicht. Jetzt hat Regis deinen Coup vermasselt, und du fühlst dich im Stich gelassen. Das kann ich ja verstehen, aber irgendwie versuchst du nicht, ihn oder seinen Sohn zur Rechenschaft zu ziehen, der gerade mal einen Kilometer weit weg ist. Stattdessen versuchst du es bei mir."

Mica hob eine Augenbraue. „Du bist ja bestens informiert. Mir gefällt, wie clevere Kerle ins Gras beißen. Immer auf der Suche nach einem letzten Ausweg." Er hielt einen Augenblick inne und überlegte. „Aber der Sohn. Du sagst, er ist hier?"

Wren deutete mit der Hand. „Einen Kilometer in diese Richtung. Seine Leute haben meine übliche Verstärkung abgezogen und mich allein losgeschickt. Wenn du mich fragst, hätte er nie hierherkommen dürfen, aber ich schätze, er wollte etwas 'Erfahrung auf dem Schlachtfeld'." Wren machte Anführungszeichen in die Luft. „Du weißt ja, wie das läuft."

Mica stieß ein Schnauben aus. „Der General auf dem Hügel. Reiche Säcke schicken immer die Ärmeren in den Kampf."

„Und ich bin bettelarm. Bin in einem Erdloch geboren und von Wölfen aufgezogen worden. Ich schätze, bei dir ist es das Gleiche."

Die Hunde bellten jetzt wie verrückt. Don Mica musterte Wren. Dann stellte er seine eigenen Überlegungen an: „Wenn ich dich am Leben lassen und stattdessen den Sohn jagen würde, hätte ich es mit einem US-Senator zu tun."

Wren betrachtete das als Fortschritt. Der Typ hörte zu, und damit war die Hälfte der Arbeit getan. „Entweder du willst deine Rache oder eben nicht. Ich habe den Vertrag über dein Leben nie angenommen, und weißt du auch, warum? Aus demselben Grund, aus dem ich hierhergekommen bin. Um einen Deal auszuhandeln. Die Idee mit dem Putsch war bescheuert, ein ganzes Land für den politischen Ehrgeiz eines einzigen Kerls zu verbrennen." Er ließ einen Augenblick verstreichen. „Und das weißt du ganz genau. So wie ich. Ein Bürgerkrieg ist zwar klasse für Waffenhändler, aber nicht ganz so toll für das Drogengeschäft, habe ich recht?" Mica sah ihn bloß an. „Der Coup war Regis' Sache, und der hat dich verarscht. Nicht ich."

Einen Augenblick lang herrschte Schweigen.

„Oder schieb mir die Schuld in die Schuhe", fuhr Wren fort, „und alle hier werden davon berichten, was sie gesehen haben. Dass du von einem amerikanischen Marionettenspieler abgezogen worden bist. Dass dir Rache und Ehre einen Dreck bedeuten, wenn's ums große Geld geht. Dass du dich für ein paar Dollar verraten und verkauft hast."

Mica nickte langsam. „Das entspricht eher deinem Ruf. Der Überredungskünstler. Sag mal, ist da wirklich eine Drohne über uns?"

„Lass die Hunde los und sieh selbst. Ich schätze, sobald sie mich erreicht haben, sind es noch zwanzig Sekunden bis zum Aufprall. Meinst du, du kannst die Schlucht rechtzeitig verlassen?"

Mica kratzte sich am Bart.

„Die CIA hat viele Hände", fuhr Wren fort, „und keine weiß, was die andere tut. Ich hätte doch niemals zwanzig Jahre durchgehalten, wenn ich nicht jeden Winkel im Auge behalten hätte. Denkst du, ich will hier sterben?"

Mica zog eine dicke Zigarre heraus und rollte sie zwischen zwei Fingern. „Du meinst, ich soll Regis ausschalten und dich am Leben lassen." Dann hob er die Zigarre an und roch an ihr. „Damit würde ich dir einen Gefallen tun."

„Falsch", drängte Wren. „Ich tue dir den Gefallen. Du willst doch die Leine festhalten und nicht selbst der Köter sein, oder? Wenn du dich mit mir verbündest, machen wir einen Deal auf Augenhöhe. Aber wenn du dich mit ihm einlässt, lässt er dich zuerst aushungern, und schickt dich dann zu den anderen Dons, um weitere Bürgerkriege anzuzetteln, sobald er Lust dazu hat. Unruhen südlich der Grenze. Regis schlägt alles nieder, und du bist er Erste, dem er den Kopf abschlägt. Das macht sich doch gut für seine Präsidentschaftskandidatur. Er hat dich schon einmal verarscht, das nächste Mal lässt er dich über die Klinge springen."

Ein Augenblick verstrich. Wrens Leben stand auf dem Spiel, aber die Gleichung hatte sich gerade verschoben. Die

Wahrscheinlichkeit, dass es dreißig Tote geben würde, war jetzt geringer. Wahrscheinlicher war, dass es nur einer sein würde.

„Wen willst du also als deinen Geschäftspartner?", schloss Wren.

Mica wedelte mit der Zigarre. „Einen, der Befehle annimmt. Also gut. Hier ist mein Gegenangebot. Ich überlasse dir das Feld, Christopher Wren. Dem sagenumwobenen Santa Justicia. Mach den Sohn des Senators kalt und bring die Sache in Ordnung. Setze ein Zeichen für mich."

Wren schüttelte den Kopf. „Ich nehme keine Befehle entgegen. Ich mache Geschäfte. Wenn ich ihn umlege, ist mein Teil erledigt. Zu Recht, schließlich hat er mich gerade abserviert. Aber du forderst das Ganze für dich ein. Das hilft uns beiden. Deinem Ruf. Und auch meinem."

Don Mica zuckte mit keiner Wimper. „Das bedeutet Krieg."

„Es herrscht doch bereits jetzt Krieg", antwortete Wren. „Es sei denn, du bist scharf darauf, Regis' Schoßhündchen zu sein."

Mica runzelte die Stirn. Dann stopfte er die Zigarre ungeraucht zurück in seine Jackentasche. Er nickte: „Du hast zehn Minuten Zeit. Danach holen wir uns jeden, der noch übrig ist."

„In fünf Minuten ist alles erledigt", antwortete Wren. „Gib mir Rückendeckung."

Er machte kehrt und rannte los. In Sekundenschnelle hatte er den Rand der Schlucht erreicht und war schon dabei, über das Handy eine Verbindung zum Knirps herzustellen. Hinter ihm brach ein Sturm von Gewehrfeuer los.

„Ich bin am Rückzug!", rief Wren in die offene Leitung, während er mit Volldampf durch den Wüstensand sprintete. „Don Mica schießt aus allen Rohren, hier ist irgendwas faul, wir müssen sofort raus hier!"

Es vergingen Sekunden. Regis fragte sich wohl gerade, was da schiefgelaufen war. „Agent Wren, wiederhole, wir hören Geschützfeuer. Bist du unter Beschuss?"

„Ihr hört Schüsse, was?", bellte Wren. „Sie treiben mich nach

Süden; ich brauche sofort einen Helikopter, um hier wegzukommen. Der Typ hat wilde Hunde!"

Eine weitere lange Sekunde. Süden lag in der entgegengesetzten Richtung zum Versteck der Heckenschützen, einer getarnten Hütte, die auf einem niedrigen Hügel in der hügeligen Wüstenlandschaft stand. Wren war zwar nicht in Richtung Süden unterwegs, aber das konnten sie ja nicht wissen. Er hatte die Schlucht und sogar den Standort des Verstecks ausgesucht und sich selbst einen Weg geschaffen, den er ungesehen nehmen konnte. Regis hatte das alles übersehen, zu arrogant oder zu unerfahren, um zu ahnen, dass sein eigenes doppeltes Spiel in die Hose gehen könnte.

„Ich checke das mal", sagte Regis.

Wren rannte weiter und warf sich in dem Augenblick, in dem er in ihrem Sichtfeld auftauchte, nach vorne und robbte durch die verbrannte Erde. Er hatte alles ausgekundschaftet. Es gab hier ausreichend Deckung durch das Gestrüpp, sodass er direkt hinter ihnen auftauchen konnte, ohne dass sie ihn sahen. Sie würden nie erfahren, dass er unterwegs war.

„Was in aller Welt checkst du da?", schrie Wren, während er weiter den Schein aufrechterhielt. „Holt mich da raus!"

„Verstanden", antwortete der Knirps. „Ich schicke sofort einen Hubschrauber los. Wenn du noch zehn Minuten durchhältst, haben wir dich da rausgeholt."

„Habe ich schon erwähnt, dass sie Hunde haben?", rief Wren und ließ seinen unruhigen Atem vernehmen. Er hatte ihn schon so gut wie in der Tasche. Schnell sprang er wieder auf die Beine. „Ich habe zwar einen erwischt, aber der hat mich ziemlich übel zugerichtet. Sein verdammter Zahn steckt in meinem Hintern fest!"

„Bleib am Leben, Agent Wren, das ist ein Befehl!"

So ein Quatsch. Wren hatte das von Anfang an erkannt. Der Knirps war ein Idiot. Und sein Vater war ein noch größerer Schwachkopf. Man setzte nicht alles auf Männer, die zu allem bereit waren. Wenn Regis seinen bescheuerten Coup gewollt hatte, hätte er die Sache auch durchziehen müssen.

Der Knirps hatte jetzt nicht mehr viel Zeit. Aus der Schlucht ertönten nun weitere Schüsse. Die Hunde liefen wie wild umher. Don Mica zog eine beeindruckende Show ab.

„Moment, einer der Hunde scheint nach Norden zu kommen", rief Kid. Zweifellos beobachtete er sie durch ein Scharfschützengewehr.

„Glaubst du, das interessiert mich?", rief Wren und rannte den Hang hinauf. Das Versteck lag direkt vor ihm. Zehn Männer, alles in allem. Genug, um die Sicherheit des Sohnes eines Senators zu gewährleisten. „Ich habe verfluchte Zähne im Arsch; da werde ich doch nicht jedes durchgeknallte Haustier in der Sonora im Auge behalten!"

„Stimmt, aber …"

Und schon war Wren da. Er durchstieß den braunen Tarnstoff und sah sich Leuten vom CIA gegenüber, die er erst ein paar Stunden zuvor kennengelernt hatte und die alle vom Senator handverlesen worden waren. Jetzt waren sie alle am Verrat beteiligt: Drei saßen um einen Laptop herum, vier standen am Scharfschützenstand und blickten auf die Schlucht hinunter, während zwei Scharfschützen Seite an Seite mit einem Beobachter und Regis zwischen ihnen standen.

Alle blickten in die falsche Richtung. Sie alle warteten auf den Augenblick, in dem das Qotl-Kartell Christopher Wren ausschaltete.

Es dauerte nur eine Sekunde. Wren bewegte sich zu Regis hinüber, hielt ihm die Sig .45 an den Hinterkopf und hielt eine Millisekunde inne. Der Knirps hatte ihn verkauft. Schlimmer noch, er hatte die Sicherheit seines Landes für den politischen Ehrgeiz seines Vaters in den Wind geschossen, und es gab kein größeres Verbrechen.

Eine halbe Sekunde, und Wren drückte ab, bevor der Knirps überhaupt wusste, wie ihm geschah. Kein Grund für Gerede. Das Urteil war vollstreckt.

Dann wirbelte Wren herum. Er ließ die Sig an seinem Zeigefinger hängen. Schon waren die Pistolen auf ihn gerichtet.

„Wolltet ihr mich alle verpfeifen, oder habt ihr nicht gewusst, dass das passieren würde?", fragte Wren und ließ seinen Zorn durchschimmern, als er einem nach dem anderen in die Augen blickte. „So oder so, die Hunde sind auf dem Weg. Wollt ihr sterben, wenn das Qotl-Kartell hier antanzt, oder wollt ihr am Leben bleiben?"

Niemand gab einen Schuss ab.

„Das habe ich mir schon gedacht. Ihr habt mich hier über den Tisch gezogen. Tut das nochmal, und ich komme euch holen. Und jetzt verschwindet."

Er lief den Weg zurück, den er gekommen war. Er traute es Don Mica zu, jeden zu erledigen, den er in der Nähe fand. Nicht Wrens Kaffee.

Zwanzig Jahre Dienst. Und am Ende hatte es nur einen Toten gebraucht. Ein ziemlich guter Deal.

2

AUS

EINEN FLUG, Schlaf, eine Dusche und einen neuen Anzug später saß Wren vor dem Büro seines Vorgesetzten Gerald Humphreys, dem Direktor für Sondereinsätze bei der CIA, in Manhattan. Von der Einrichtung her sah es hier wie in einem hippen Smartphoneladen aus, mit jeder Menge Schiefer an den Wänden, verchromten Schreibtischen und hellem Holzfußboden.

Nun war er bereit dazu. Noch nie in seinem Leben war er sich einer Sache so sicher gewesen. Es war an der Zeit. Zwanzig Jahre lang hatte er die Wahrheit verheimlicht: Hatte seiner Frau erzählt, dass er monatelang auf Geschäftsreise gewesen war; hatte sich Ausreden einfallen lassen, warum er seine Kinder nicht jeden Abend anrufen konnte; hatte den Nachbarn beim Grillen am Wochenende irgendwelche Lügengeschichten über den Stand der kasachischen Öltermingeschäfte aufgetischt – seine Tarngeschichte als internationaler Hedge-Fonds-Händler.

„Kommen Sie schon", ertönte Director Humphreys' tiefe, gebieterische Stimme.

Wren erhob sich. Dann trat er ein. Selbst im Anzug und ohne seine Sig .45, mit kaum gebändigten Haaren und seinem struppigen, schwarzen Bart, der zusammengebunden war, gab er eine imposante Figur ab. Größer als Humphreys, der sich selten die Mühe machte, aufzustehen.

Doch diesmal tat er es. Er sah so blass aus wie ein Leichnam, der gerade aus seinem Sarg geschlüpft war und sich aufrecht an die cremefarbene Wand mit den fünf kupferfarbenen Sternen gelehnt hatte. Wie die Sterne in Langley, erkannte Wren, wo jeder Stern für einen gefallenen CIA-Agenten stand, auch wenn dies Humphreys' eigene waren. Eine Wand der Ehre oder der Schande; er hatte nie danach gefragt.

„Ich kann Sie nicht gehen lassen, Christopher", stellte Humphreys fest.

Wren musterte ihn. Humphreys war Ende fünfzig, aber sein einziges Zugeständnis an einen persönlichen Stil war sein dichter Schnauzer, der messerscharf gestutzt war. Er war alt genug, um darüber nachzudenken, seine Sachen zu packen oder den nächsten Schritt auf der Karriereleiter zu wagen, zum Leiter der CIA oder in die Politik.

Wren setzte sich kurzentschlossen hin. „Wollen Sie mir nicht einen Whisky anbieten und über die alten Zeiten quatschen?"

Humphreys warf ihm einen strengen Blick zu, setzte sich jedoch nicht. Er war ein Verfechter von Regeln, zumindest meistens. In den letzten fünf Jahren war er maßgeblich an Wrens Einsätzen beteiligt gewesen. Er hatte über Wrens psychologisches Profil hinweggesehen und war scharf darauf gewesen, den weltbesten Spezialisten für verdeckte Operationen in sein „Special Operations"-Team zu holen; eine Legende auf dem Gebiet, und ein Schreckgespenst für Amerikas Feinde.

Saint Justice.

„Ich habe gehört, dass Sie möglicherweise den Sohn des Senators auf dem Gewissen haben", antwortete Humphreys, wie ein Schuss vor Wrens Bug.

Wren winkte ab. „Das war das Qotl-Kartell. Die ganze Sache war ein abgekartetes Spiel. Wer behauptet das Gegenteil?"

Humphreys blinzelte und blieb stocksteif stehen. „Ich weiß, dass Sie es waren."

„Dann verpfeifen Sie mich doch. Stellen mich vor ein Kriegsgericht. Wir sollten die ganze Sache hochgehen lassen. Und dabei auch gleich Regis Senior zu Fall bringen. Vielleicht auch Sie, wenn Sie irgendwas damit zu tun gehabt haben?"

Humphreys wurde noch blasser, er schien jetzt schon fast durchsichtig. „Wie können Sie es wagen, mich zu beschuldigen?"

„Das ist nicht schwer", erwiderte Wren. „Vor vierundzwanzig Stunden war ich noch in einem Canyon und habe einem Haufen bis an die Zähne bewaffneter Qotl ins Gesicht geschaut. Im Vergleich dazu sind Sie ein Kinderspiel."

Humphreys' Fingerknöchel wurden weiß. Er war bereit, loszuschlagen und seinen Plan in die Tat umzusetzen, um Wren für immer zum Schweigen zu bringen.

„Sie wissen, dass es so kommen musste", fuhr Wren fort. „Ich bin raus. Entlassen Sie mich unehrenhaft, wenn es sein muss, und hängen Sie sich einen weiteren Stern an Ihre Wand. Niemand wird je davon erfahren, so oder so. Aber es wird langsam Zeit. Ich habe eine Familie. Auf die muss ich mich jetzt konzentrieren."

Humphreys lachte, tief und rau. „Es spielt keine Rolle, dass Sie eine Frau haben, Wren, oder gar Kinder. Sie sind doch alles andere als ein Familienmensch."

Wren zuckte mit den Schultern. Mit solchen Beleidigungen kam er klar. Er war nicht so weit gekommen, ohne einen Plan zu haben, wie er die Sache durchziehen wollte. „Dann lassen Sie mich doch verschwinden. Stecken Sie mich in irgendeinen Knast südlich der Grenze. Das fällt dann bloß auf Sie zurück."

Humphreys runzelte die Stirn. „Wie das?"

Wren deutete auf ihn. „Ihr Stern ist doch überhaupt erst meinetwegen aufgegangen. Ich habe mehr offene Terrorfälle aufgeklärt als jeder andere in der Geschichte der Firma. Habe mehr Dschihadisten, Sekten, Kartelle, Gangs und einheimische Terroristen zur Strecke gebracht, als Sie überhaupt auf dem Kieker haben. Wenn Sie mich zu Fall bringen, verschwindet das alles ebenfalls. Ihre glänzende Bilanz. Keine Spitzenposition im

Direktorium für Sie. Keine führende politische Rolle. Wren schnippte mit den Fingern. „Erledigt."

Da wurde Humphreys stinksauer. „Ich hätte Sie nie einstellen dürfen."

„Dann schmeißen Sie mich doch raus. Machen Sie es uns beiden leicht. Wir gehen ab heute getrennte Wege und laufen uns nie wieder über den Weg. Was sagen Sie dazu?"

„Der letzte Teil klingt hervorragend", stieß Humphreys zwischen zusammengebissenen Zähnen hervor. „Am liebsten würde ich Ihren Namen nie wieder hören."

„Geht mir ganz genauso", antwortete Wren. „Da bin ich dabei."

Danach ging das Treffen ziemlich schnell vorbei.

Auf der Heimfahrt fühlte sich Wren wie betäubt. Raus aus der Innenstadt von Manhattan nach Great Kills, Staten Island. Das Ende einer Ära. Aber es fühlte sich richtig an. Er konnte einfach nicht weiter lügen. Seine erste Pflicht galt seiner Frau und seinen Kindern.

Sie erwarteten nicht, dass er so schnell nach Hause kommen würde. Laut seiner Tarngeschichte hielt er sich gerade in Thailand auf, wo er ein Bankgeschäft abschließen wollte. Er hielt an einem Coffee Shop an und kaufte Kuchen. Welchen mit blauem Zuckerguss für Jake, rote Zimtschnecken für Quinn und eine Flasche Rotwein, einen Shiraz, für Loralei.

Ihr Haus war ein wunderschönes, geräumiges Einfamilienhaus mit Blick auf den Siedenburg Park am Rande von Staten Island. Im Winter schimmerte der See wie eine Perle, im Frühling standen die Sassafrasbäume in gelben Blüten.

Als er die Auffahrt hinauflief, pochte sein Herz, so, als wäre er wieder kurz davor gewesen, seiner Frau einen Antrag zu machen. Es Humphreys zu sagen, war eine Sache, aber Loralei reinen Wein einzuschenken, würde etwas ganz Anderes sein. Dass er mehr zu Hause sein würde. Dass er mehr Zeit in die Therapie investieren würde, um mit seinen nächtlichen Angstzuständen fertig zu werden. Sie kannte nur einen winzig kleinen Teil seiner

Vergangenheit: dass er ein Waisenkind gewesen war, das darum gekämpft hatte, seinen Platz in der Welt zu finden. Mehr hat er niemandem erzählt.

Auf der Treppe stellte er fest, dass er irgendwo seine Hausschlüssel vergessen hatte, vielleicht hatte er sie ja mit all seinen Koffern auf dem Flughafen gelassen, nachdem er aus Mexiko zurückgekommen war. Er war ganz außer Atem. Sein Blick richtete sich auf den Türspion und er fragte sich, was sie wohl denken würde. Dann fluchte er leise: Blumen! Er hatte die Blumen vergessen. Aber der Kuchen und der Wein würden reichen.

Er klopfte.

Und die Tür öffnete sich.

Aber es war nicht Loralei.

3

WAS DU SÄST

A<small>LS ER DIESE</small> Frau in der Tür stehen sah, brannten bei Wren kurz die Sicherungen durch.

Vielleicht hatte seine Frau ja ein Dienstmädchen eingestellt? Vielleicht war sie eine Freundin, obwohl er sie überhaupt nicht erkannte. Blondes Haar. Cremefarbene Farbspritzer auf ihrer Latzhose. Auch das Haus sah völlig anders aus als sonst. Ein neuer Eichenspiegel. Eine frische Topfpflanze.

Er lächelte: „Hi, ich bin Christopher. Loraleis Ehemann."

Die Frau starrte ihn an. „Schön."

„Ich bin früher nach Hause gekommen und habe meine Schlüssel vergessen, ist sie da?"

Die Augen der Frau verengten sich mit Unbehagen. „Tut mir leid, Loralei, haben Sie gesagt? Ich fürchte, Sie haben sich im Haus geirrt."

Wren runzelte die Stirn und checkte die Hausnummer. Die stimmte. Er sah den wohlbekannten Riss in der Farbe des Türrahmens, wo Jake mit seinem Dreirad eine Delle verursacht hatte. Aber seine Familie war nicht da.

Kurzerhand schaltete er auf Betriebsmodus. Irgendjemand hatte seine Familie entführt. Das war eine Falle.

„Wo sind sie?", fragte er kalt. Er hatte keine Waffe dabei, aber dafür würde er auch keine brauchen.

„Ich, äh, keine Ahnung", erwiderte die Frau, die die Veränderung in ihm bemerkt hatte und einen Schritt zurücktrat, bereit, die Tür zuzuschlagen.

Doch Wren ließ ihr keine Gelegenheit dazu und trat an ihr vorbei ein. Er folgte dem Flur, in dem vieles gleich aussah, aber vieles auch nicht. Dieselben Wände, Böden und Decken, aber neue Gemälde. Schließlich bog er um die Ecke zum Arbeitszimmer und sah …

Einen Mann in einem weißen Overall mit einer Farbrolle in der Hand, der mitten im Raum stand. Der Boden war mit weißen Tüchern ausgelegt, es stand eine Leiter herum, und alle alten Möbel waren verschwunden.

Der Mann blickte Wren an. Und Wren blickte zurück.

„Raus hier", kam die Stimme der Frau von hinten. „Es ist mir egal, wer Sie sind. Ich rufe jetzt die Polizei."

Wren versuchte, sich einen Reim auf die ganze Sache zu machen. Was für eine seltsame Falle. Welcher ausländische Geheimdienst würde seine Familie kidnappen und dann anfangen zu renovieren? Das war doch …

Ihm wurde ganz flau im Magen. Das hier war etwas ganz Anderes. Etwas, an das er nie gedacht hatte, obwohl er das eigentlich hätte tun sollen. Director Humphreys' Worte kamen ihm wieder in den Sinn: „Sie sind doch alles andere als ein Familienmensch, Wren.

Er blinzelte. Der Typ stand immer noch da, aber jetzt trat die Frau vor ihn und hielt eine Waffe hoch. Wren musterte sie, eine Glock 9mm, viel zu stark, um einen Haushalt zu verteidigen. Beim Abfeuern der Waffe könnte sie sich das Handgelenk verstauchen.

„Raus jetzt", befahl sie.

Die Tüte mit dem Kuchen und dem Wein fiel Wren aus der Hand. Die Flasche zerbrach, der Rotwein spritzte heraus und befleckte die weißen Tücher. Der Blick der Frau fiel auf das

Durcheinander und Wren nutzte den Augenblick, um sich vorzubeugen und ihr die Waffe zu entreißen. Eine Hand umfasste den Lauf, die andere umklammerte ihr Handgelenk und die Waffe löste sich, als hätte er gerade einen Apfel gepflückt.

Sie musterte ihn ungläubig. Dann zog Wren wortlos das Magazin heraus und steckte es in seine Tasche, zog den Schlitten, um die Patrone auszuwerfen, fing sie in der Luft auf und reichte ihr die ungeladene Waffe zurück.

Sie betrachtete die Waffe in ihren Händen, die plötzlich völlig unbrauchbar war. „Verschwinden Sie sofort von hier!", rief sie.

Wren versuchte, die Situation zu durchblicken. „Tut mir leid. Ich hatte doch keine Ahnung. Ich habe angenommen, meine Familie wäre entführt worden, aber vielleicht haben Sie das Haus ja von meiner Frau gemietet? Loralei Wren?"

Die Frau runzelte die Stirn. „Mrs. Wren? Ich, äh, ja. Ich schätze, das ist der Name." Dabei blickte sie zu dem Mann. Dieser nickte stumm. „Aber über Ihre Familie weiß ich nichts. Sie müssen jetzt gehen. Das ist jetzt unser Haus. Sie können hier nicht einfach reinplatzen. Ich habe mehr Munition."

„Wie lange sind Sie schon hier?", fragte Wren. „Letzte Frage."

„Ich muss überhaupt keine Fragen beantworten!"

Wren wandte sich an den Mann. „Wie lange?"

Der Mann räusperte sich. „Einen Monat", gab er mit unsicherem Blick zu. „Das ist unser erstes Haus", fügte er schwach hinzu.

Einen Monat? Wren hatte fast jeden Abend mit Loralei gesprochen, auch als er undercover gewesen war. Wenn sie das Haus ihrer Familie vermieten wollte, hätte sie ihm doch sicher Bescheid gesagt?

„Letzte Warnung", sagte die Frau. Jetzt hörte er schon das Heulen der Sirenen, die immer näherkamen.

Wren wusste nicht, was er noch denken sollte. So oder so, hier würde er keine Antworten bekommen. Sein Blick fiel auf die heruntergefallene Tüte. „Tut mir leid für die Unordnung."

Dann ging er hinaus. Er stopfte das Magazin und die einzelne

Patrone in den Briefkasten am Ende der Einfahrt, hob das kleine Fähnchen hoch und lief weiter, vorbei an mehreren Polizeiautos, die heranrauschten. Anschließend rief er Loralei an, aber sie ging nicht ran. Nach fünf weiteren Versuchen und mehreren Nachrichten begann er sich Sorgen zu machen.

Er suchte die Nummer ihrer Familie in Großbritannien heraus, wählte sie und wartete darauf, dass die Verbindung zustande kam. Schließlich kam der Anruf durch. Es meldete sich eine schläfrige Stimme. Immerhin war es jenseits des Atlantiks noch mitten in der Nacht.

„Hallo?", fragte Loraleis Dad.

„Ich bin's", antwortete Wren. „Wo ist Loralei?"

Ein paar Sekunden vergingen. „Christopher?"

„Was ist los, Charlie? Wo ist sie? Wo sind meine Kinder?"

Es folgte ein leiser Seufzer. „Es ist vorbei, Chris. Sie hat alles rausgefunden. Was soll das, diese ganze CIA-Sache? Das war einfach zu viel für sie, und jetzt ist es aus."

Das überraschte ihn. Sie hat alles herausgefunden? Ein Dutzend Fragen schoss ihm durch den Kopf. Wie? Und warum? Wer hat ihr davon erzählt? Aber nur eine war wichtig.

„Wo ist sie?"

„Das werde ich dir doch wohl nicht verraten, oder?"

Diese Worte trafen ihn wie Faustschläge.

„Ich bin raus aus diesem Leben", beeilte sich Wren zu erwidern, als ob das irgendetwas geändert hätte. „Ich bin aus der Firma ausgestiegen. Es ist vorbei, Ehrenwort."

„Es ist vorbei." Der alte Mann holte noch einmal schwer Luft und richtete sich auf. „Ich kann dir nicht helfen, Junge. Wir sind immer gut miteinander ausgekommen. Aber du warst nicht da. Du hast gelogen. Ich anerkenne, was du getan hast, um dein Land zu schützen und so weiter, aber das ist kein Leben für sie. Für eine Familie."

Dann schwieg er. Wren wollte widersprechen, aber er wusste, dass es wahr war. Es hatte keinen Sinn, zu wiederholen, dass er den Job hingeschmissen hatte.

„Wo ist sie?"

„Nicht hier. Komm doch selbst vorbei und sieh nach, wenn du möchtest. Sie ist weg, Chris. Ein Schlussstrich. Das kommt doch jetzt wohl nicht überraschend. Du musst das doch kommen sehen haben?"

Das hatte er nicht. Er war so sehr in seine eigenen Lügen verstrickt gewesen, dass er nicht gesehen hatte, wie sich auch in ihr eine Lüge aufgebaut hatte.

„Ich rate dir, ihre Entscheidung zu respektieren", fuhr Charlie fort. „Versuch nicht, sie zu finden. Das würde sie nicht wollen. Wenn du deine Kinder sehen möchtest, musst du erst mit dir selbst ins Reine kommen. Beweise, dass du vertrauenswürdig bist. Wenn du das tust, kommt sie auch auf dich zu und gewährt dir das Besuchsrecht für deine Kinder."

Er wusste nicht, was er darauf antworten sollte. Besuchsrecht? „Ich verdiene etwas Besseres. Das ist doch falsch."

„Sie aber auch", entgegnete der alte Mann.

Wrens Gedanken überschlugen sich. Er zweifelte nicht daran, dass er Loralei finden konnte. Wahrscheinlich würde er sie in weniger als einer Stunde aufspüren, aber was würde das bringen?

„Wie lange?"

„Wie lange was?"

„Wie lange soll ich jetzt noch im Dunkeln tappen? Wie lange kann ich weder sie noch meine Kinder sehen?"

„Wie lange?", wiederholte Charlie. „Keine Ahnung, Chris. Aber ich frage sie. Und dann erhältst du eine Antwort. Aber frühestens in einem Monat. Klar?"

Wren verschluckte sich fast. Ein Monat war unmöglich. Wie sollte er nur einen Monat schaffen?

„Klar, Chris?"

„Klar", antwortete er schließlich.

„Ich lege jetzt auf. Das hast du selbst gesät, Chris. Nun musst du auch die Ernte einfahren."

Dann wurde die Leitung unterbrochen. Und Wren stand allein mitten auf der Straße.

4

VIKINGS

Wren stieg in seinen Truck, einen umgebauten Jeep Wrangler Unlimited, und fuhr los. Zuerst wusste er nicht, wohin. In die Nacht hinein und raus aus New York; er musste einfach nur in Bewegung bleiben, um die Stimme seines Schwiegervaters in seinem Kopf zu überhören.

Nun musst du auch die Ernte einfahren.

Im Morgengrauen des nächsten Tages war er bereits auf halbem Weg zu Loraleis Aufenthaltsort, einer Kleinstadt in Delaware namens Frederica. Ein Anruf bei ein paar Hackerfreunden und sie hatten sie in weniger als einer dreiviertel Stunde aufgespürt.

Doch auf halber Strecke, hielt er am Straßenrand an, stieg aus und schaute auf das Meer hinaus. Charlies Worte kamen ihm wieder in den Sinn, dass seine Zeit bei der CIA der Grund für all das gewesen war. Es stimmte; er hatte gelogen. Und zwar von Anfang an. Wie würde es jetzt aussehen, wenn er die Früchte dieser Lügen nutzen würde, um sie aufzuspüren?

Und was würde er tun, wenn er sie erreicht hatte, einfach verlangen, seine Kinder zu sehen? Er konnte sich nicht vorstellen, dass das gut ausgehen würde.

In Wahrheit war er ihr etwas schuldig. Damit hatte Charlie recht. Er musste ihr gegenüber Respekt zeigen.

Einen Monat, hatte er gesagt. Er hatte schon mal länger auf etwas gewartet.

Also stieg er wieder in den Jeep und machte sich auf den Weg, ohne ein bestimmtes Ziel vor Augen zu haben. Er wollte nichts anderes, als die Zeit totschlagen. Der erste Tag war anstrengend, da er zurück nach Westen fuhr und einen guten Eindruck des Landes bekam, das er sein ganzes Leben lang verteidigt hatte.

Doch die folgenden Tage waren einfacher. Er aß in Diners und schlief in Motels oder im Jeep. Er las Bücher und sah sich Filme an, aber vor allem blieb er in Bewegung. Einunddreißig Tage lang durchstreifte er das Land, bis er irgendwann in der Wildnis Utahs am Rande der I-70 unter einem weiten Sternenhimmel anhielt. Der Monat war fast um. Es war schon spät, aber in Großbritannien würde bald die Sonne aufgehen.

Nur noch ein paar Stunden.

Wren saß am Steuer seines Jeeps und betrachtete die Silhouetten der Bergkuppen vor dem violetten Himmel. Die Sterne bewegten sich über ihm und die schwindenden Rücklichter der I-70 verschmolzen im Rückspiegel zu einer einzigen roten Leuchtspur.

Auf dem Beifahrersitz neben ihm lagen Dutzende von zerknitterten Zetteln, die alle mit bunten Buntstiften bekritzelt waren. Ein Haus, ein Pferd, eine Familie. Zeichnungen seiner Kinder, die er bei jeder Mission dabeihatte, egal wohin er ging. Sie waren mehr wert als alles andere, was er besaß.

Er warf einen Blick auf die Uhr.

Nur noch eine Stunde bis zur Morgendämmerung in Großbritannien. Für einen Augenblick schloss er die Augen.

Da weckte ihn ein plötzliches, scharfes Geräusch aus dem Dämmerschlaf. Es klang wie Metall am Fenster, direkt neben seinem Ohr.

Vielleicht die Autobahnpolizei?

Er blinzelte und rieb sich die Augen. Es war immer noch

Nacht, aber vor ihm leuchteten die Scheinwerfer mehrerer Fahrzeuge, und hinter ihm waren noch mehr. Er betrachtete sie genauer. Da stellte er fest, dass das gar keine Autos waren, sondern Motorräder, die alle in seine Richtung leuchteten und deren Motoren leise dröhnten.

Und es war nicht die Highway Patrol.

Durch das Seitenfenster sah er einen Typ mit Tattoos im Gesicht und einem dichten, schwarzen Bart, der eine lederne Motorradmütze und ein weißes Ruderleibchen trug. Er war um die Vierzig und kräftig gebaut. Wren erkannte eine Tätowierung auf seiner Wange: einen blauen Totenkopf mit blonden Dreads und Thors Hammer.

Ihm lief es ganz kalt den Rücken runter.

Vikings. Es kamen unangenehme Erinnerungen an seine letzte Geheimdienstkonferenz über extremistische Gruppen hoch: Die Vikings waren eine mittelgroße Bikergang, die in fünf Bundesstaaten aktiv war und mit Drogen und verbotenen Pornos handelte. Sie waren berüchtigt für ihre staatsfeindlichen Aktivitäten und mehrere Mitglieder waren in der Vergangenheit an fehlgeschlagenen Terroranschlägen im Inland beteiligt gewesen.

Wren checkte schnell in den Augenwinkeln, wie viele Biker es waren. Es sah aus wie eine ganze Kavallerie, vielleicht ein Dutzend. Drei Motorräder versperrten ihm den Weg nach vorne, vier nach hinten und eine Handvoll auf jeder Seite.

Sie hatten ihn in der Falle. Wieder ertönte das Klopfen an der Scheibe. Es war metallisch und er bemerkte, wie etwas zwischen den Fingern des Kerls schimmerte; ein Schlagring, der im weißen Fernlicht funkelte.

„Mach die Tür auf, Junge", rief der Mann durch das Glas. „Wir sollten uns mal unterhalten."

Wren blinzelte. Junge? „Was ist denn los?", rief er zurück.

„Dein Leben ist gerade richtig interessant geworden. Und jetzt raus mit dir."

Wren verzog das Gesicht. Es gab nur einen Grund, warum

eine Gang wie diese wollte, dass er ausstieg, und zwar um sich den Jeep unter den Nagel zu reißen. Es gab keinen Grund, die Tür aufzuhebeln und den Lack zu beschädigen; der Wagen würde sich besser verticken lassen, wenn Wren ihn einfach aushändigte.

„Der Jeep gehört euch", erklärte Wren und behielt seine Hände am Lenkrad. Er warf nicht einmal einen Blick auf das Handschuhfach, in dem seine Sig Sauer P320 .45 ACP lag, acht Kugeln im Magazin und eine im Lauf. Verlockend, aber er hatte keine Lust auf ein Feuergefecht. „Ich gehe zu Fuß."

„Den Jeep haben wir schon", antwortete der Kerl und Wren überlegte kurz. Der Mann, der sich als Erster näherte, musste der Vollstrecker der Gang sein, der Mann fürs Grobe. „Wir wollen dich." Der Schlagring klopfte wieder an das Fenster.

Er schien das zu genießen. Wren sah ihm in die Augen und erkannte darin seinen Sadismus. Das war nicht bloß ein Autodiebstahl. „Sag mal, du bist doch sicher so eine Art Banker aus Salt Lake, der sich alle möglichen staatlichen Rettungsgelder unter den Nagel reißt?"

Wren sah ihm in die Augen. „Eine Art Banker. Ich bin auf Konkurse spezialisiert."

Der Typ runzelte die Stirn. „Und ein Komiker? Noch besser. Junge, wir werden uns alle kaputtlachen, wenn du in deinem Käfig Witze reißt."

In deinem Käfig? Wren sah dem Vollstrecker direkt in seine blauen Augen. Eine direkte, klare Warnung war angebracht.

„Das solltet ihr lieber nicht tun. Ich bin ehemaliger Marine. Und bis vor kurzem war ich noch bei der CIA. Tretet zurück, ich haue ab, ihr könnt den Jeep haben und niemand wird verletzt. Das ist das Beste, was ihr euch hier erhoffen könnt."

Irgendjemand versuchte, eine der hinteren Türen zu öffnen, aber die war verschlossen. Der Vollstrecker lehnte sich so nah heran, dass seine Lippen fast das Glas berührten. „Niemand wird verletzt, wie ehrenvoll von dir, dass du so auf uns achtest." Dann spuckte er aus: „Also will ich auch mal nicht so sein. Mach keine Probleme, und ich mache das Halsband auch nicht ganz so fest.

Andernfalls schleifen wir dich eine Weile mit sechzig Sachen hinter einem Bike her, um deine harte Seite auf die Probe zu stellen."

Da lachte jemand auf. Der Vollstrecker grinste und entblößte seine schiefen, gelben Zähne. „Also entscheide dich, Junge!"

Wren dachte über seine Möglichkeiten nach. Er hatte eine direkte Warnung ausgesprochen. Damit war er eigentlich aus dem Schneider.

„Nenn mich nicht Junge", rief er und stieß die Tür mit der ganzen Kraft seiner 1,90 Meter und seiner 250 Pfund auf. Die Tür traf den Vollstrecker mitten im Satz in der Brust, brach ihm vielleicht eine Rippe, als Wren nachtrat, dann taumelte er zurück und Wren betätigte mit der linken Hand den Zündschlüssel.

Der V6-Motor erwachte zum Leben und er gab Gas, während seine rechte Hand zum Handschuhfach fuhr und sich um den Griff der SIG schloss.

Der Jeep raste vorwärts, die Münder der Biker öffneten sich vor Schreck, dann traf er ihre Motorradblockade und pflügte vorwärts. Eine Triumph Bonneville Lowrider knallte zur Seite und eine Harley Fat Boy geriet unter sein Fahrgestell und schrammte funkensprühend über den Seitenstreifen, während er den Jeep auf fünfundzwanzig Sachen beschleunigte.

Da eröffneten die Vikings das Feuer. Wren duckte sich und lenkte, so gut er konnte, als die Schüsse in den Truck einschlugen und die Heckscheibe erst mit Splittern überzogen und dann zertrümmerten. Ein Glückstreffer zerstörte seinen rechten Hinterreifen und verlangsamte ihn.

Das würde er nicht schaffen, nicht mit der Fat Boy und einem Schrottreifen. Er warf einen Blick in den Rückspiegel und sah, dass die Biker ihn bereits einholten, ihre Knarren im Anschlag und die Kugeln prasselten weiter auf die Karosserie des Jeeps ein.

Wren sah nur eine Möglichkeit: Er wich hart nach rechts vom Seitenstreifen ab, über den Scheinwerferkegel hinaus und hinein in die wilde Dunkelheit der Wüste mit ihren niedrigen Kreosotbüschen, Felsbrocken und Kakteen. Die Reifen knirschten, das Fahrwerk ruckelte, dann verfing sich die Fat Boy an irgendetwas im Gestrüpp und brachte den Jeep mit einem Ruck zum Stehen.

Er war etwa dreihundert Meter weit in die Dunkelheit vorgedrungen, und vielleicht würde das ja auch erstmal reichen. Wren kämpfte sich zur Beifahrertür, was sie nicht erwarten würden, und schlüpfte auf den kalten Sand hinaus, Sekunden bevor die Scheinwerfer auf der Fahrerseite auftauchten.

Motoren heulten auf und Stimmen riefen laut, was sie tun würden, wenn sie ihn erwischten. Wren schlängelte sich auf dem Bauch davon durch den Sand und den Wüstenstaub.

„Schon mal gehängt und geviertelt worden, Junge?", rief jemand in der Nähe, vielleicht der Vollstrecker. „Am Kreuz verbrannt für deine Sünden?"

Wren wich einem Fasskaktus aus, um außerhalb der Scheinwerfer zu bleiben, und stieß dann auf einen schwerfälligen Kerl, der in der Dunkelheit direkt vor ihm auftauchte. Sein Kopf war so groß wie ein Kanister, und sein kugelrunder Bauch zeichnete sich gegen den Sternenhimmel ab.

Er sah Wren, öffnete den Mund und Wren holte zu einem kräftigen Aufwärtshaken aus, wobei er seine linke Faust direkt in das Kinn des Riesen rammte; hart genug, um ihm seinen Kiefer wie eine verrutschte Sonnenbrille um die Wangen zu legen.

Der Kopf des großen Kerls schoss zurück wie eine abgeschossene Granate und sein Körper sackte zu Boden, der Schrei erstarb auf seinen Lippen.

Wren ging auf ein Knie, nahm sich fünf Sekunden Zeit, um sich seine Brieftasche zu krallen, und stürzte dann zurück in die Dunkelheit, als die Scheinwerfer wie Blitzlichter eines Nachtclubs über ihn hinwegzogen.

Ein Kerl vor ihm hatte ein Gewehr im Anschlag und Wren schoss mit der Sig auf ihn. Dann ließ er sich fallen, aber eine Kette peitschte über Wrens Handgelenk und riss ihm die Waffe aus dem Griff.

Wren packte die Kette und verdrehte sie, sodass ihr Besitzer aus dem Gleichgewicht geriet. Dann riss er die Kette nach hinten und fegte den Typ mit einem gewaltigen Judowurf zu Boden, der ihn zu Boden warf. Links von Wren blitzte ein Mündungsfeuer auf, aber er war schon auf dem Weg zu einem Kerl, der einen gewaltigen Schlag mit einem Baseballschläger ausführte.

Wren klemmte den Schläger unter seinen linken Arm, während er einer Klinge auswich, die auf sein Auge zielte, und verpasste dem ersten Kerl einen kräftigen Stoß mit dem rechten Ellbogen gegen die Schläfe und dem zweiten einen gezielten Fußtritt in die Eier.

Sie gingen beide zu Boden. Wren suchte nach seiner Sig, aber die war in der Dunkelheit verschwunden.

Dann war der Vollstrecker da, und der Schlagring seiner rechten Faust leuchtete kurz auf, bevor er mit einem dumpfen Schlag in Wrens Bauch einschlug. Wren gelang es zwar, dem Aufprall etwas auszuweichen, aber das Metall erwischte seinen Solarplexus und trieb ihm die Luft aus der Lunge.

Er konnte kaum noch atmen, aber er schob die aufkommende Panik beiseite und holte zu einem Tritt aus, der den Vollstrecker mittig erwischte und ihn zurücktaumeln ließ.

Dann nahm er die Beine in die Hand.

Lichter heulten und Kugeln krachten. Ein Motorrad röhrte über den felsigen Boden in der Nähe, aber das Gelände hielt es auf. Plötzlich kam ein anderer Biker aus der Dunkelheit geschossen und stürzte sich wie ein Offensivspieler auf Wren, wobei er ihm gegen die Beine trat, sodass sie zusammen in die Kakteen stürzten.

Wren prallte mit dem Rücken gegen einen Felsbrocken, der Typ schaffte es, eine Hand um Wrens Hals zu legen, aber der antwortete mit einem gezielten Schwinger in die Leistengegend des Mannes, sodass dieser zu Boden ging.

Dann war er wieder auf den Beinen und flüchtete in die Nacht.

5

DER TYP AUS DEM KINO

WREN WACHTE von einem tiefen Grollen auf, das sich schnell näherte. Er öffnete seine trüben Augen aus einem der alten Albträume, die ihn an seine dunkle Kindheit in der Wüste von Arizona erinnerten, und sah weiße Lichter auf sich zurasen. Schnell rollte er sich zur Seite und nur wenige Schritte entfernt donnerte ein riesiger Sattelschlepper vorbei, der den sandbedeckten Asphalt unter seinen Händen zum Erzittern brachte.

Er brauchte eine Sekunde, um sich zu fangen. Am Rand des Highways?

Weitere Trucks folgten.

Er bewegte sich weiter vom Fahrbahnrand weg, auf den Seitenstreifen zwischen abgelösten Reifenfetzen und alten, zerknitterten Chipspackungen, und atmete schwer. Einen Augenblick lang lag er flach auf dem Rücken da und blickte zu den Sternen hinauf, um den Albtraum zu verdrängen.

Er lebte noch.

Erinnerungen an seine Flucht durch die Wüste tauchten wieder auf, als er im Mondlicht dahin getaumelt war, während er das Blut aus verschiedenen oberflächlichen Wunden gestillt und auf die flimmernden Lichter der Interstate zugehalten hatte.

Irgendwann war er an den Straßenrand gehumpelt, hatte sich hingelegt und das Bewusstsein verloren.

Er richtete sich auf und versuchte, sein Schwindelgefühl mit beiden Handflächen auf dem kühlen schwarzen Asphalt zu beruhigen. Alles tat ihm weh. In Gedanken ging er eine Liste seines Körpers durch. Sein Kiefer fühlte sich locker an, aber er konnte mit den Zähnen knirschen. Sein Rücken und seine Seiten waren steif und seine geprellten Rippen erschwerten ihm das Atmen. Er streckte vorsichtig seine Beine und Arme aus, als wäre er gerade erst am Straßenrand geboren worden, aber er hatte keine Brüche, keine Einschusslöcher, nichts Schlimmeres als Schnitte und Kratzer.

Als er aufstand, durchsuchte er seine vorderen Taschen. Sein Portemonnaie und sein Handy waren weg, sie mussten ihm im Kampf entrissen worden sein. Die Vikings hatten auch sicherlich den Jeep mitgenommen und würden ihn in seine Einzelteile zerlegen. Der Motor, die Reifen und die Elektronik waren sicher ein paar Tausender wert. Das war zwar ein herber Schlag, aber der wahre Verlust traf ihn erst ein paar Sekunden später.

Die Bilder seiner Kinder auf dem Beifahrersitz.

Zeichnungen, die sie über viele Jahre hinweg angefertigt hatten. Jahrelang hatte er sie gesammelt und bei sich getragen. Sie waren der einzige Sinn und Zweck seines Strebens.

Und jetzt waren sie weg.

Er durchsuchte seine Gesäßtaschen und fand die Brieftasche, die er dem Fettwanst abgenommen hatte, dem er den Kiefer gebrochen hatte. Er öffnete sie und betrachtete den Inhalt im grellen, weißen Licht der vorbeifahrenden Autos. Darin befanden sich ein paar zerknitterte Geldscheine, ein paar Quittungen, eine Sozialversicherungskarte, ein Foto vom Abschlussball eines Kindes und ein Führerschein samt Adresse.

Ein gefundenes Fressen. Der Name des Mannes war Eustace. Sowas konnte man sich nicht ausdenken.

Wren streckte seinen Daumen raus und begann auf dem Seitenstreifen dahinzuhumpeln. Ein paar Autos wurden langsamer, um ihn zu begutachten, einen großgewachsenen, zerlumpten Anhalter auf der Interstate bei Nacht, aber niemand hielt an. Wren konnte es ihnen nicht verübeln.

Etwa zwei Stunden später erreichte er die Tankstelle. Der Junge hinter dem Tresen beobachtete ihn mit großen Augen, als er sich durch die gläserne Flügeltür schob.

„Was ist denn mit Ihnen passiert, Mann?", fragte er.

„Von Aliens entführt", erwiderte Wren. „Hast du Eis?"

„Aliens? Was?"

„Nur ein Scherz", antwortete Wren und lächelte ihn an. „Ich bin beim Wandern hingefallen und jetzt springt mein Auto nicht mehr an." Er zuckte mit den Schultern. „Harter Tag, harte Nacht, aber das wird schon wieder. Was ist mit dem Eis?"

„Eis? Ich … äh, ja", antwortete der Junge und sah teilnahmslos zu, wie Wren anfing, Sachen aus den Regalen zu ziehen. Er verrenkte sich den Hals, um ihm zu folgen. „Hinten, ganz unten in der Gefriertruhe. Haben Sie wandern gesagt?"

„Hm-hm. Ich bin ein begeisterter Wanderer."

Wren schnappte sich eine Schachtel mit Verbandszeug, ein Handtuch, eine Tube Sekundenkleber, eine Packung Tylenol, ein paar heiße Cheeseburger und eine Straßenkarte.

„Wo waren Sie denn unterwegs?", fragte der Junge. „Ich habe gar nicht gewusst, dass es hier in der Gegend überhaupt Wanderwege gibt."

„Ich suche mir gern meine eigenen Wege", erwiderte Wren und holte ein paar große Wasserflaschen aus dem Kühlschrank und einen Beutel Eis aus dem Gefrierschrank. Dabei warf er im Spiegel einen flüchtigen Blick auf sich selbst. Die blauen Flecken waren noch nicht zu sehen, aber das Blut schon. Eines seiner Augen war blutunterlaufen, und er hatte Schrammen auf Wangen und Stirn.

„Wie der Typ aus dem Kino?", fragte der Junge. „Der in einer Gletscherspalte unter einem Felsen gefangen war und sich selbst die Hand abschneiden musste?"

Wren konnte sich ein Lächeln nicht verkneifen und hob beide

Hände. „So ähnlich, ja, aber ich habe die Sache immerhin unbeschadet überstanden."

Er bezahlte die Einkäufe mit Eustace' Geld, schnappte sich die Tüte und deutete dann mit einem Nicken auf einen Schlüsselbund an der Seite der Kasse. „Sind die für die Toilette?"

Der Junge überreichte sie ihm, Wren bedankte sich und trat hinaus.

Die Toilette war sauber genug. Er ließ heißes Wasser in beide Waschbecken laufen, zog sich aus und wusch sich mit dem Tuch. Sein Rücken war violett gefärbt und sein Arm wies eine Strieme auf, wo die Kette ihn getroffen hatte, aber es war nichts Ernstes. Seine harten Muskeln hatten das meiste davon abgefangen. Seine Beine sahen ähnlich aus, geprellt und verkrampft, aber im Grunde ganz in Ordnung.

Er tränkte den Waschlappen mit Desinfektionsmittel und schrubbte sich großzügig ab. Dabei genoss er das reinigende Brennen. Als Nächstes benutzte er den Sekundenkleber, um ein paar schlimmere Schnitte zu verschließen und verband sie mit Pflastern.

Anschließend schaute er in den Spiegel. Er sah gar nicht so schlecht aus. Sein Blick fiel auf die Namen, die auf seine breite Brust tätowiert waren, jeweils an dem Tag, an dem sie zur Welt gekommen waren. Jake und Quinn. Seine Kinder. Nun fühlten sie sich an wie Vermächtnisse aus einem früheren Leben. Als er dort stand, kamen ihm die Worte seines Schwiegervaters wieder in den Sinn, die sich nach einem Monat der Wiederholung in seinen Kopf eingebrannt hatten.

Das hast du selbst gesät, Chris. Nun musst du auch die Ernte einfahren.

Nun war der Monat vorbei. Er konnte Charlie jederzeit anrufen, aber das wollte er noch nicht. Zuerst musste er die Bilder seiner Kinder zurückbekommen.

Er machte die Toilette ordentlich sauber, wischte das Blut auf und warf den Müll in den Papierkorb. Kein Grund, das dem Jungen an der Kasse zu überlassen. An einem Münztelefon neben dem Laden rief er ein Taxi, nahm zwei Tylenol aus der Blisterpackung und spülte sie mit zwei Flaschen Wasser runter.

Danach setzte er sich auf den Vorplatz, um zu warten, mampfte seine Burger und hielt sich den Eisbeutel an den Hinterkopf.

6

EUSTACE

Es dauerte eine Stunde, bis das Taxi kam. Wren saß vor der Tankstelle und betrachtete die verlassenen Zapfsäulen und die Straße und genoss die Kälte des Eises an seinem pochenden Schädel.

Nachdem Wren eingestiegen war, musterte ihn der Fahrer im Rückspiegel.

„Verdammt noch mal, Mann", sagte er. „Sind Sie überfahren worden oder so?"

„Ich bin vom Pferd gefallen", antwortete Wren, „beim Rinderhüten", dann schloss er die Augen und driftete während der Fahrt immer wieder weg. Bald darauf hielten sie am Ende von Eustaces Straße an, in einer kleinen Stadt namens Emery. Er stieg aus.

Es war eine heruntergekommene Gegend mit aufgerissenem Asphalt und Doppelhäusern, die wie verwahrloste Kühe nebeneinander dastanden, mit Gifteiche überwuchert und mit Wüstenstaub überzogen. Er wettete, dass sich die Straßenreinigung nicht bis hierher verirrte.

Das Taxi raste davon. Wren humpelte die Straße entlang, wobei er seine linke Seite bevorzugte. Im Rinnstein lagen alter Müll, Getränkedosen und von der Sonne ausgebleichte Fast-Food-

Verpackungen. Es dämmerte bereits und die Leute würden bald aufstehen. Aus den mit Unkraut überwucherten Rasenflächen ragten Schilder mit politischen Aufschriften. Riesige, verrostete Chevy Trucks hinterließen dunkle Ölspuren.

Eustaces Haus sah genauso aus wie alle anderen, mit einem umgekippten Telefonmast an der Ecke, von dem in Kopfhöhe Kabel herunterhingen. Auf der Veranda blätterte die weiße Farbe ab, sodass die billigen Buchenbretter darunter zum Vorschein kamen. Die Dachpappe wies Löcher auf, unter dem morschen Dachvorsprung befanden sich Dutzende von Wespennestern und die Schaukel auf der Veranda hing bloß an drei Ketten.

Wahrscheinlich das Haus von Eustace' Familie. Die Geschichte eines Losers. Schon jetzt fühlte sich die Luft hier draußen heißer und trockener an. Einzig Eustace' Bike, das auf einer hübschen Zementplatte an der Mauer geparkt war, war gut in Schuss. Zwei schwere Sicherungsbolzen verankerten die Räder und den Rahmen an Ösen im Zement. Sein wertvollster Besitz.

Wren ging hinten herum. Der Garten war verwildert, eine Schaukel war von Unkraut überwuchert. Hier spielten keine Kinder mehr. Die Schiebetür war einen Spalt offen. Wren schob sie weiter auf und trat ein. Küche, Arbeitszimmer, Flur. Am Fuß der Treppe konnte Wren Eustace bereits schnarchen hören. Jeder Atemzug war von einem Schnappen nach Luft begleitet. Oben auf der Treppe sah er Familienfotos, Eustace mit einer gut aussehenden Frau am Grill, ihre beiden süßen Kinder, wie sie im Garten spielten. Nicht gerade die übliche Umgebung für das Mitglied einer Bikergang.

Wren betrat Eustace' Zimmer. Es war spärlich eingerichtet, es gab nicht einmal einen Fernseher. Dann nahm er auf einem Zeitschriftenstapel an Eustaces Seite Platz. Der hünenhafte Kerl lag wie betäubt auf seinem Einzelbett. Sein Gesicht war zwar verbunden, aber was wussten schon ein paar Biker über komplizierte Kieferverletzungen? Nachdem Wren ihm mit dem Knie das Kinn zertrümmert hatte, würde Eustace wahrscheinlich am ganzen Körper unter schlaganfallartigen Symptomen leiden.

Ohne die richtige Diagnose würde er keine richtige Behandlung bekommen und schlechte Angewohnheiten würden seinen Zustand noch verschlimmern. Er würde einen Buckel bekommen, sich unter dem zusätzlichen Gewicht das Knie verdrehen und nie wieder richtig laufen können.

Er würde Wren keinen Ärger machen. Trotzdem suchte er unter dem Kissen oder an der Seite nach einer Waffe, aber da war keine. Es war nichts Gefährliches in Reichweite. Einen Augenblick lang saß er da und musterte den Riesen. Seine Kopfhaut war ungleichmäßig rasiert und die Stoppeln verdeckten zur Hälfte die jüngsten Tätowierungen der Vikings, die an den Rändern noch rot waren. Das gab Aufschluss über alles Weitere.

Kein ständiges Mitglied also. Nur eine weitere verlorene Seele, die vom Weg abgekommen war.

„Hey Eustace", rief er und schnippte ihm leicht gegen die Schläfe. „Aufgewacht."

Der hünenhafte Mann kam mit einem Schnauben zu sich. Eine Hand fuhr nach oben, um sich über das Kinn zu reiben, und kam dann mit einem schmerzhaften Wimmern zurück. Er verdrehte die Augen und versuchte, sich zu orientieren. Wren nahm an, dass er mit einem Opioid betäubt worden war.

„Was ...?", fragte der Fettwanst und zuckte dann zusammen.

„Wo ist mein Jeep, Eustace?"

Eustace blinzelte und schaute sich um. Im Zimmer war es dämmrig, also zog Wren die Vorhänge auf. Gerade ging draußen die Sonne rosa auf, ein neuer Tag brach an. Im hellen Licht stachen die Blutflecken auf Eustace' Kopfkissen und Laken hervor.

Eustace' Augen wurden ein wenig schärfer. Langsam dämmerte die Erkenntnis, und er rutschte aufgekratzt umher und versuchte, die Decke beiseite zu schieben und aufzustehen. Wahrscheinlich hatte er seit zehn Jahren keinen einzigen Sit-up mehr gemacht, sodass es nicht viel brauchte, um ihn unten zu halten.

„Ganz ruhig", beruhigte ihn Wren. „Entspann dich. Deine Mama ist nebenan. Die wollen wir doch nicht wecken."

Das wirkte wie eine Warnung und eine Drohung zugleich, und Eustace hörte auf, sich zu sträuben. Seine Augen brannten durch den Opioidnebel.

„Du. Du hast dir meine Brieftasche geschnappt." Bei jedem Wort zuckte er zusammen und seine Augen schimmerten von aufsteigenden Tränen. Wahrscheinlich war er überzeugt, dass er gleich sterben würde.

„In der Tat", erwiderte Wren und warf Eustace die Brieftasche auf die Brust. „Also bitte, ich habe sie dir zurückgebracht. Und jetzt bist du dran. Wo ist mein Truck?"

Eustace funkelte ihn trotzig an. Nichts Neues für Wren; der Kerl war bereit, für seine neue „Familie" zu leiden, wenn nicht sogar zu sterben. Wren hatte das schon hundertmal erlebt. 'Sei kein Verräter', das war das Erste, was man einem sagte, wenn man einer Gang beitrat.

„Diese Typen sind Opportunisten, Eustace. Die lassen dich bei der ersten Gelegenheit fallen. In ihren Augen bist du ein Niemand. Wem gegenüber willst du also was beweisen?"

Zorn blitzte in Eustace' Augen auf. Wren erkannte das und stellte sich darauf ein. Es hatte keinen Sinn, weiter auf ihn einzureden, der Kerl würde nur die Zähne zusammenbeißen, und Folter war höchstens bedingt geeignet. Es war besser, einen anderen Weg einzuschlagen.

„Schöne Triumph", stellte er ruhig fest. „Ich weiß, was so ein Bike kostet, und es das ist weit mehr, als du oder deine Mama besitzen."

Das ließ Eustace' Augen vor Verwirrung aufleuchten. „Was?"

Wren gab ihm einen Augenblick Bedenkzeit. Man konnte einen Mann auf vielerlei Arten brechen. „Ich habe mir gedacht, ich nehme sie mit. Damit würde ich eine klasse Figur machen, meinst du nicht? Der Cowboy, der in den Sonnenuntergang reitet. Aber ich fürchte, wenn ich das machen würde, würdest du dich womöglich umbringen. Stimmt das ungefähr?"

Eustace konnte ihn nur anglotzen.

„Du wirst saufen und jammern, wirst Ausreden erfinden, aber am Ende wirst du dir eine Knarre in den Rachen schieben." Wren kratzte sich am Kinn. „Das habe ich doch schon tausendmal gesehen. Deine Frau hat dich verlassen und die Kinder mitgenommen, und du hast einen beschissenen Job als Kloputzer oder Burgerbrater für Studenten am Drive-Through. Eines Tages kommt die Gang vorbei, vielleicht macht dir sogar irgendjemand ein Angebot, und du hältst das für deinen letzten Ausweg in Richtung Selbstachtung. Du steckst deinen letzten Notgroschen in das Bike, lässt dir Tattoos verpassen und tust alles dafür, vollständiges Mitglied zu werden, aber wenn du das Bike verlierst?" Wren stieß einen leisen Pfiff aus. „Das ist wie bei einem Bullen, der seine Knarre anbaut. Eine Riesenschande, nicht wahr?"

„Hau ab, du Arschloch!", grunzte Eustace.

„Glaub mir, auch das kenne ich nur zu gut", fuhr Wren beiläufig fort, „aber ich möchte doch nicht, dass du dabei draufgehst. Also lass uns einen Deal aushandeln. Du erzählst mir alles, was du über die Vikings weißt, und zwar sofort, und ich verschaffe dir eine bessere Gang, der du dich anschließen kannst. Eine, die dir weiterhilft und dir ein Ziel gibt, anstatt dich bloß in den Abgrund zu reißen. Was sagst du dazu?"

Eustace sagte gar nichts, vielleicht war er zu durcheinander, aber zumindest hörte er noch zu.

„Wie auch immer, ich behalte dich im Auge", sprach Wren weiter. „Sieh mal, Eustace, ich suche Leute wie dich. Ich habe eine Organisation, die sich Stiftung nennt und über hundert Mitglieder auf der ganzen Welt hat; alles Leute, die am Rande einer richtig miesen Entscheidung stehen. Ich kümmere mich regelmäßig um sie, um sicherzugehen, dass sie auf dem richtigen Weg sind, und helfe ihnen, wo ich kann. Wenn du dein erstes Jahr in der Stiftung bestehst und keine Fehler machst, bekommst du eine Münze, wie bei den Anonymen Alkoholikern. Nach drei, fünf und zehn Jahren erhältst du weitere Münzen, die dir

Vergünstigungen und Vorteile bringen, wie bei einem Treueprogramm. Ich habe tolle Rabatte im Einkaufszentrum ausgehandelt." Er zwinkerte. „Wenn du allerdings rückfällig wirst, verlierst du eine Münze. Da du meinen Jeep geklaut und versucht hast, mich umzubringen, bist du jetzt bei null Münzen, also bedeutet ein Schritt zurück, dass du in den Miesen bist und ich mir dein Bike unter den Nagel reiße. Wahrscheinlich bist du dann aufgeschmissen, aber das ist deine Entscheidung. So bin ich nun mal. Es liegt an dir, bessere Entscheidungen zu treffen."

Eustace glotzte ihn bloß an. „Wer zum Teufel bist du?"

„Mein Name ist Christopher Wren. Ich bin in eine Gang hineingeboren worden, gegen die deine Vikings wie Spielzeugsoldaten aussehen, also weiß ich, wovon ich rede. Schon mal was von der Pyramide gehört?"

Es dauerte eine Sekunde, dann weiteten sich die Augen des riesigen Kerls.

„Ja, der Todeskult", erklärte Wren. „Wir waren hier in der Nähe, in Arizona, stationiert. Amerikas größter Massenselbstmord, bei dem sich tausend Leute bei lebendigem Leib verbrannt haben. Das kommt dir doch sicher bekannt vor, oder? Soweit ich weiß, war ich mit meinen damals elf Jahren der einzige Überlebende, aber ich habe alles gesehen. Also, wie du dir vorstellen kannst, habe ich genug von Selbstmord."

Eustace klappte die Kinnlade runter, woraufhin er zu wimmern begann.

„Danach habe ich mich eine Weile herumgetrieben und dann eine neue Gang gefunden, der ich mich angeschlossen habe. Die Marines. Bald darauf habe ich zu den Force Recon Special Operations in Übersee gewechselt, dann habe ich für die CIA bei den Black-Ops gearbeitet und jetzt …", er hielt inne, sah sich im Raum um und versuchte, nicht an seine Familie oder die Zukunft zu denken, die er sich erhofft hatte. Was für ein dramatischer Abstieg nach diesem Lebenslauf. „Mache ich wohl das hier."

Eustace sagte nichts, obwohl seine Augen weit aufgerissen

waren. Wren nahm an, dass dies für sie beide ein Moment der Offenbarung war.

„Also raus mit der Sprache", fuhr er fort. „Die Aufnahme in die Stiftung ist nicht umsonst. Als Extrapunkt für deine erste Münze musst du mir sagen, wo die Vikings meinen Jeep gebunkert haben. Und lass bloß keine Kleinigkeit aus, Eustace. Du bist jetzt mitschuldig, und unser beider Leben hängt davon ab."

7

DREISTES LUDER

Und Eustace sang wie ein kleines Vögelchen.

Die Vikings verfügten über eine Raststätte an der I-70, die den Namen „Das Dreiste Luder" trug. Seines Wissens nach sollte Wrens Jeep dort so lange lagern, bis die Gang ihn zerlegt und einen Hehler außerhalb des Bundesstaates ausfindig gemacht hatte.

Astrein, dachte Wren. Wenn diese Idioten nachlässig genug waren, konnte er einfach reingehen, ein paar Schädel einschlagen, sich die Bilder seiner Kinder und seinen Jeep krallen, vielleicht ein oder zwei Bikes als Entschädigung mitgehen lassen, dann den Sheriffs Bescheid sagen und abhauen. Danach den Anruf an Charlie tätigen und wieder zu seiner Familie zurückkehren.

Doch zuerst brauchte er ein Auto und eine Knarre.

So fuhr sein zweites Taxi an diesem Tag vor und der Fahrer schaute nicht einmal in den Spiegel, als Wren einstieg. Genauso, wie ihm das am liebsten war. Wren ließ sich in den Sitz zurücksinken und schloss die Augen.

„Endstation", meldete sich einige Zeit später die raue Raucherstimme des Fahrers.

Wren setzte sich auf. Vielleicht war schon eine Stunde vergangen. Er blickte hinaus in die pralle Sonne und sah die aufgeschütteten Metallhaufen eines Schrottplatzes. Er bezahlte den Alten und stieg aus.

Orangeville. Wren schnupperte die Luft, aber er nahm nur den Eisengeruch seines eigenen Blutes wahr. Hier draußen am Stadtrand sah es ähnlich aus wie in Emery. Vielleicht ein bisschen größer. Breitere Straßen. Weniger Müll.

Das Tor des Schrottplatzes war mit einer Glocke versehen, die er fünfmal läutete, bis eine schlaksige Frau mit Perlendreads herauskam, die fluchte und bräunliches Zeug ausspuckte.

„Was willst du?"

„Einen Truck. Was immer fährt. Und tausend Dollar, in bar. Nehmt ihr Bitcoin?"

Sie lachte: „Das sind ja nicht gerade bescheidene Wünsche."

„Ich habe meine Kanone verloren. Ich zahle dir zweitausend in Krypto-Coins, plus weitere tausend, wenn du eine Pistole drauflegst; irgendwas, was in den letzten zwanzig Jahren hergestellt worden ist, da bin ich nicht wählerisch. Oder willst du dir etwa das leichte Geld entgehen lassen?"

Sie spuckte noch mehr Kautabak aus. „Sieht das hier wie ein Waffenladen aus?"

„Das sind drei Riesen für Schrott."

Sie kaute heftig und funkelte ihn an. „Was für den einen Schrott ist, ist für den anderen ein Schatz. Und Krypto? Das ist einen Scheißdreck wert."

„Erzähl das mal den Banken."

Sie lächelte. „Du bist doch nicht etwa ein Drogenfahnder? Du siehst verdammt aus wie einer."

„Ich habe gerade bei der CIA aufgehört. Und dann haben mich ein paar Penner in der Wüste überfallen. Das siehst du an meinem Gesicht, oder? Und jetzt bin ich auf der Suche nach ein wenig göttlicher Vergeltung."

„CIA?" Jetzt lachte sie lauthals. „Was für ein Quatsch. Aber Amen, Bruder. Gott kriegt seine Rache. Warte dort."

Am Ende bekam er einen verbeulten Ford 25 Super Duty Truck. Der Kühler war teilweise durchgeschmort und der Motor lag in den letzten Zügen, aber die Nummernschilder waren noch für drei Monate gültig und Wren hatte nicht vor, ihn länger als ein paar Tage zu fahren.

Bei der Pistole handelte es sich um eine Rorbaugh Serie R9, schwarz und an den Rändern abgenutzt und silbern. Wren checkte die Seriennummer, aber die war bereits herausgefeilt worden. Dann untersuchte er den Verschluss und das Magazin.

„Hohlspitzgeschoss, Messinghülse", erklärte die Frau. „Das ist die Waffe des Jahres 2005 der amerikanischen Waffenlobby."

„Was für ein Prachtstück", antwortete Wren und steckte sie in seinen Hosenbund.

Es dauerte ein paar Minuten, bis die Bitcoin-Transaktion abgeschlossen war, und dann noch ein paar weitere, als die Frau die Daten auf ihrem klapprigen Tablet überprüfte und nochmals überprüfte.

Schließlich sah sie wieder zu Wren auf und hielt in der einen Hand die Schlüssel des Trucks und in der anderen ein Bündel schmutziger Geldscheine, die mit einem Gummiband umwickelt waren. „Und wenn die Bullen dich schnappen? Was sagst du dann über die Herkunft dieses Fahrzeugs?"

„Ich habe es am Straßenrand gefunden", erklärte Wren. „Muss dort wie ein Pilz aus dem Boden geschossen sein, mit der Waffe schon im Handschuhfach."

„So wird es wohl gewesen sein", entgegnete sie trocken und übergab ihm die Schlüssel und das schmuddelige Geld. Wren steckte die Scheine ein, stieg in den Truck und machte sich auf den Weg zur Bar der Vikings.

Es folgte eine ruckelnde, unruhige vierzigminütige Fahrt. Auf der I-70 ging es nach Osten durch das Wüstengestrüpp, in der Ferne zogen Felsen vorbei und Kakteen wucherten in einem Meer aus lila Blüten. Fast fühlte sich Wren gut.

Die Raststätte lag genau dort, wo Eustace gesagt hatte: ein Klotz mit einer Überwachungskamera und einem kleinen Parkplatz mitten im Nirgendwo. Auf dem Dach prangte ein rosafarbenes Neonschild mit einem „Luder", das mit den Beinen strampelte.

Wren rollte vom Highway auf den sandigen Schotter außerhalb der Reichweite der Kamera. Mitten am Tag waren zehn Bikes der Vikings vor dem Haus stationiert. Zehn waren eine Menge; zumindest war das eine Betrachtungsweise. Andererseits war das nichts im Vergleich zur Erstürmung von Mudschaheddin-Lagern in den Höhlen Afghanistans, als einer von fünf Männern gegen eine Armee von Terroristen.

Er stieß die Tür auf und trat nach draußen. Die Sonne brannte auf ihn herab, die Wüste war völlig ruhig. Sein Schädel pochte. Bei einem kurzen Rundgang war keine Spur von seinem Jeep zu sehen. Entweder hatte Eustace gelogen oder er war einfach zu kurz dabei, um zu verstehen, wie die Gang vorging.

Wren vermutete, dass es Letzteres war.

Zeit zu verschwinden.

Er näherte sich dem Rasthaus von der Seite und hielt sich von der Kamera fern. Ein Lüftungsschacht klapperte und tropfte. Er umrundete die Rückseite, wo ein paar Mülltonnen von Fliegen umschwirrt wurden, Bierkisten aufgestapelt waren und ein Hund schlafend im spärlichen Schatten lag, angekettet an einen Pfosten.

Er hatte Eustace ausdrücklich gefragt, ob es einen Hund gab, und der große Kerl hatte verneint. Darüber würden sie sich bei ihrer nächsten Unterredung nochmals gründlich unterhalten müssen.

Wren überlegte, ob er sich zurückziehen und zum nächsten Supermarkt fahren sollte, um ein Steak zu kaufen, aber er hatte schon genug Zeit in diese Sache gesteckt. Stattdessen schlich er behutsam zu den Mülltonnen, wo das Summen der Fliegen immer lauter wurde. Er öffnete die erste und ein Nebel aus heißer, stinkender Luft stieg auf. Daraus fischte er ein paar Pizzakartons und einige Eimer mit Takeout-Hühnchen, warf sie zu Boden und breitete ihren Inhalt aus.

Die Pizzen waren mit Salami belegt, von denen etwa drei

Stücke übriggeblieben waren, und im Eimer befanden sich die Reste eines Zwölferpacks Hähnchenkeulen.

Das meiste Fleisch warf er dem Hund zu. Er schreckte aus seinem Schlummer auf, als der Knochen an seine Nase stieß.

„Guter Junge", rief Wren leise.

Der Hund musterte ihn, schnupperte an dem Hühnerknochen und zog dann knurrend die Lefzen zurück.

„Davon gibt's noch mehr", rief Wren und warf ihm ein Pizzastück zu. Das Knurren verblasste, als sich der Geruch verbreitete, und der Hund verschlang das Stück. Als Nächstes griff er nach dem Knochen, dann reckte er seinen Kopf in die Höhe und wartete auf mehr.

Wren hatte reichlich und warf ihm die Reste zu, während er sich langsam vorwärtsbewegte. Er war schon immer gut darin gewesen, sich Freunde zu machen.

8

VOLLSTRECKER

DIE HINTERTÜR ÖFFNETE sich mit einem Knarren, das von der dröhnenden Heavy-Metal-Musik aus der vorderen Bar übertönt wurde. Wren erkannte Korn, eine Nu Metal-Band aus den frühen 2000-er Jahren. Ihre Single „Dead Bodies Everywhere" schallte ihm entgegen, als er die fettige, dreckige Küche betrat.

Der Boden war mit rissigen Terrakottafliesen ausgelegt, die Wände waren mit alten schwarzen Flecken übersät und die Arbeitsplatte aus Edelstahl machte ihrem Namen keine Ehre. Stapel von Töpfen und Pfannen lagen in der Spüle und gammelten vor sich hin. An der nahen Wand stand eine riesige Kühltruhe, deren kleine Tür zum Eisfach offenstand, der Strom war abgestellt. Wren schlich sich hinüber, um einen Blick hineinzuwerfen.

Die Kühltruhe war mit Munitionskisten gefüllt. Eine Art Waffenarsenal. Er öffnete die große Tür des Kühlschranks und stellte fest, dass die Fächer ausgebaut worden waren und sich nun darin mehrere Gewehre und eine Schrotflinte stapelten. Bei dem Gedanken, dass er tausend Mäuse für die Knarre in seinem Hosenbund ausgegeben hatte, musste er lächeln.

Er schnappte sich die Schrotflinte, eine Remington Versa Max in Wüstentarnfarben. Sie war bereits mit Bleischrot Kaliber 20 geladen; Wren holte eine weitere Schachtel Patronen aus dem Eisschrank. Bei einer schnellen Erkundung der Küchenschränke fand er mehrere Rollen Bargeld und ein Bündel Plastikbinder, das er einsteckte, bevor er auf das Geräusch von klirrendem Metall zuging.

In einem kurzen Flur befand sich eine Schwingtür mit einem kleinen Bullauge aus Glas. Dahinter war es düster, aber Wren konnte die Bar, den Barmann und eine Gruppe von Männern erkennen, die um einen Tisch an einer offenen Tanzfläche saßen. Die meisten trugen Lederjacken, aber einer trug ein strahlend weißes Ruderleibchen, und alle blickten nach links. Wren öffnete die Tür einen Spalt und spähte hindurch.

Dort gab es eine kleine Bühne mit Scheinwerfern, auf der zwei Mädchen staksig um eine einzelne silberne Stange herumtanzten. Sie waren beide nackt, bis auf dunkle Metallmanschetten um ihre Hälse, von denen schwere Metallketten bis zu Ösen im Boden reichten.

Wren kniff die Augen zusammen. Das war gar nicht gut. Natürlich war es möglich, dass es sich hier um eine Art SM-Show handelte, bei der die Mädels angemessen entschädigt wurden, aber je mehr Wren zusah, desto unwahrscheinlicher erschien ihm das.

Die jungen Frauen waren abgemagert und ihre blasse Haut hatte etwas Seltsames an sich. Er brauchte ein paar Sekunden, um in den Schatten, die eine kitschig bunte Spiegelkugel warf, irgendetwas erkennen zu können, aber dann wurde es ihm klar.

Diese Mädels waren übel zugerichtet worden. Ihre Rücken waren mit leuchtend roten Striemen übersät, als hätte man sie mit einem langen, dünnen Hammerkopf geschlagen. Ihre Oberkörper und Oberschenkel waren schwarz und lila gesprenkelt. Außerdem war Wren sich ziemlich sicher, dass die beiden kaum aus dem Teenageralter heraus waren.

Er biss die Zähne zusammen. Eustace hatte auch dazu nichts gesagt, aber Wren musste an das denken, was der Vollstrecker am

Abend zuvor zu ihm gesagt hatte: irgendetwas über Halsbänder und Käfige.

Er hatte das bloß für großmäuliges Gerede gehalten, aber jetzt überdachte er das Ganze noch einmal. Er hatte vorgehabt, niemanden umzubringen, sie vielleicht zu vermöbeln, ein paar ihrer Bikes als Entschädigung für den Jeep in den Super Duty zu laden und dann den Sheriff zu rufen.

Doch jetzt schien das nicht mehr zu reichen.

Denn wenn es eine Ungerechtigkeit gab, die Wren mehr hasste als alles andere, dann war es die Versklavung von Menschen.

Er stieß die Tür auf und rückte vor.

In der Dunkelheit und dem Lärm bemerkten sie ihn zunächst nicht. Er erreichte den Tisch und ließ den Griff der Remington mit einem lauten Knall hart auf den Schädel des Kerls auf der rechten Seite niedersausen, sodass er vom Stuhl fiel.

Bevor irgendjemand reagieren konnte, schlug Wren auch auf den Mann links ein, trat dann zurück und erhob die Flinte.

„So wie ich das sehe", rief er mit lauter Bassstimme, „erledigt das Baby hier bloß die Hälfte von euch. Den Rest erledige ich viel langsamer. Oder wir unterhalten uns mal ernsthaft über euer Geschäftsmodell."

Die Männer glotzten. Einige ließen ihre Hände vom Tisch gleiten, wahrscheinlich um nach Waffen zu greifen, vermutete Wren. Er behielt sie im Auge, achtete aber vor allem auf den Kerl im Ruderleibchen.

Aus der Nähe erkannte er ihn. Das war der Vollstrecker von gestern Abend, voller Tattoos und mit übergroßen Muskeln. Er griff nicht nach einer Waffe wie einige der anderen, aber das brauchte er auch gar nicht; er trug immer noch seinen Schlagring. Wren vermutete, dass die Länge des Schlagrings wohl exakt mit den Abdrücken auf den Rücken der jungen Frauen übereinstimmte.

„Der Komiker", sprach der Vollstrecker mit eiserner Miene. „Ich habe mich schon gefragt, ob wir dich wiedersehen würden."

„Jedenfalls nicht in einem Käfig", antwortete Wren.

„Noch nicht", meinte der Vollstrecker und sein Blick huschte über Wrens Schulter nach links.

Damit hatte Wren gerechnet und er wich scharf nach rechts aus. Ein mit Nägeln besetzter Baseballschläger schwang durch die Luft, wo sein Kopf gewesen war, gefolgt von dem Barmann, der taumelte, als sein Schlag nicht richtig saß.

Am Tisch wurden die Waffen aus den Taschen und Halfter hervorgeholt, aber keiner schoss schneller als Wren.

Funken sprühten aus dem Lauf der Schrotflinte und der Tisch zerbarst, als die Bleikugeln Flaschen zerschmetterten, sich in das Holz fraßen und Haut zerfetzten. Männer schrien und gingen zu Boden, ihre Körper waren völlig zermatscht. Wren trat einen Schritt zurück, neigte sich nach rechts und feuerte den zweiten Lauf ab, sodass die drei Typen, die noch standen, von einem etwas breiteren Bleikranz getroffen wurden. Einer fing den Großteil der Kugeln in seiner Brust ab und wurde sofort durchlöchert, während die beiden anderen die Streuung abbekamen und mit jeweils einem Dutzend Verletzungen an den Armen und im Gesicht zu Boden gingen.

Der Barmann holte erneut mit dem Schläger aus, aber Wren war wieder gerüstet und blockte den Schlag mit der Schrotflinte wie mit einem Bo-Stab ab. Dann zog Wren seine rechte Hand vom Griff, holte die Rorbaugh hervor und blies dem Barmann aus nächster Nähe den Schädel weg.

Sein Kopf explodierte nach hinten.

Da krachte etwas gegen Wrens Schläfe.

Er kippte zur Seite, und sowohl die Pistole als auch die Schrotflinte entglitten seinem Griff. Seine Hüfte prallte gegen den zerschmetterten Tisch, seine Hände schafften es nicht, sich an den Rückenlehnen der umgestürzten Stühle festzuhalten und er schlug zwischen den Körpern der gefallenen Biker auf dem Boden auf. Seine Sicht verschwamm und er wäre fast ohnmächtig geworden, aber sein Instinkt und sein Muskelgedächtnis sorgten dafür, dass er sich abrollte, was seinen Rücken vor dem donnernden Tritt des Vollstreckers schützte.

Jetzt stand der Vollstrecker mit erhobenen Fäusten über Wren, die Schlagringe funkelten im Licht der Spiegelkugel. Wrens Kopf dröhnte wie eine Glocke und er merkte, dass er gerade von einem dieser Schlagringe getroffen worden war.

Ganz automatisch holte er aus und traf den Knöchel des Vollstreckers gerade heftig genug, um ihn nach hinten taumeln zu lassen und sich ausreichend Zeit zu verschaffen, wieder auf die Beine zu kommen.

Er traf auf der klebrigen Tanzfläche auf den Vollstrecker, wo die schwere Heavy-Metal-Musik dröhnte. Der Vollstrecker war bereits vollgepumpt mit Adrenalin, seine Augen waren weit aufgerissen und in seiner rechten Faust lag eine Luger 9mm. Wren packte mit einer Hand sein blasses Handgelenk und mit der anderen die Waffe und riss daran, um ihm einen Finger zu brechen und die Waffe zu entreißen.

Da löste sich seitlich ein Schuss aus der Waffe und der Lauf wurde unerträglich heiß, aber Wren ließ nicht los. Einen Augenblick lang rangen sie miteinander, dann versetzte der Vollstrecker Wren einen Kopfstoß ins Gesicht. Wren hatte den Move kommen sehen, zog sein Kinn ein und sodass der Typ seine Nase gegen Wrens Schädeldecke knallte.

Durch den Schlag löste sich die Luger und krachte zu Boden. Dem Vollstrecker lief das Blut über das Gesicht und befleckte seine Weste, aber er zeigte keine Anzeichen, dass er zurückweichen würde.

„Du bist wohl nicht daran gewöhnt, dass dein Opfer zurückschlägt, was?", fragte Wren mit zusammengebissenen Zähnen. Der Vollstrecker hob seine Fäuste und Wren tat es ihm gleich.

Die Fingerknöchel blitzten auf, als der Vollstrecker einen brutalen Angriff startete, aber Wren wich genauso schnell aus und rammte dem Mann den Ellbogen in den Hals. Er blockte ihn mit der Schulter ab, wirbelte herum und verpasste Wren als Antwort einen tiefen Haken in den Bauch. Fast hätte er Wrens Solarplexus erwischt, aber er wich dem Aufprall aus und trat dem Vollstrecker instinktiv gegen die Brust.

Der Mann taumelte zurück und stolperte dabei fast über einen seiner gefallenen Kameraden. Wren folgte mit einer Reihe von Haken, Schlägen und Hieben, denen der Vollstrecker auswich, bevor er seine eigenen Schläge austeilte, die aber nur die Luft trafen.

„Für wen arbeitest du?", krächzte er und spuckte dabei Blut. „FBI?"

„Selbstständig", keuchte Wren und versetzte ihm einen weiteren Fußtritt. Der Vollstrecker erwischte ihn mit den Ellbogen, was ihn kurz zu Fall brachte, und Wren nutzte die Gelegenheit, um sich auf seine Knöchel zu stürzen, sie zu fixieren und ihn in einem Ringergriff auf den Boden zu werfen.

Der Vollstrecker versuchte, sich freizudrehen, aber Wren warf sich herum und schnappte sich blitzschnell seinen linken Knöchel, bevor er ihn quer über seinen Körper bis in seine Achselhöhle drehte. Die wilden Tritte und Schreie des Vollstreckers beachtete er nicht und zog so lange, bis das Knie mit einem Knall überstreckt wurde und der Meniskus barst.

Der Vollstrecker schrie auf, konnte sich aber irgendwie befreien, rappelte sich auf und verpasste Wren einen gewaltigen rechten Schwinger gegen den Schädel. Die Heftigkeit des Angriffs überraschte Wren, aber er schaffte es, gerade so weit zurückzuweichen, dass der Vollstrecker das Gleichgewicht verlor.

Er fing sich mit seinem linken Fuß ab, aber das Knie gab sofort nach und er fiel in Wrens wartende Arme. Diesmal packte Wren seinen rechten Arm, drehte ihn über seine eigene Schulter und riss mit aller Kraft daran.

Der Ellenbogen des Vollstreckers zersplitterte und er brüllte auf.

Da ließ Wren sein Handgelenk los. Der Vollstrecker taumelte und keuchte. Es war ein Wunder, dass er überhaupt noch stehen konnte.

„Diese Frauen", rief Wren, kaum außer Atem, und deutete auf

die Bühne, wo die Frauen nun dicht aneinander gedrängt dastanden. „Haltet ihr die beiden in einem Käfig?"

Der Blick des Vollstreckers fiel auf etwas auf dem Boden, und zu spät erkannte Wren, dass es die Luger war. Sogleich stürzten sich beide auf die Waffe. Wren hatte keine andere Wahl, als mit seinem rechten Fuß mit aller Kraft zuzutreten. Er traf mit einem satten, knöchernen Knirschen auf den Kopf des Vollstreckers.

Der Hals des Vollstreckers zuckte in die entgegengesetzte Richtung und er war bereits tot, bevor er mit einem Knall auf dem Boden aufschlug.

Wren stand einen Augenblick lang da und betrachtete das Blutbad, das er angerichtet hatte. Niemand bewegte sich, zumindest nicht wesentlich, obwohl die jungen Frauen auf der Bühne zitterten.

„Es wird alles gut", beruhigte er sie so sanft wie möglich. „Ihr seid jetzt in Sicherheit."

Dann holte er seine Schnellbinder heraus und machte sich daran, die Männer, die noch lebten, zu fesseln. Es gab noch ein paar Fragen, die er unbedingt beantwortet haben wollte, bevor er den Sheriff anrief.

9

ZUR RECHENSCHAFT GEZOGEN

IM DREISTEN LUDER war es dunkel und ruhig, bis auf das gelegentliche Stöhnen eines Vikings, nachdem Wren den Stecker der Musikbox gezogen hatte.

Kein Korn mehr. Keine rotierende Spiegelkugel mehr. Die Mädels waren fort, ihre eisernen Halsbänder abgenommen und ihre Taschen voll mit Kohle der Vikings. Wren hatte ihnen etwas zu trinken gebracht und ihnen Kleidung besorgt, aber sie hatten nicht viel gesprochen. Er hatte zwar ein paar Fragen gestellt, aber vielleicht war ihr Englisch nicht gut genug, oder sie wollten einfach keine Sekunde länger dortbleiben. Er konnte ihnen das nicht verdenken, nicht nach dem, was die Vikings ihnen angetan hatten.

„Verlasst die Stadt", hatte er zu ihnen gesagt. „Verschwindet weit weg von hier, zumindest für eine Weile. Bleibt zusammen. Und bringt euch in Sicherheit. Kriegt ihr das hin?"

Sie hatten genickt und sich aus den Staub gemacht. Natürlich hatten sie ihm nicht getraut. Aber das war ja nur allzu verständlich.

Jetzt stand er mitten in der Bar und überblickte den Schaden.

Fünf der Kerle waren bereits hinüber, drei schwebten zwischen Leben und Tod und drei weitere, darunter der Barmann, würden monatelang nicht kämpfen können. Alle Lebenden waren gefesselt und geknebelt. In einem anderen Leben hätte ihr Tod Wren vielleicht beschäftigt, aber nicht heute. Diese Männer hatten ihre Entscheidung in der Nacht getroffen, in der sie ihn sich geschnappt hatten. Genau wie er, schon so oft zuvor.

Das hier ging auf ihre Kappe.

Wren wählte einen der älteren Biker aus, einen Kerl mit einem struppigen Bart und Schrotkugeln in der rechten Schulter und Brust, und beugte sich hinunter.

„Wo versteckt ihr die Mädels?", fragte er.

Der Mann fluchte zu ihm hoch. Er war kein Eustace, das stand fest. Er war härter, ein vollwertiges Mitglied.

„Hier jedenfalls nicht." Wren stellte einen Fuß auf die Schulter des Mannes und übte Druck aus. Der Kiefer des Bikers verkrampfte sich, aber er konnte nicht verhindern, dass ein Stöhnen über seine Lippen kam. „Ich habe schon hinten nachgesehen. Dort gibt es weder Käfige noch Zellen. Wo sind sie dann? Wo ist die Zentrale?"

„Geh und lutsch doch ..."

Wren drückte fester zu. „Ich habe bereits fünf deiner Freunde zur großen Raststätte im Himmel geschickt. Hast du tatsächlich Lust, es ihnen gleichzutun?"

Der Mann öffnete den Mund, um etwas zu sagen, da klaffte plötzlich ein Loch im Boden neben seinem Kopf und ein lauter Schuss erschallte in der Bar. Ein Sekundenbruchteil verging, dann folgte ein weiterer Schuss, der das Gehirn des Mannes über dem Boden verteilte.

Wren war bereits in Bewegung. Er hechtete zur Seite, rollte sich ab und zog sich hinter eine umgestürzte Tischplatte zurück. Dann schnappte er sich seine Rorbaugh und wartete ab. Ein junger Mann in einem dreiteiligen Anzug stand hinter der Bar, was Wren kurzzeitig überraschte. Er hatte bereits das ganze Gebäude ausgeräumt, und sonst war niemand dagewesen.

Schüsse schlugen in die Tischplatte ein. Wren erhob sich und feuerte zurück, wobei er den Mann mit dem zweiten Schuss in die rechte Schulter traf. Dieser prallte gegen die Schnapsflaschen, die an der hinteren Theke aufgereiht waren, zerschmetterte Glas und vergoss Spirituosen, dann ging er zu Boden.

Wren umkreiste die Bar und wich zurück, während der Mann im Anzug vom Boden aus feuerte; sechs weitere Schüsse, bis seine Pistole leergeschossen war.

„Du hast keine Munition mehr", stellte Wren fest und trat wieder in Sichtweite. Der Mann war glattrasiert, schlank und sichtlich verängstigt. „Wer bist du?"

„Ich bin … Ich bin in der Buchhaltung."

Wren runzelte die Stirn. „Du bist ein Buchhalter?"

„Ich mache die Bücher."

„Welche Bücher?"

„Äh, für die Bar."

Wren sah ihn an. „Du machst die Bücher für die Bar. In einem dreiteiligen Anzug. Nur für diese Bar?"

„Ich mache, äh …"

„Mehr als nur die Bar, richtig?"

„Ich, äh, ich kann nicht …"

„Du weißt vom Menschenhandel?"

Die Augen des Mannes wurden so riesig, dass Wren schon dachte, sie würden herausspringen, während seine Haut ganz fahl wurde. Wenn er vor Schreck ohnmächtig wurde, würde er Wren nichts nützen, also ließ er die Frage schnell fallen:

„Wo kommst du her?"

Der junge Mann deutete mit einem Nicken in Richtung Eingang. „Ich bin eben erst angekommen. Ich komme einmal in der Woche."

Wren betrachtete ihn. „Du bist also ein Buchhalter und hast eine Knarre. Das sagt mir schon eine Menge. Du hast hier ein Problem ausgemacht und hast gedacht, du würdest dich einmischen, aber ziemlich ungeschickt. Damit hast du einen deiner eigenen Leute kaltgemacht. Warum hast du überhaupt geschossen?"

„Ich, äh, keine Ahnung. Es hat sich wie eine gute Idee angefühlt."

Wren schüttelte den Kopf. Alles an den Vikings schrie nach Dilettantismus. Er atmete tief ein. „Hör mir jetzt mal gut zu. Du und der Kerl, den du gerade umgelegt hast, sind mir scheißegal. Vielleicht steckst du bis zum Hals in dem Mist, den diese Biker abziehen, vielleicht auch nicht, aber ich muss es jetzt wissen. Menschenhandel und Sklaverei, klingelt da irgendwas bei dir?"

Der Typ blinzelte und drehte sich wie wild herum, als ob er nach einem Ausweg gesucht hätte. Wren richtete seine Rorbaugh auf seinen Bauch, um seine Aufmerksamkeit zu bekommen.

„Also doch. Du verrätst mir jetzt sofort, wo die Vikings die Mädels festhalten, oder ich jage dir eine Kugel in den Bauch und wir sehen zu, wie dein Mittagessen rausläuft."

Der Mund des Mannes öffnete sich, schloss sich und öffnete sich wieder. „Du kriegst sie nie", antwortete er.

„Wen krieg ich, noch mehr Vikings? Ich habe doch schon so viele ausgeschaltet."

Der Buchhalter schüttelte den Kopf. „Ich habe sie schon gewarnt, bevor ich das Feuer eröffnet habe. Sie werden scharenweise hier einfallen. Gerade räumen sie das Lagerhaus, und ..."

Das erregte Wrens Aufmerksamkeit, und er trat näher, stellte einen Fuß auf die Schulter des jungen Mannes und trat zu. „Welches Lagerhaus?"

10

LAGERHAUS

IN EINER DREIVIERTELSTUNDE war Wren da, nachdem er fünfzig Kilometer auf der I-70 und dann noch einmal knapp zehn Kilometer abseits der Straße auf Schotterpisten durch die Wüste gerast war.

Auf dem Weg dorthin war er an den eintreffenden Polizeifahrzeugen aus Orangeville mit Sirenen und Blaulicht vorbeigefahren. Er hatte sie zwar gerufen, aber der Rest ging ihn nichts mehr an.

Das Lagerhaus der Vikings erhob sich direkt vor ihm.

Es lag in einem flachen Tal, flankiert von Sandsteinfelsen und niedrigen Tafelbergen, umringt von einem Stacheldrahtzaun. Es sah brandneu aus, ein quadratisches, fensterloses Gebäude mit Flachdach aus Wellblech. Auch die Pfosten mit dem Stacheldraht waren neu und funkelten unter den drei hohen Sicherheitsscheinwerfern. Insgesamt gab es nur einen einzigen Zugang, der mit kräftigen Rollläden aus Blech verriegelt war.

Sechs Bikes mit Totenkopfaufklebern der Vikings waren auf dem Gelände geparkt. Das war seltsam und schien nicht zu dem zu passen, was der Buchhalter darüber gesagt hatte, dass er sie gewarnt hatte.

Warum waren sie nicht zum Luder zurückgekommen?

Wren öffnete das Fenster und atmete tief die heiße Wüstenluft ein. Er roch frisch aufgetragenen Teer, den Saft von Wüstenbäumen und einen süßlichen Gestank, der ihn an ein Feldlazarett für Einheimische in Syrien, südlich von Palmyra, erinnerte.

Dort hatte er im Rahmen einer CIA-Mission zusammen mit kurdischen Rebellen gegen die staatliche Syrische Arabische Armee gearbeitet und nach einem Informanten gesucht. Das Lager war dreckig gewesen, voller kranker und entkräfteter Leute, die in behelfsmäßigen Zelten und auf Tragbahren gelegen und nach altem Schweiß und Verzweiflung, Exkrementen und Urin gerochen hatten. Über all diesen üblen Gerüchen war jedoch der süßliche Gestank von Babynahrung geschwebt.

Dieser war in Flüchtlingslagern allgegenwärtig, in denen UN-Mitarbeiter das Zeug in rauen Mengen verteilten. Jeder kämpfte darum. Erwachsene tranken es, Babys tranken es; der saure Gestank von Trockenmilch schwebte in der Luft, wo immer eine große Masse von Menschen unter schlechten Bedingungen zusammengepfercht war.

Und nun war er hier, mitten in der Wüste von Utah.

Wren wischte sich den Schweiß aus den Augen. Sein Herz pochte in seiner Brust. Der Buchhalter hatte das Ausmaß des Ganzen nicht erwähnt, aber Wren erkannte schon am Geruch, dass es sich um eine riesige Anlage handelte. In diesem Lagerhaus mussten hundert Leute eingesperrt sein, die darauf warteten, weiterverfrachtet zu werden.

Nichts hasste Wren mehr. Seine Fingerknöchel krallten sich um das Lenkrad. Möglicherweise warteten sie drinnen auf ihn. Womöglich wurde er gerade beobachtet.

Zeit, mehr zu erfahren.

Er schaltete das Radio ein, drehte die Lautstärke voll auf und schoss mit dem Van von der Straße ins Gebüsch, wo er durch Salbeibüsche und niedrige Kakteen bretterte. Auf halbem Weg dorthin hatte er fünfundsiebzig Sachen erreicht, weitere zwanzig Meter weiter stieß er gegen den äußeren Stacheldrahtzaun. Der

Draht zog sich straff, zerrte an den Pfosten und riss dann quer über dem Kühlergrill. Nach achtzig Metern musste er jedoch erkennen, dass sein Kurs ungünstig war: Er würde die seitliche Säule des Rollladens treffen, die wahrscheinlich mit schwerem Stahl verstärkt war, und gegen die Innenseite der Windschutzscheibe prallen.

Deshalb reagierte er schnell und riss das Lenkrad herum, sodass der Ford in einem anderen Winkel über den sandigen Asphalt schoss. Er geriet für eine Sekunde ins Schleudern und prallte dann mit voller Wucht frontal gegen die Rollläden. Der vordere Kühlergrill riss das Stahlblech mit einem lauten Knarren aus seiner Verankerung.

Wren wurde beim Aufprall nach vorne geschleudert, der Sicherheitsgurt schnitt ihm hart in die Rippen und er wurde in den Sitz zurückgepresst, sobald der Rollladen wie der Umhang eines Matadors nach oben peitschte und der Ford in die pechschwarze Dunkelheit raste. Seine Scheinwerfer erhellten eine Ansammlung von Drahtkäfigen zu seiner Linken und hohe Reihen von Metallregalen vor ihm, dann war er mitten drin.

Die Regale knallten gegen den Ford wie Körper in einer Menschenmenge und der Wagen bahnte sich einen zerstörerischen Weg durch vier Reihen, bevor sein Schwung zum Stillstand kam und die Abrissbirne schließlich innehielt.

Wren holte tief Luft. Bruce Springsteen sang „Born in the USA" in voller Lautstärke aus dem Radio, plötzlich unerträglich laut in dem geschlossenen Raum. Er stieß die Tür auf und schlüpfte in die Dunkelheit. Schnell entfernte er sich vom Lärm und dem Licht des Trucks, begleitet von einer plötzlichen Kaskade von Schüssen.

Wren zählte mit, während er sich in Deckung begab, vier Schüsse, die von den Aluminiumwänden und dem Dach widerhallten. Am Ende einer langen Zeile von sieben Meter hohen Regalen hielt er inne, mit der Rorbaugh in der rechten Hand.

„Born!", schrie Springsteen aus fünfzig Metern Entfernung.

Da fiel ein weiterer Schuss und schlug irgendwo in der Nähe des Trucks ein. Wren schlich um das riesige Regal herum, wobei seine Gestalt durch die gestapelten Kisten verborgen blieb, und suchte das dunkle Innere ab. Die Scheinwerfer des Fords waren die einzige Beleuchtung, und das Radio heulte wie ein verwundetes Tier.

Auf der linken Seite befanden sich Käfige.

Sie nahmen die linke Hälfte der Lagerhalle ein, waren mit Stacheldraht verkleidet und hatten eine Höhe von zweieinhalb Metern. Es gab nur einen Grund, warum man solche Käfige brauchte.

Sie waren leer, bis auf eine schäbige Ansammlung von Schlafsäcken, dünnen Wolldecken und Kleidungsstücken, die in der Dunkelheit zusammengerollt waren. Wren fluchte leise vor sich hin.

Er war zu spät dran. Die Warnung war angekommen und sie hatten alle weggebracht.

Ein weiterer Schuss sauste durch die Dunkelheit, durchschlug die Kisten auf dem Regal neben ihm und prallte vom Metallrahmen ab. Er war zwar aufgeflogen, aber das Mündungsfeuer des Scharfschützen verriet auch seinen Gegner. Er stand irgendwo oben auf den Käfigen, in einer Art Wachturm, und benutzte ein Gewehr, das im schwachen Licht des Trucks kaum zu erkennen war.

Wren rechnete schnell nach: Der Kerl hatte jetzt schon fünfmal geschossen, und ein normales Langgewehr hatte drei bis fünf Patronen im Magazin. Damit wäre ein Nachladen fällig.

Also griff Wren an.

Da ertönte rechts von ihm ein Schuss und schlug Funken. Vielleicht eine Waffe mit sechs Schuss oder ein zweiter Schütze. „Born in the USA" war mittlerweile zu Ende gegangen und der Radiomoderator verhallte in der Dunkelheit, als Wren durch die geöffnete Tür des Käfigs stürzte.

Ein siebter Schuss fiel, und Wren spürte die aufgewühlte Luft zu seiner Linken. Das Magazin musste über eine erhöhte

Kapazität verfügen. Er hob die Rorbaugh an und feuerte in die Dunkelheit, fünf Schuss, während er weiterlief, bis er fast direkt unter dem Kerl stand.

Schließlich drang ein dumpfer Schlag von oben zu ihm durch, als der Typ zu Boden ging.

Sich hoch oben aufzuhalten, war nicht immer das Beste.

Wren wirbelte herum und setzte sich in Bewegung.

Plötzlich fiel ein weiterer Schuss, der Funken über den Zementboden jagte, auf dem er gerade noch gestanden hatte. Er steuerte auf die Engstelle des Käfigs zu: die Tür. Der Typ da draußen würde das ebenfalls wissen, und ein zweiter Schuss zischte durch die Luft, der Wren im roten Schein der Rücklichter anvisierte. Es blieb keine Zeit mehr, und Wren musste schnell handeln. Alle möglichen Strategien gingen ihm durch den Kopf. Die Rorbaugh hatte noch jede Menge im Magazin.

Also hielt er die Stellung und feuerte viermal direkt durch das Drahtgitter des Käfigs, traf die Rücklichter des Fords und legte sie lahm. Die Käfige versanken in der Dunkelheit und gaben Wren Deckung, aber innerhalb von Sekunden fegte ein Kugelhagel über ihn hinweg, wo er gerade noch gestanden hatte.

Er stürmte durch den Eingang zum Käfig und raste auf den Scharfschützen zu. Jetzt kam es nur noch auf Geschwindigkeit und absolute Ruhe an. Er umrundete den Ford, hielt neben den Scheinwerfern an und schoss in die Regale vor ihm.

Der Heckenschütze schoss zurück, verfehlte aber; und das war sein Fehler. Wrens Mündungsfeuer wurde von den hellen Scheinwerfern verdeckt, aber nicht das des Scharfschützen. Seine Schüsse verrieten ihm seinen genauen Aufenthaltsort.

Wrens Blut pulsierte und er flitzte auf Zehenspitzen dahin, kaum wahrnehmbar unter dem Getöse des Radios. Vielleicht konnte er den Kerl ja lebend überwältigen und ein paar Antworten bekommen. Er umkreiste eines der Regale und sah ihn dort liegen, das Gewehr immer noch auf den Truck gerichtet.

Wren wollte sich schon auf ihn stürzen, aber der Typ hatte ihn wohl eine Sekunde zu früh bemerkt, richtete sich auf, zielte und schoss. Der Schuss zischte an ihm vorbei und Wren erwiderte das Feuer. Er traf den Kerl in die Wange, hinterließ einen roten Punkt und er sackte in sich zusammen.

Wren kniete sich neben ihn und legte ihm eine Hand an den Hals. Aber er war auf der Stelle gestorben.

Wren lauschte eine geschlagene Sekunde lang. Jetzt krächzte Meatloaf, was das Zeug hielt. Doch es fielen keine weiteren Schüsse. Keine Bewegung. Es waren zwei Männer gewesen, obwohl nach den Motorrädern zu urteilen, sechs Wache halten sollten. Damit blieben noch vier übrig.

Und es dauerte nicht lange, sie zu finden.

11

PROFIS

WREN FAND die Beleuchtung der Lagerhalle neben der Tür und schaltete sie an. Die Lichter flackerten rhythmisch durch das Lagerhaus und tauchten den riesigen Raum in ein grelles, weißes Licht. Er überblickte die Käfige und Regale und sein Blick fiel sofort auf das Wachhäuschen.

Er erklomm eine Leiter und fand sofort den Kerl, den er getötet hatte, zusammen mit zwei anderen Leichen.

Doch Wren hatte nur einen von ihnen umgelegt.

Er kniete sich neben die Gruppe, vom Adrenalin aufgeputscht, und hörte nun das Blut wie einen Trommelwirbel auf das Käfigdach tropfen. Der Kerl, den Wren erschossen hatte, sah überhaupt nicht wie ein Viking aus. Er war blass, hatte kurzes, blondes Haar, war großgewachsen und ganz in Schwarz gekleidet, wie ein Marine eines Spezialeinsatzkommandos. Wren durchsuchte seine Taschen, aber da war nichts, nicht einmal ein Handy.

Ein Profi?

Das waren keine guten Nachrichten.

Die anderen beiden trugen verblichene Lederjacken mit dem Logo der Vikings auf dem Rücken und waren ähnlich groß wie

Eustace, aber Vollmitglieder. Wren drehte einen herum und sah zwei blutverschmierte Löcher in der Brust, eines im Kopf.

Das war eine Hinrichtung aus nächster Nähe gewesen, durchgeführt von jemandem, den der Typ gekannt und dem er vertraut hatte. Mögliche Erklärungen schossen ihm durch den Kopf, aber keine davon passte so richtig ins Bild. Er musste mehr herausfinden.

So lief er den Gang entlang zu einem erhöhten Büro in der oberen nordwestlichen Ecke. Von der Tür aus blickte er wieder nach draußen und entdeckte weitere tote Vikings, die zwischen den Regalen niedergeschossen worden waren.

Er war also in eine größere Sache hineingestolpert. Eine Aufräumaktion?

Durch die Tür sah er, dass das Büro völlig auseinandergenommen worden war. Kabel lagen überall verstreut, wo eigentlich Computertürme hätten stehen sollen, Monitore standen verlassen herum, an den Wänden waren blasse Flecken zu sehen, wo sonst Planer hingen, und ein Aktenschrank war durchwühlt.

In einer Ecke, mit einer Glock in der Hand und umgeben von Einschusslöchern in der Trockenbauwand, lag ein weiterer Viking. Er war ein Vollmitglied mit zahlreichen Tattoos, gezeichnet von drei wahllosen Schüssen in den Körper, gefolgt von zwei gezielten Schüssen in die Brust und einem in den Kopf.

Das Ausmaß der Säuberungsaktion wurde deutlich.

Wren hatte schon öfter solche Einsätze erlebt, bei denen Kartelle ihre ortsansässigen Partner aus dem Weg geräumt hatten, nachdem eine Operation schiefgelaufen war. Tote packen nicht mehr aus. Er spulte die Ereignisse in seinem Kopf bis zu dem Augenblick zurück, in dem der Buchhalter die Meldung gemacht haben musste.

Wren hatte das Luder überfallen und jeden Viking dort überwältigt, und diese Gruppe hatte angenommen, dass er kein Einzelkämpfer war, sondern ein gesamter Regierungstrupp. Als

Reaktion darauf hatten sie die Käfige leergeräumt und ihre gesamte Operation abgefackelt.

Sie hatten die Vikings aus dem Weg geräumt und ihre „menschliche Fracht" abtransportiert und alle Spuren beseitigt.

Außer.

Wren lief es kalt den Rücken runter.

Er untersuchte die Taschen des toten Vikings, aber die waren leer. Dann begab er sich zurück in die Halle und untersuchte jeden anderen Viking, den er finden konnte, auch den, der unter dem Regal, das sein Ford umgestoßen hatte, eingeklemmt war.

Alle ihre Taschen waren leer. Keine Handys, keine Ausweise, nichts. Am Rolltor sah er zwölf Kanister mit Benzin und erkannte, was er da unterbrochen hatte. Dieses Kartell, oder was auch immer es war, hatte die Vikings abgeschlachtet und war gerade dabei gewesen, das ganze Lagerhaus niederzubrennen. Es wäre nichts übriggeblieben.

Aber irgendwelche Beweise gab es immer.

Auch die Vikings im Luder mussten von dem Lagerhaus und seinen Betreibern gewusst haben. Auf ihren Handys waren Anrufe, Nummern und Chatprotokolle gespeichert gewesen. Allerdings hatte Wren bereits den örtlichen Sheriff auf die Vikings angesetzt; die würden jetzt alle in der örtlichen Polizeiwache einsitzen.

Bedeutete das …?

Ihm wurde der Mund ganz trocken. Schon möglich. Wenn diese Organisation mit den Kartellen, die Wren kannte, vergleichbar war, würden sie sich nicht von einer kleinen Polizeistation aufhalten lassen, um ihre Spuren zu verwischen.

Das waren Profis mit unglaublichen Möglichkeiten und der Fähigkeit und Entschlossenheit, örtliche Partner im Handumdrehen auszulöschen und Hunderte von geknechteten Leuten auf einmal zu verschleppen, ohne dass er je von ihrer Existenz erfahren würde.

Diese Operation war gerade völlig aus dem Ruder gelaufen.

Er sprintete los und fand seinen Jeep in einem Fuhrpark

jenseits der Regale. Er war von Kugeln zerfetzt und der Motorblock war bereits entfernt worden, das Armaturenbrett für die Elektronik ausgeschlachtet. Der Beifahrersitz war leer und die Bilder seiner Kinder verschwunden.

Aber all das schien jetzt meilenweit entfernt zu sein.

Er kehrte zu seinem Ford Super Duty zurück. Der Motor lief immer noch und er legte den Rückwärtsgang ein, löste sich von den Regalen und schoss durch den herunterhängenden Rollladen zurück in die Wüste.

Wenn ein Angriff auf die Vikings in Polizeigewahrsam bevorstand, dann bald, und zwischen ihm und dem nächsten Polizeirevier in Price lagen hundertfünfzig Kilometer. Ihr Leben kümmerte Wren herzlich wenig, aber er musste wissen, was sie wussten.

Schon jetzt war er heillos im Hintertreffen. Er musste unbedingt eine Warnung durchgeben.

Und während er mit hundertzwanzig über eine Schotterpiste durch den roten Sand von Utah raste, wählte er eine Nummer, von der er nie gedacht hätte, dass er sie jemals wieder anrufen würde.

12

HUMPHREYS

„JA", meldete sich eine männliche Stimme am anderen Ende der Leitung. Nichts Anderes bekam man zu hören, wenn man die Telefonzentrale des Special Activities Center der CIA anrief.

„Hier ist Christopher Wren, Codewort clockjaguar3, ich suche Director Gerald Humphreys."

Es verstrich einen Augenblick, dann kam ein höfliches „Bitte warten Sie."

Die Überwachung seiner Telefonleitung hatte bereits begonnen. Zweifellos stand sein Name bereits auf den schwarzen Listen der nationalen Geheimdienste, von denen jeder verzweifelt versuchte, seine eigenen Geheimnisse zu wahren. Vielleicht würden sie für Wren eine Ausnahme machen.

Es vergingen dreißig Sekunden, dann meldete sich eine Stimme in der Leitung. Director Humphreys, der linientreue König seines eigenen Lehens und oberster Aufseher über Wrens Tätigkeiten in den letzten fünf Jahren.

„Wren", sprach er. „Wir hatten doch eine Abmachung. Was wollen Sie?"

Darauf gab es nicht viel zu erwidern. Sie würden seinen Aufenthaltsort bereits kennen, aber das würde ihnen auch nicht viel nützen. Es gab nicht genug Mobilfunkmasten in der Nähe, um ihn genau zu orten, vielleicht würden sie nur eine grobe Einschätzung von ein paar tausend Quadratkilometern hinbekommen.

Im Grunde wussten sie bloß, dass er sich in Utah aufhielt.

„Ich rufe nicht an, um mich über die Vergangenheit zu unterhalten. Ich habe ein neues, äußerst dringendes Problem und eine Anfrage."

„Eine Anfrage? Sie haben mehrere Geheimdienstoperationen in den Sand gesetzt. Da steht es Ihnen nicht zu, irgendwelche Anfragen zu stellen. Schlimmer noch: Ich habe mich mit dem Personenkult befasst, den Sie in den letzten zwanzig Jahren aufgebaut haben, Christopher. Die „Stiftung"? Wann hatten Sie vor, Ihren Kollegen mitzuteilen, dass Sie ein Sektenführer sind?"

Wren runzelte die Stirn. „Woher wissen Sie von der Stiftung?"

„Zerbrechen Sie sich darüber mal nicht den Kopf. Sorgen Sie sich lieber um die Anklage wegen Hochverrats, die gegen Sie angestrebt wird. Wo auch immer Sie sind, bleiben Sie dort. Ich schicke jemanden vorbei, der Sie abholt. Sie haben eine private Sektenarmee aufgebaut, und dafür werden Sie jetzt bezahlen …"

„Das ist doch gar keine Sekte", unterbrach ihn Wren. „Und ich bin kein Sektenführer. Es ist auch nichts Verbotenes dabei, nichts, was ich melden müsste. Wir sind eine Selbsthilfegruppe, Gerald, das ist alles. Aber hören Sie, ich brauche jetzt …"

„Eine Selbsthilfegruppe? Glauben Sie wirklich, dass ich Ihnen diesen Schwachsinn abkaufe? Wer zum Teufel sind Sie überhaupt?"

„So ist es nicht", antwortete Wren, der seinen Ärger gut unter Kontrolle hatte. „Aber das ist im Augenblick nicht wichtig. Hören Sie, Gerald; ich vermute, ich bin hier auf eine ernsthafte Terrordrohung für das Land gestoßen, und ich muss eine Warnung vor einem bevorstehenden Angriff herausgeben und brauche einen neuen Status, damit ich vor Ort handeln kann."

Humphreys brauchte ein paar Sekunden, um das zu begreifen. „Terrordrohung? Und ein neuer Status? Wren, Sie sind sowas von abgeschrieben, dass Sie für den Rest Ihrer Tage in irgendeinem Loch landen. Sie kriegen keinen Status."

„Ich brauche AWOP", antwortete Wren und buchstabierte es nochmals. „A-W-O-P, Agent WithOut Portfolio. Agent ohne festes Aufgabengebiet."

„Was?" Jetzt lag eine gewisse Bedrohung in Humphreys Tonfall. „Seit fünfzig Jahren hat es keinen unabhängigen Geheimdienstagenten mehr gegeben."

„Fünfundvierzig", berichtigte ihn Wren. „Schläfer aus dem Kalten Krieg, die jahrzehntelang verdeckt in Russland tätig waren, aber im Grunde mache ich das schon seit zwanzig Jahren. Das hier würde die Sache bloß offiziell machen. Der Angriff erfolgt in …"

„Es ist mir scheißegal, selbst wenn es fünf Jahrhunderte sind", spuckte Humphreys. „Ich hetze Ihnen drei Einheiten auf den Hals. Das Beste ist, wenn Sie aufhören, abzuhauen und sich stellen."

„Ich haue nicht ab. Ich fahre zum Ort des Anschlags, aber ich fürchte, diese Gruppe wird angreifen, bevor ich dort ankomme, also …"

„Ich glaube Ihnen kein Wort, Wren. Was soll ich davon halten, wenn Sie bestreiten, diese 'Stiftung' zu leiten, und dann eine riesige terroristische Bedrohung heraufbeschwören? In Wahrheit sind doch Sie diese Bedrohung."

Wren biss die Zähne zusammen. Das hier ging eindeutig in die falsche Richtung. „Dann unterhalten Sie sich mal mit dem FBI oder der Nationalgarde und schicken Sie diese Einheiten. Besorgen Sie sich auch ein paar Black Hawks und schicken Sie ein paar Marines los, ich führe sie direkt zum Zielort. Ich vermute, dass der Angriff noch in dieser Stunde stattfindet, höchstwahrscheinlich auf das Polizeirevier in Price, im Zentrum von Utah. Dort werden Mitglieder der Bikergang Vikings festgehalten, und ich gehe davon aus, dass diese Organisation alle dort auslöschen wird, um die Vikings zum Schweigen zu bringen."

Das ließ Humphreys für einen Augenblick innehalten. Das

waren so konkrete Hinweise, dass er sie nicht einfach abtun konnte. „Was soll das für eine Aktion sein? Ist das eine Drohung?"

„Das hat überhaupt nichts mit mir zu tun. Wir haben es hier mit einer riesigen Organisation zu tun, Gerald. Menschenhandel im großen Stil, vielleicht größer als alles, was wir bisher auf heimischem Boden gesehen haben. Die Vikings waren ihre Partner vor Ort, und ich habe gerade sechs von ihnen tot in einem Lagerhaus in der Wüste gefunden, das für den Menschenhandel genutzt worden ist. Jetzt räumt diese Gruppe auf und vernichtet alle Beweise. Ich erwarte eine paramilitärische Intervention in Price. Das Ausmaß an Professionalität übertrifft alles, was wir bisher bei den Kartellen gesehen haben, Gerald. Sie müssen die Wüste nach einem Sattelschlepper absuchen, der bis zu hundert verschleppte Menschen transportiert. Außerdem müssen Sie die Black Hawks zum Polizeirevier in Price schicken und es abriegeln. Dort ist man nicht auf das vorbereitet, was auf sie zukommt."

„Was auf sie zukommt? Wie soll ich dem noch trauen?"', fragte Humphreys. „Sie sind ein ausgewiesener Lügner, Wren, und das bei Ihrer Herkunft?"

Das tat weh, und sie wussten beide, was damit gemeint war: die Kindheit in der Pyramide, über die Wren nie gesprochen hatte, der Massenselbstmord, den er im Alter von elf Jahren nur knapp überlebt hatte. Es spielte keine Rolle, wie jung er damals gewesen war, manche glaubten immer noch, er sei mitschuldig.

„Ich bringe sie mit oder ohne Ihre Hilfe zur Strecke, Humphreys, aber ich kann Price nicht beschützen, wenn ich nicht da bin."

Abgesehen vom Motor des SuperDuty und dem Fahrtwind, der durch das offene Fenster pfiff, herrschte Stille. Humphreys würde die Drohung abwägen und wahrscheinlich auf seinem Schnurrbart herumkauen. Und trotz der Art und Weise, wie Wren die Agency verlassen hatte, war er stets ein vorbildlicher Agent gewesen.

„Menschenhandel in der Wüste", erwiderte Humphreys. „Ein Anschlag auf Price, Utah."

„Ganz genau. Finden Sie den Truck und sichern Sie das Polizeirevier ab. Sagen Sie ihnen, dass ich auf dem Weg bin. Diese Vikings sind Zeugen dieser Terrorgruppe und wir brauchen sie lebend."

Humphreys überlegte kurz. „Ich rede mal mit Price. Wir werden sehen."

13

PRICE

Wren umklammerte das Lenkrad, als wollte er eine Schlange erdrosseln, und zählte die Minuten und Kilometer, während er nach Westen raste. Die Fenster waren heruntergelassen und ein nach Regen riechender Wind trieb ihm den Staub in die Augen.

In seinem Kopf liefen unzählige Überlegungen ab. Mehr als drei Stunden waren vergangen, seit er vom Luder losgefahren war, und das Adrenalin verebbte allmählich, während sein Körper von der Jagd durch die Wüste schmerzte und sein Schädel von dem heftigen Schlag brummte.

Er warf einen Blick in den Rückspiegel; sein Kopf war auf dieser Seite geschwollen und sein linkes Auge blutunterlaufen. Er fluchte. Bloß einen Monat auf der Straße und seine Reaktionen waren schon so abgestumpft.

Das war nur ein Vorgeschmack auf das Familienleben, auf das er sich eingestellt hatte: Er hatte seine Instinkte verloren und war weich geworden.

Sein Handy lag auf dem Armaturenbrett. Sein Schwiegervater Charlie erwartete bestimmt einen Anruf, aber das konnte Wren jetzt keinesfalls riskieren. Nicht, wenn Hunderte von Menschenleben auf dem Spiel standen, die auf der Ladefläche eines Sattelschleppers durch die Wüste bretterten.

Wren knirschte mit den Zähnen. Das war schon immer seine Wahl gewesen, zwischen seiner eigenen Familie und der Gerechtigkeit für andere. Und er war noch nie gut darin gewesen, das zu unterscheiden.

Schnell kam er Price näher.

Nach zehn Minuten kam die Bestätigung von Humphreys in Form einer Textnachricht; sie war zwar schon eine halbe Stunde zuvor verschickt worden, aber hier hatte er endlich wieder Mobilfunkempfang.

NOCH KEINE ERKENNTNISSE ZU TRUCK. HABE PRICE GEWARNT UND VERSTÄRKUNG GESCHICKT. VIKINGS DORT, ABER KEINE ANZEICHEN FÜR ANGRIFF.

Der erste Teil überraschte Wren nicht. Einen einzelnen Sattelschlepper in der Wüste zu finden, war wahrscheinlich eine unmögliche Aufgabe. Was die andere Sache anging, würde die Zeit das zeigen.

Plötzlich peitschte ein Straßenschild, das Price ankündigte, vorbei.

Wren rief Google Maps auf seinem Handy auf und zoomte auf das Polizeirevier Price. Die Wache war ein einstöckiger Neubau in einer Sackgasse, hinter der sich niedrige Hügel aus altem Bauschutt befanden. Ein Angriffstrupp hätte es schwer, von vorne anzugreifen, vor allem, wenn die Sheriffs fünfzig Meter entfernt eine Fahrzeugbarrikade errichtet hätten, wie Wren das getan hätte.

Aber über diese Hügel? Ein Stoßtrupp könnte unbeobachtet hinein- und hinausgelangen.

Eine schleichende Angst lief ihm den Rücken hinauf. Er suchte die Nummer der Polizei heraus und rief sie an, aber niemand ging ran.

Ihm wurde plötzlich eiskalt in der Brust.

Es passierte genau jetzt.

Mit über hundert Sachen raste er durch die Innenstadt von Price und preschte in ein Viertel mit Wohnstraßen, hinter denen die niedrigen braunen Hügel lagen. Am Schild, das den Weg zum

Polizeirevier Price zeigte, riss er das Lenkrad so stark herum, dass der Pickup fast umkippte.

Vor ihm lag eine Absperrung aus fünf Polizeiautos, die in der Mitte durchbrochen worden war. Eines der Fahrzeuge hatte eine zerknautschte, rauchende Motorhaube, nachdem es von einem viel schwereren Fahrzeug gerammt worden war. Er konnte zwei Beamte sehen, die auf dem Boden lagen und sich nicht bewegten.

Wren raste durch die Lücke und trat auf die Bremse, während er auf die rote Backsteinfassade des Reviers zufuhr. Die Fassade aus Metall und Glas war von einem Rammbock zertrümmert worden, aber weder von dem schweren Fahrzeug noch von dem Angriffsteam war noch etwas zu sehen.

Wren stellte den Motor ab und sprang aus dem Ford, die Rorbaugh gezückt, eine Kugel in der Kammer. Glassplitter auf dem Boden zeigten die Spuren des Rammfahrzeugs, das ihn mit seinem breiten Radstand und den dicken Reifen an einen Humvee erinnerte.

Wren eilte durch das knirschende Glas. Ein Tresen für den diensthabenden Sergeant beherrschte die Lobby und überblickte Reihen von Plastikstühlen, die zusammengeschoben worden waren. Ein Wasserkrug lag auf dem Boden, Zeitschriften waren verstreut, und es gab Leichen.

Drei tote Polizeibeamte lagen auf dem Boden. Wren raste mit der erhobenen Rorbaugh vorbei und verzeichnete bei jedem Opfer zwei Schüsse in die Brust und einen in den Kopf. Die Schüsse waren sauber und sorgfältig angeordnet und zeugten von einem Profi, obwohl es sich um einen äußerst hektischen Überfall gehandelt haben musste.

Wrens Herz pochte. Er hatte schon Hunderte derartiger Angriffe erlebt, aber das Gefühl verschwand nie. Dichte Schwaden von Pulverrauch hingen wie Sumpfgas in der Luft. Zwei Türen standen offen und Wren wandte sich nach links.

Vor ihm erstreckte sich ein Büro mit mehreren Schreibtischen, Einschusslöchern in den Wänden und fünf weiteren Leichen.

Da sah Wren rot.

So etwas durfte man einfach nicht zulassen. Nicht gegenüber der Polizei, nicht in Amerika.

Er kehrte in den Eingangsbereich zurück und steuerte auf die zweite Tür zu, eine Sicherheitstür aus schwerem Metall, die nur noch an einem Scharnier hing und geschwärzte Brandspuren aufwies, wo sich ein Sprengsatz durch den Stahlrahmen gefressen hatte. Dahinter verlief ein Betonkorridor mit ein paar hellen Plakaten, die über die Nachwirkungen von Meth aufklärten.

Am Ende des Korridors befanden sich die Zellen, die voll mit Toten waren.

Es waren die Vikings. Ihre schwarzen Jacken lagen in ausgedehnten Blutlachen. Die Luft war erfüllt von Pulverdampf und die Klimaanlage surrte heftig, um sie zu reinigen. Wren zählte elf Leichen, die wie leichte Beute hinter den Gitterstäben niedergemäht worden waren.

Anhand der Blutspritzer und der dicht beieinanderliegenden Einschusslöcher in der hinteren Wand schätzte Wren, dass es drei Männer mit automatischen Waffen gewesen waren, die einfach losgelegt hatten. Dem Gemetzel nach zu urteilen, hatten sie Hunderte von Schüssen abgegeben, was bedeutete, dass sie mehrere Male innegehalten hatten, um nachzuladen.

Die Zellentür stand offen, und Wren schob sich hindurch und kramte in den Taschen, aber keiner der Vikings, die er durchsuchte, hatte etwas dabei. Dann machte er kehrt und rannte zur Asservatenkammer, aber die war bereits geplündert worden; überall lagen Kunststofftabletts und Tütchen herum.

Keine Handys. Keine Beweise.

Auf einem Schreibtisch in der Nähe sah er den Papierkram für die Vikings und eine Beamtin mit einem Einschussloch im Kopf auf dem Boden daneben. Wie durch ein Wunder atmete sie noch.

Wren ließ sich auf ein Knie sinken. „Halten Sie durch", drängte er und untersuchte sie auf weitere Verletzungen. Nachdem er ihren Jackenaufschlag bewegt hatte, sah er die beiden vertrauten Einschüsse in ihrer Brust, aus denen Blut in den blauen Stoff sickerte.

„Es kommt Hilfe", erklärte Wren und spürte, wie ihn die Wut packte. „Sie werden wieder gesund."

Daraufhin atmete sie aus, aber nicht wieder ein.

Wren eilte zurück zu den Vikings und sah sich nochmals um. Alle tot. Wer auch immer das getan hatte, war schnell und gründlich vorgegangen. Es gab keinerlei Anhaltspunkte mehr. Keine Spuren.

Dann hörte Wren es, sogar über das Heulen der Klimaanlage hinweg. Das Geräusch von sich entfernenden Hubschrauberrotoren.

Er trat eine schwere Metalltür im hinteren Bereich ein, die zu einem Umkleideraum für die Wachleute führte, der mit Spinden ausgestattet war. Ein Beamter lag mit dem Gesicht nach unten auf dem Boden neben einer weiteren Metalltür mit drei offenen Riegeln, hinter der der Parkplatz lag.

Wren ging neben dem toten Beamten in die Knie. Die Eintrittswunde an seinem Hinterkopf war klein und verbrannt, was erklärte, wie der Angriff so schnell und reibungslos verlaufen war.

Der Beamte hatte die Hintertür geöffnet und seine Mörder selbst hereingelassen. Während er sich umgedreht hatte, um die innere Tür zu öffnen, hatten sie die Ratte aus nächster Nähe aus ihrem Elend befreit. Ein Trupp hatte damit begonnen, die Vikings abzufackeln, noch während das Rammfahrzeug die Vorderseite des Gebäudes angegriffen hatte. Sie hatten an zwei Fronten gleichzeitig angegriffen, mit einem Insider im Revier.

Die Polizeiwache von Price hatte keine Chance gehabt.

Er untersuchte die Taschen des Verräters, aber natürlich war auch sein Handy weg. Wren fluchte und drängte durch die offene Tür auf den Parkplatz hinaus. Hier war die Luft frei von Pulverrauch, aber das war auch keine große Erleichterung.

Sirenen ertönten, Verstärkung von einer anderen Polizeistation, wahrscheinlich Orangeville, und das tiefe Brummen von Helikoptern, die sich von Westen her näherten.

Augenblicke später tauchten zwei Black Hawks über dem Horizont auf und wurden jede Sekunde größer.

Wren fluchte erneut.

Das sah schrecklich für ihn aus. Die Vikings waren tot. Das Polizeirevier Price war ausgelöscht worden, und jetzt waren Wrens Fingerabdrücke überall. Das Lagerhaus voller Leute war längst geräumt worden und die Spur führte weiter.

Drei Sekunden lang überlegte er, was er tun sollte: Entweder er blieb hier, um schießwütigen Marines, die vom schießwütigen Direktor für Sondereinsätze der CIA gedeckt wurden, all das zu erklären, oder er ließ es bleiben.

Die erste Möglichkeit gefiel ihm ganz und gar nicht. Humphreys würde ihn jetzt mehr denn je hassen.

Damit blieb nur noch Möglichkeit Nummer zwei.

14

KEHRTWENDE

WREN FLÜCHTETE über die niedrigen braunen Hügel, ging in Deckung und sprintete nach Süden. Schließlich durchquerte er ein Eichenwäldchen und bog auf eine ruhige Wohnstraße ab.

Am zweiten Haus mit einem verrosteten Wohnmobil und zwei Pickups auf der Auffahrt ging er auf einen verbeulten Dodge Ram zu. Er hatte Glück: Die Tür war unverschlossen und die Schlüssel steckten in der Sonnenblende. Der Motor sprang sofort an, und er rollte los, zurück in Richtung Süden.

Die Black Hawks kreisten über der Polizeiwache und Marines seilten sich in Windeseile ab. Wren fuhr den Weg zurück, den er gekommen war, und versuchte in Gedanken zu verarbeiten, was er da gerade gesehen hatte.

Im Lagerhaus war die Größe dieser Organisation zwar eine begründete, aber ferne Befürchtung gewesen; jetzt war sie plötzlich greifbar und nicht mehr zu leugnen, mächtig und skrupellos genug, um eine ganze Polizeistation niederzumetzeln, nur um an die Vikings zu gelangen.

Das hier war was ganz Großes. Und es war hässlich. Mindestens ein Cop in Price war korrupt gewesen, was bedeutete, dass das Netzwerk von Einfluss wer wusste wie weit reichte.

Sicherlich ging es um mehr als nur um die hundert Seelen, die vor ein paar Stunden aus dem Lagerhaus weggeschafft worden waren.

Wren rief Humphreys an, während er mit Höchstgeschwindigkeit nach Osten bretterte. Ein ständiger Strom von Einsatzfahrzeugen mit Blaulicht raste an ihm in Richtung Price vorbei.

„Wo zum Teufel sind Sie, Wren?", rief Humphreys zur Begrüßung.

„Auf dem Weg zurück zum Lagerhaus, Gerald. Ich weiß, wie das hier aussieht. Ich weiß, Sie werden …"

„Sie wissen einen Scheißdreck, Sie kranker Mistkerl", unterbrach ihn Humphreys. „Das ist zu viel, Wren. Ich habe ja gewusst, dass Sie sauer sind, weil Ihre Frau abgehauen ist, aber jetzt auch noch den Unabomber zu spielen?"

Wren blinzelte. Er hatte nicht erwartet, dass Humphreys von Loralei und den Kindern wusste. Sie mussten ihn beschattet haben. „Deshalb rufe ich ja an. Das war nicht ich, Humphreys. Ich bin doch der, der Sie davor gewarnt hat!"

„Sie sind also ein Sadist", wetterte Humphreys. „Das ist doch keine Warnung, mich anzurufen, wenn schon längst alles den Bach runtergeht. Reicht es Ihnen denn nicht, wie Sie die Sache in New York zurückgelassen haben? Jetzt ziehen Sie uns alle mit runter. Worum geht es Ihnen hier eigentlich?"

Wren drückte das Lenkrad fester. Er versuchte, sich einen Ausweg zu überlegen. Alles, was Humphreys gerade gesagt hatte, stimmte. Er war am Tatort gewesen, hatte ein Motiv und eine geheime „Sekte", die bereit war, seinen Anweisungen zu folgen.

Im Vergleich dazu wirkten seine Probleme von vorgestern geradezu unbeschwert.

„Das war ich nicht, Humphreys. Aber ich finde die Leute, die das getan haben, und schicke Sie Ihnen mit einer hübschen Schleife zu."

„Blödsinn. Sie haben einen Nervenzusammenbruch, Christopher. Kommen Sie rein, wir können Ihnen helfen.

Heutzutage gibt es tolle Medikamente, die Sie für den Rest Ihres Lebens auf Touren bringen."

„Ich überlasse Ihnen das Lagerhaus."

„Ihr Lagerhaus?" Eine kurze Pause. „Sie hätten sich besser nicht mit mir angelegt, Wren. Wir setzen alles ein, was wir haben. Das werden Sie noch bereuen."

Dann war die Leitung tot.

Wren blickte aus dem Fenster.

Er wusste, dass er sofort abhauen sollte. Nach Norden zur Grenze durchbrechen, nach Kanada einreisen und mit einem Krabbenkutter die Beringstraße überqueren. Und schon in ein paar Monaten könnte er in einer winzigen Inuit-Siedlung an der Ostküste von Mütterchen Russland sein.

Aber hier standen Leben auf dem Spiel, und er konnte nicht einfach davonlaufen. Mehr als hundert bedauernswerte Menschen, die auf einem Sattelschlepper in Richtung Gott wusste wohin unterwegs waren. Seine Stiftung würde ohne ihren Anführer in Trümmern liegen, hundert verirrte Seelen, die ohne das Münzsystem, das ihr Leben in geordnete Bahnen lenkte, aufgeschmissen waren. Vielleicht würde er auch seine Frau und seine Kinder nie wiedersehen.

Er konnte nicht einfach abhauen. Dafür hatte er nicht die Kraft.

Er musste die Sache in Ordnung bringen, und es gab nur noch einen Ort, an dem er die Spur aufnehmen konnte.

15

KÄFIG

UM 11 UHR vormittags war Wren zurück im Lagerhaus der
Vikings.

Der längliche Eingang stand weit offen wie ein Mund, und das
rote Rolltor lag wie eine abgeschnittene Zunge auf dem nackten,
schwarzen Asphalt.

Wren hielt den Dodge vor dem Eingang an und betrat das
Gebäude.

Es herrschte Stille.

Irgendetwas musste es hier doch geben. Sie hatten das
Lagerhaus in nur ein oder zwei Stunden ausgeräumt; wie
gründlich hatten sie da wohl sein können?

Wren begann mit den Regalen, riss eine Kiste nach der
anderen heraus und verschüttete ihren Inhalt. Schon bald war der
Boden mit einer zentimeterdicken Schicht aus allem übersät, was
ein Menschenhändlerring so alles brauchte: Kartons mit
Wegwerfhandys mit nicht fortlaufenden SIM-Karten, eine
Schachtel nach der anderen mit Fertiggerichten, riesige Eimer mit
Vitamintabletten und Fischölkapseln, Wasserflaschen,
Wärmedecken und -kissen, Kleidung in allen Größen und für
jedes Alter, Tausende von Kisten mit Babynahrung,
Medikamenten und Erste-Hilfe-Ausrüstung.

Wren schnappte sich eine Handvoll Wegwerfhandys und suchte weiter.

Der Nebel aus Babynahrung und menschlichen Abfällen hing noch immer in der Luft. Nach einer Stunde, als der Hunger an seinem Bauch zerrte, öffnete Wren eines der Fertiggerichte und aß es kalt, während er zum Fuhrpark des Lagers weiterging.

Dort standen vier Fahrzeuge: ein Streifenwagen, ein weißer Kastenwagen, eine alte Rostlaube und sein von Kugeln zerfetzter Jeep. In der Nähe, in einem als Feuergrube benutzten Chemikalienfass, fand er Asche: ein paar Kleidungsfetzen, ein paar Papierfetzen und eine kleine, angesengte Ecke mit einem leuchtend roten Buntstiftfleck. Wren erkannte ihn: seinen Fuß von einer der Kinderzeichnungen.

Er legte die leere Verpackung des Fertiggerichts auf dem Dach der Rostlaube ab und begab sich zu den Leichen. Er hatte sie bereits einmal durchsucht und festgestellt, dass alle Taschen leer waren; jetzt machte er Fotos von den drei Profis, für den Fall, dass er Zugang zu NCIC oder Nlets bekommen würde, und startete eine Suche mithilfe der Gesichtserkennung.

Keine Spuren.

Ein einziger Bereich blieb übrig.

Wren stand vor der Drahtgitterwand des Käfigs. Dieser nahm die halbe Lagerhalle ein und dehnte sich zu einer schäbigen Landschaft aus Schlafsäcken, schmutziger Kleidung, Decken und umgestürzten Feldbetten aus.

Das alles widerte ihn an.

Das Leben von verschleppten Menschen war geprägt von brutaler Gewalt, Demütigung und Tod. Ein einziger Mensch konnte für hunderttausend Dollar verkauft werden, was den Sklavenhandel zu einer wahren Goldgrube machte, die nie ganz versiegt war.

Das wusste Wren aus eigener Erfahrung. In der Pyramide war er noch ein Kind gewesen, aber er war trotzdem in einen Käfig gesperrt und wie ein Sklave behandelt worden. Soweit er sich erinnern konnte, hatte er jeden Tag körperliche Arbeit verrichtet.

Er war geschlagen worden. Gedemütigt worden. Und er war fast gestorben.

Der Blick in diesen Käfig rief ihm all das in Erinnerung. Schweiß lief ihm den Rücken hinunter und sein Herzschlag beschleunigte sich.

Dann schritt er durch die offenstehende Tür.

Mit schnellen und geschickten Bewegungen durchwühlte Wren jeden Faden von Kleidung und Bettzeug. Er untersuchte jeden Kratzer, jede Vertiefung und jeden Fleck auf dem Zementboden, um nach geheimen Winkeln zu suchen.

Und die gab es immer. Sogar in den Konzentrationslagern der Nazis, in denen das kleinste Vergehen mit dem sofortigen Tod durch die SS bestraft worden war, hatten die Häftlinge Mittel und Wege gefunden, ihre Erlebnisse festzuhalten und zu verstecken. Einige hatten sogar Kameras gestohlen, um Bilder von der Wahrheit festzuhalten; nicht in der Hoffnung, sich selbst zu retten, sondern für die Nachwelt. Sie hatten sie vergraben oder in Abflussrohren versteckt, unter Dachziegeln und in Zaunrohren verborgen oder im Kalk von Massengräbern versteckt.

Nach vierzig Minuten fand er es.

In der Mitte des Fußbodens war der rohe Zementboden durch eine eingelassene Steckdose unterbrochen, und in einem der Löcher für den Stecker befand sich ein vergilbtes Stück Papier.

Jemand hatte es dort hineingesteckt.

Wren zog es vorsichtig heraus und achtete darauf, es nicht zu zerreißen. Das Papier war dünn, wie ein Taschentuch, und er entfaltete es vorsichtig.

Es war nicht das, was er erwartet hatte. Eine Quittung eines Supermarktes, gedruckt mit verblasster blauer Tinte. Es stand keine Adresse drauf, aber eine Telefonnummer, die Wren als Vorwahl von Chicago erkannte. Ein Artikel war angeführt: „Preisreduzierte Blumen, $ 2,99". Darauf war mit Blut eine Nachricht aus zwei Wörtern gekritzelt worden.

RETTE WENDY

In der Ecke stand ein Datum: 27. September. Wren rechnete schnell nach.

Vor elf Monaten und am anderen Ende des Landes, in Chicago.

Er atmete tief durch. Elf Monate hieß, dass es sich höchstwahrscheinlich um eine tote Spur handelte, die nicht von den Menschen stammte, die hier jüngst untergebracht worden waren. Aber das war immerhin ein Anhaltspunkt. Chicago musste etwas bedeuten. Er steckte den Zettel vorsichtig in einen Plastikbeutel und dann in seine Tasche, bevor er sich in der Nähe des Käfigs umsah.

Hier war er durch. Er hasste diesen Ort.

Auf dem Weg nach draußen zückte er sein Handy. Normalerweise hätte er seine Leute bei der CIA oder dem FBI angerufen, um diese Spur online zu verfolgen, aber das konnte er jetzt nicht. Allerdings hatte er zwei Mitglieder der Stiftung in Chicago, die bestens für eine solche Aufgabe geeignet waren.

Theodore Smithely III und Cheryl Derringer. Die beiden gehörten zu den zwielichtigen Gestalten der Stadt und hielten stets Augen und Ohren offen.

Er schrieb ihnen eine Nachricht, als er durch das Lagerhaus zurück zum Eingang ging.

BRAUCHE EURE HILFE. BITTE CHECKT EURE KONTAKTE AUF ANZEICHEN FÜR GEWALTIGEN MENSCHENHANDEL RUND UM CHICAGO. HALTET EUCH BEDECKT. MÖGLICHERWEISE WERDEN REGELMÄSSIG ZAHLREICHE LEUTE VERMISST, DARUNTER AUCH EINE FRAU NAMENS WENDY.

Er schickte die Nachricht ab und checkte dann kurz die Telefonnummer. Sie gehörte zu einem Lebensmittelladen in Chicagos South Side.

Zeit zum Aufbruch.

In dem Durcheinander von Kleidung und Kartons bei den Regalen fand er eine schwarze Schirmmütze, setzte sie auf und zog sie tief über seine Augen. Zurück in der sengenden Sonne

Utahs bestieg er seinen Dodge Ram und startete den Motor, aber bevor er losfahren konnte, piepste sein Handy. Er nahm es zur Hand.

Es war eine Antwort von Cheryl.

WAS BEKOMMEN WIR FÜR UNSERE HILFE?

Wren stieß ein Schnauben aus und tippte seine Antwort ein.

BIN AUF DEM WEG. BESPRECHEN WIR MORGEN. FINDET HERAUS, WAS IHR KÖNNT.

Zu guter Letzt schrieb er von einem anderen Wegwerfhandy aus eine Nachricht an Humphreys, schickte sie ab und tätigte dann einen Anruf, damit sie den Standort zurückverfolgen konnten.

DAS IST NICHT MEIN LAGERHAUS. DURCHSUCHT ES.

Anschließend warf er das Handy aus dem Fenster und ließ das Lagerhaus hinter sich.

16

CHICAGO

Schon dreißig Kilometer außerhalb der Stadtgrenzen von Chicago waren die ersten Spuren der Großstadt zu finden. Ausgedehnte Felder voller Getreide, Weizen, Heu und Ginster im ländlichen Illinois wurden von einer achtspurigen Schnellstraße durchpflügt, die sich direkt in das Herz der Stadt bohrte.

Wren spähte vom Rücksitz eines Greyhound-Busses aus dem Fenster, die Mütze tief ins Gesicht gezogen.

Er hatte die Nacht durchgeschlafen, nachdem er die Grenze bei Grand Junction, Colorado, überquert hatte, wo er einem Greyhound-Fahrer zweihundert Dollar gezahlt hatte, damit er ohne Ticket einsteigen durfte. Er nahm mit ein paar Jumbo-Hotdogs und einer großen Flasche Wasser im hinteren Teil des Busses Platz, legte sich auf den dreckigen Boden und versank direkt nach dem Essen in seliger Dunkelheit.

Der Schlaf hatte ihm gutgetan, er war nur ein- oder zweimal aufgewacht, um die Nachrichtenseiten auf einem seiner Wegwerfhandys zu überprüfen. Auf CNN, FOX, MSNBC und anderen Sendern wurde ausschließlich über den schweren Terroranschlag auf ein Polizeirevier in Price, Utah, berichtet. Daneben war Wrens Foto zu sehen, mit verschiedenen Abwandlungen des Themas auf ihren Bannern:

ÜBERLEBENDER DER PYRAMIDE & CIA-AGENT PLANT TERRORANSCHLAG

Gar nicht gut. Zumindest stärkte es ihn auf seinem Weg. Jetzt gab es kein Zurück mehr, keine Rückkehr zu Loralei und seinen Kindern, zumindest nicht, bis er seinen Namen reingewaschen hatte. Humphreys würde zweifelsohne eine Einheit auf seine Familie ansetzen.

So hätte auch Wren gehandelt.

Er beobachtete, wie sich rund um ihn die Gebäude von Chicago erhoben, es war nun fast 10 Uhr morgens in der windigen Stadt.

Er war seit neun Jahren nicht mehr in Chicago gewesen, nicht mehr, seit er zusammen mit dem FBI die Nachahmungstäter der Ripper Crew zur Strecke gebracht hatte. Damals waren fünf Frauen ums Leben gekommen, die in den Ödgebieten der Stadt zurückgelassen worden waren. Wren war hinzugezogen worden, die Gang zu zerschlagen, und hatte schnell die dunkle Seite Chicagos kennengelernt: die satanischen Gangs, die „Vampir"-Clubs, die SM-Gruppen, die ihre ritualisierten Demütigungen bis zum Äußersten trieben. So war Chicago für Wren zu einem Ort der Gewalt und Grausamkeit geworden.

Der Greyhound hielt am Stevenson Expressway und Wren begab sich nach vorne, wo er dem Fahrer weitere hundert Dollar übergab, damit er ihn an der Ausfahrtsstraße aussteigen ließ.

Vom Grünstreifen aus blickte Wren auf die Stadt. Der Himmel war bleigrau über dem Willis Tower, durchzogen von den verschwommenen weißen Flecken hellerer Wolken. Auf der rechten Seite befand sich eine Autovermietung und auf die ging er auch gleich zu.

Mit seiner Brieftasche, in der sich mehrere Kreditkarten unter falschem Namen befanden, war es ein Leichtes, einen weißen Kastenwagen zu mieten. In Chicago würde er damit so gut wie unsichtbar sein, dachte er.

Die App der Stiftung auf seinem Handy schlug Alarm, als er losfuhr. An einer roten Ampel rief er sie auf. Eine Nachricht von

Cheryl, einer seiner beiden Kontaktpersonen. Als er sie kennengelernt hatte, war sie Sexarbeiterin und Domina gewesen. Einst war sie eine der Hauptakteure in den „Vampir"-Clubs gewesen, wo Menschen zur Ader gelassen worden waren, bevor Wren sie alle mittels einer Flut von Foltervorwürfen in die Knie gezwungen hatte. Trotzdem war sie immer noch am Puls der Schattenseiten der Stadt.

TEDDY SUCHT EINE SPUR ZU DEINEN MENSCHENHÄNDLERN, hieß es in der Nachricht. WIR BLEIBEN IN KONTAKT

Teddy war das andere Mitglied in Chicago; ein wohlhabender ehemaliger Banker, der jetzt mit Cheryl in einer platonischen Beziehung lebte. Er war Leiter eines S&M-Vampirclubs gewesen, bis Wren diese Ära beendet hatte. Unter Tränen war er der Stiftung beigetreten und hatte seitdem alles getan, um aus dem Sumpf rauszukommen.

ICH BIN IN KÜRZE BEI EUCH, schrieb Wren und fuhr los, als die Ampel grün wurde, in Richtung South Side. Er durchquerte Wentworth Gardens, fuhr die West Pershing Road entlang und umrundete den Fuller Park. Hier hingen Gangs von jungen Männern an Ecken und auf Treppen ab. Überall waren ihre Zeichen zu sehen, die sich in den einheitlichen Farben der Bandannas und den Graffiti an den Wänden der Eisenbahntunnel widerspiegelten.

Die Tankstelle mit Lebensmittelladen, zu der die Nummer auf seiner Quittung passte, befand sich in West Pershing, in der Nähe des Dan Ryan Expressway, zwei Blocks südlich des Spielfelds der White Sox. Wren fuhr an riesigen, leeren Parkplätzen vorbei, an Bahngleisen, die über flache Tunnel verliefen, an nichtssagenden Lagerhallen aus Aluminium und an Bauhöfen, auf denen Schotter aufgeschüttet worden war, und hielt dann auf dem Parkplatz des Ladens.

Auf der linken Seite befand sich ein Louisiana Fried Chicken. Gegenüber lag eine Sackgasse mit neu gebauten Doppelhaushälften. Wren saß einen Augenblick lang mit heruntergelassenen Fenstern da und atmete die saure Chicagoer Luft ein. Eine Frau lief in Turnschuhen und Jogginghose vorbei, im Schlepptau einen Schäferhund mit Schaum vor dem Mund. An den Zapfsäulen weinte ein kleiner Junge über sein Eis, das auf dem heißen Asphalt verschüttet war.

Wren zog die Quittung aus der Plastikhülle. Wendy, stand da. War sie in diesen Laden gekommen? Hatte sie vielleicht gar hier in der Nähe gewohnt?

Er zog seine Mütze nach unten und öffnete die Tür des Wagens. Es war heiß draußen, Spätsommer in Chicago, so weit vom Michigansee entfernt, dass man kaum eine Brise spürte. Die Luft fühlte sich tot und muffig an, wie der abgestandene Gestank eines verstaubten Dachbodens, der seit einem Jahrzehnt nicht mehr geöffnet worden war.

Wren betrat den Laden.

Es waren zwei Jugendliche am Werk, vielleicht im Collegealter. Wren betrachtete die Blumen im Schaufenster: verwelkte Calla-Lilien, Rosen, einige Stecklinge und andere Blumen, die er nicht kannte. Er betrachtete das Etikett auf einer Blume.

Preisreduzierte Blumen, stand da, $ 2,99, genau wie auf dem Kassenbon.

Der Junge an der Kasse hatte ein Tattoo am Hals und tippte auf seinem Handy herum. Wren zog seinen CIA-Ausweis. Das war ein Risiko, da ihm Humphreys auf den Fersen war, aber er ging nicht davon aus, dass der Junge sich seine Dienstnummer aufschreiben und sie melden würde.

„Ich suche nach der Person, die vor elf Monaten hier Dienst gehabt hat. Waren Sie damals schon hier?"

Der Junge schaute auf, vielleicht zu einer sarkastischen Bemerkung bereit, dann sah er den Ausweis und schaute genauer hin. Seine Augen weiteten sich. „Äh, was?"

„Vor elf Monaten. Waren Sie das, oder sollen wir den Manager anrufen?"

„Ich, äh, keine Ahnung. Ich rufe mal den Manager an." Der

Junge führte ein kurzes Gespräch. „Er sagt, er erwartet Sie in der Hähnchenbude. Der Manager, meine ich. Felipe."

„Ich warte lieber hier", antwortete Wren.

Der Junge bewegte sich unbehaglich. Es gefiel ihm offensichtlich nicht, dass Wren dastand und ihn beobachtete. „Das Hühnchen da drüben ist wirklich gut. Sie werden es mögen. Nicht wahr, Shelley?"

Er warf der jungen Frau einen Blick zu. Sie nickte. „Es ist köstlich."

Warum auch nicht? Er hatte seit der Fertigmahlzeit in dem Lagerhaus mehr als zweitausend Kilometer zuvor nichts Richtiges mehr zu sich genommen. „Dann eben Hühnchen."

Er hörte fast die erleichterten Seufzer, als er nach draußen schritt.

Auf der anderen Straßenseite betrat er das Louisiana Fried Chicken. Es war schrecklich fettig und roch köstlich. Wren bestellte fünf Hähnchenstücke mit Pommes frites und setzte sich hin, um sie zu genießen. In der Ecke schaltete der Fernseher auf die Nachrichten um.

Es ging um ihn. Der Nachrichtensprecher auf CNN berichtete über die Entwicklungen im Fall der Lagerhausmorde in Price, Utah, und den Terroranschlag auf eine ganze Polizeistation. Wrens Bild tauchte wieder in der Ecke des Bildes auf und er zog seine Mütze erneut nach unten.

Der Hähnchenmann, wohl israelisch-afrikanischer Herkunft, der hinter dem Tresen stand, beobachtete Wren, ließ dann seinen Blick zum Fernseher schweifen, aber er zuckte nicht mit der Wimper. Vielleicht war er ja schon daran gewöhnt, dass gesuchte Verbrecher in seinem Laden zu Gast waren, oder es war ihm schlichtweg egal.

Wren biss in das Hähnchen. Es war lecker, gehaltvoll und fettig. Dazu verfolgte er die Berichterstattung im Fernsehen; inzwischen hieß es, der Anschlag in Price sei der schlimmste Terroranschlag in Amerika seit 9/11. Zweiunddreißig Tote, einschließlich der Opfer im Lagerhaus. Es gab spektakuläre

Aufnahmen von der zerschmetterten Fassade der Polizeiwache, die zur Hälfte von weißen Zelten der Spurensicherung umgeben war, in denen es nur so wimmelte von FBI-Leuten. Ein Reporter stürmte eifrig die braunen Hügel im Hintergrund hinauf, deutete auf die jüngsten Spuren und stellte Theorien über Patronenhülsen auf, die die Polizei angeblich gefunden hatte.

Bald darauf kam Felipe herein. Er steuerte direkt auf Wren zu. Die Beschreibung der Jugendlichen im Laden war wohl eindrücklich genug gewesen. Der große dunkle Typ mit der schwarzen Mütze.

Felipe war klein, mit glatten, gekämmten dunklen Haaren, die wie ein Haarteil aussahen, es aber wahrscheinlich nicht waren, bloß schlechte Gene. Er nahm gegenüber von Wren Platz.

„Worum geht es hier?", fragte er. Er hatte einen mexikanischen Akzent und ein Tränen-Tattoo unter seinem linken Auge. Offensichtlich war ihm Gewalt selbst nicht fremd.

Wren erläuterte ihm das Notwendigste, ohne Utah zu erwähnen. Dass er FBI-Agent war, der einen Vermisstenfall verfolgte, der irgendwie mit Blumen zu tun hatte, die in seinem Laden gekauft worden waren, wie eine alte Quittung bewies.

„Dann lassen Sie mal sehen", antwortete Felipe, anscheinend nicht im Geringsten überrascht. Dem Tränen-Tattoo nach zu urteilen, war er ein Bandenmitglied gewesen. In seinem eigenen Viertel hatte er wohl vor gar nichts Angst.

Wren zog die Quittung hervor und legte sie zwischen sie beide auf den Resopaltisch.

„Wendy", las Felipe die mit Blut geschriebenen Buchstaben. Seine Augen blickten in die Ferne. „Ja, ich erinnere mich, dass ich diese Blumen verkauft habe. Ich weiß auch noch, an wen. An den Kerl, der mir immer die Bude vollgestunken hat. Vor elf Monaten habe ich ihn als vermisst gemeldet. Ein obdachloser Kriegsveteran namens Mason."

Wren beugte sich vor. „Sie haben ihn als vermisst gemeldet? Was ist denn geschehen?"

„Keine Ahnung. Wollen Sie mal sehen?"

17

OBDACHLOS

FELIPE FÜHRTE ihn aus dem Hähnchenladen.

Wren folgte ihm. Felipe war etwas kleiner als 1,80 Meter, sodass Wren einen guten Blick auf seinen Kopf werfen konnte. Auf jeden Fall kein Haarteil, lediglich eine schlecht gekämmte Frisur. Fünf Minuten vergingen, während sie in Richtung Westen liefen, vorbei am Lebensmittelladen und dem offenen Parkplatz auf der rechten Seite, in Richtung der Eisenbahnlinie.

Felipe hielt an und deutete unter die Eisenbahnbrücke. Sie war schmal und dunkel, mit Fußgängerwegen auf beiden Seiten einer zweispurigen Trasse, die von Geländern eingefasst war. „Da. Mason war ein obdachloser Punk, der mit einer ganzen Bande hier angetanzt ist. Als er das erste Mal in den Laden gekommen ist, hat er mir seinen Namen genannt. Er war total einfach gestrickt, wissen Sie? So nach dem Motto 'Mein Name ist Forrest, Forrest Gump?' Verstehen Sie? Süß, auf eine Art."

Dann verstummte er.

„Mason hat also hier gelebt?", fragte Wren und sah sich den Tunnel an. Es gab keine Anzeichen eines Obdachlosenlagers.

Felipe machte eine kurze Handbewegung. „Ja, sie sind alle auf einmal gekommen, irgendwann Anfang letzten Jahres; ich habe gehört, dass sie unter dem Lake Shore Drive rausgeschmissen worden sind. Sie wissen doch, dass man diese Zäune unter dem Highway aufgestellt hat, um Obdachlose davon abzuhalten, dort zu kampieren?"

Wren knurrte: „Ich schätze, der Begriff ist 'die Hauslosen'."

Felipe lachte: „Tatsächlich? Nun, da hat es eine ganze Stadt von ihnen gegeben. Ich habe das gehasst, Mann. Sind immer in den Laden gekommen und haben ihn vollgestunken. Einige von ihnen waren high, andere haben versucht, alles zu klauen, was ihnen zwischen die Finger gekommen ist. Es lohnt sich nicht, die Bullen wegen Obdachloser zu rufen, das ist so, als würde man den Kammerjäger wegen Kakerlaken rufen. Man wird einfach selbst mit ihnen fertig."

„Außer Mason, der hat Blumen gekauft."

Felipe seufzte: „Dieser verdammte Kerl. Mitte zwanzig, mit Narben auf dem Schädel wie eine Art Krone. Ich vermute, er war ein Veteran, der auf Kosten von Onkel Sam gelebt hat, PTBS, Verwundung im Dienst, das ganze Drum und Dran. Er ist am Schaufenster stehen geblieben und hat bloß vor sich hingesabbert. Egal, wie sehr ich ihn mit Drohungen überschüttet habe. Der Junge war einfach zu dämlich, um zu merken, dass er bedroht worden war."

„Und hat sich die Blumen angeschaut", meinte Wren. Langsam wurde ihm die Sache klarer.

„Wie ein Hund einen Knochen. Hat drüben an der L gebettelt, ein paar Blocks weiter östlich, und ist dann vorbeigekommen. Manchmal hat er auch Essen dabeigehabt; in der Revival Faith Church an der Indiana Street werden Sandwiches verteilt. Ich habe gesehen, wie er sein Wechselgeld gezählt hat."

„Revival Faith?"

„Eine riesige Kirche. Die können Sie nicht verfehlen."

„Und dann?"

„Eines Tages hat er gespart und Blumen für seine Freundin gekauft. Wendy." Er deutete auf den Kassenzettel.

„Wer ist Wendy?"

„Keine Ahnung. Ich habe sie nie kennengelernt."

„Also gut. Und dann ist er verschwunden?"

„Genau. Am selben Tag, an dem er die Blumen gekauft hat. Das war's, ich habe mich gefreut. Aber irgendetwas war komisch daran. Ein paar Tage später bin ich dann hier vorbeigekommen und habe mich umgeschaut. All ihr Zeug war noch da. Papphütten, Zelte und so weiter. Die Stadt hat alles später weggeräumt, das machen sie ganz gut, aber es war kein Mason da. Und auch keine Wendy." Er deutete wieder auf die Quittung in Wrens Hand.

„Und da haben Sie ihn als vermisst gemeldet?"

„Das habe ich zumindest versucht. Aber wie gesagt, wen kümmert das schon? Ob die Penner hier sind, oder nicht … es ist, als wären sie unsichtbar. Die 'Hauslosen', sorry. Ohne festen Wohnsitz bedeutet, dass man nicht vermisst werden kann. Das wird man nämlich schon."

Felipe seufzte.

„Und Sie glauben nicht, dass sie einfach wieder weitergezogen sind?", fragte Wren. Er musste sicher sein, auch wenn sich sein Puls beschleunigte. „Wie unter dem Lakeshore Drive?"

„Würden Sie denn alles zurücklassen, was Sie auf der Welt besitzen? Es hat eine Woche gedauert, bis die Müllabfuhr alles weggeschafft hat. Wo sind sie hingegangen, dass sie nicht mal ein Zelt oder einen Schlafsack brauchen? Warum sind sie nicht zurückgekommen, um sich das Zeug zu holen?"

Wren konnte sich das schon vorstellen. Die Fläche unter der Brücke konnte leicht bis zu hundert Leute beherbergen. Um sie alle einzusammeln, vermutlich in der Nacht, hätte man mindestens einen Sattelschlepper gebraucht. Wenn er sowas abziehen müsste, würde er sie überfallen, während sie schliefen, vielleicht um 2 Uhr morgens, und die Straße auf beiden Seiten absperren, damit sie nirgendwo hingelangen konnten. Dann würde er sie einfach auflesen.

Sie würden sich kaum wehren, zumindest nicht gegen erfahrene Agenten mit Waffen. Er sah sich um, aber die Lage war ideal: Niemand war in der Nähe, nur das leere Grundstück, ein Lager für Theaterkulissen und leere Bauhöfe. Jedes Geräusch des Überfalls hätte von einem vorbeifahrenden langen Güterzug übertönt werden können. Die ganze Sache hätte in wenigen Minuten über die Bühne gehen können.

Aber was nützten Obdachlose Sklavenhändlern?

Das war jetzt das Problem. Oft waren sie unterernährt, wahrscheinlich waren viele von ihnen Junkies oder hatten Behinderungen. Sie würden kaum die große Kohle einbringen, sodass sich die Kosten und das Risiko ihrer Entführung nicht lohnten.

„Etwa hundert hier, sagen Sie?", fragte Wren.

„Vielleicht. Ich habe sie nicht gezählt."

„Kommt denn der Zug oft durch?"

„Alle halbe Stunde, vielleicht. Und ja, er ist ziemlich laut und fährt vielleicht fünf Minuten lang ganz langsam in den Bahnhof ein."

Wren wandte sich um und blickte nach oben, um sich die Laternenmasten in der Nähe der Brücke anzusehen.

„Da ist nichts", stellte Felipe fest. „Ich habe ja ersucht, ein paar Kameras aufzustellen. Aber wir sind hier nicht in der Innenstadt."

Wren betrachtete die Straßenkreuzungen in der Ferne. Aus Erfahrung wusste er, dass es in Chicago wie in jeder Großstadt jede Menge Kameras gab: Verkehrskameras, Überwachungskameras vor Banken und anderen hochgesicherten Einrichtungen, aber wie viele davon würden ihre Aufnahmen elf Monate lang aufbewahren?

Sackgasse.

„Und über Wendy wissen Sie gar nichts?"

„Wie ich schon gesagt habe, habe ich sie für Masons Freundin gehalten. Er hat ein paar Mal von ihr gesprochen, aber ich habe ihm meistens nicht zugehört. Aber jetzt sehe ich diesen Kassenzettel hier …" Felipe brach ab. „Wer hat ihn entführt, wissen Sie das? Und wofür?"

„Schlimme Dinge", antwortete Wren. „Aber ich finde ihn. Ich finde sie beide."

„Das war's also?"

Wren nickte. „Ja, das war alles. Vielen Dank. Sie waren mir eine große Hilfe."

Wren schritt mit hämmernder Brust durch den Tunnel. Felipe blieb zurück.

„Sagen Sie mir Bescheid?", rief er Wren hinterher. „Wenn Sie ihn finden? Eigentlich habe ich ihm seine Blumen gekauft. Der arme Mistkerl hat mir leidgetan, weil er so verdammt langsam seine Groschen gezählt hat. Der Idiot hat sie mehr gebraucht als ich."

Wren drehte sich um. Das war unerwartet rührend. „Sie haben die Blumen gekauft?"

Felipe sah unbehaglich aus, als hätte man ihn dabei erwischt, dass er ein Herz hatte. „Ja, Mann. Er war ein Veteran, verstehen Sie? Danke für deinen Einsatz und so weiter. Er hat ausgesehen, als hätte sich seit Jahren niemand mehr um ihn gekümmert. Drei Mäuse waren doch nicht der Rede wert."

„Ich wette, er hat das ganz anders gesehen. Danke, Felipe. Sie haben mir sehr geholfen. Ich gebe Ihnen Bescheid."

Wren verschwand in den Schatten. Bei dem, was er tat, konnte man leicht vergessen, dass es da draußen auch gute Leute gab, Leute, die sich auch ohne das System mit den Münzen und ihren drohenden Verlust im Griff hatten.

18

REVIVAL FAITH

IN DEM TUNNEL war nichts mehr zu finden. Die Stadtreinigung hatte gute Arbeit geleistet und alles gründlich aufgeräumt. Es gab keine Stofffetzen, keine Glasscherben und keine Einschusslöcher in den Wänden. Mason war dort gewesen und Wendy vermutlich auch, aber von den beiden fehlte jede Spur.

Wren legte sich auf den Bürgersteig. Es war ziemlich beengt hier. Das Geländer schmiegte sich praktisch an die Wand. Eine Gruppe von Kindern raste vorbei, lachte und deutete auf ihn.

Er schenkte ihnen keine Beachtung und schloss die Augen, während er wieder daran dachte, wie der Angriff verlaufen sein könnte. Die beiden Lastwagen auf beiden Seiten, die in der Nacht angerückt waren, während über den schlafenden Obdachlosen ein Güterzug gerattert war. Mit Tasern oder Injektionspfeilen hatten sie sie schnell ruhiggestellt. Es gab keine Überwachungskameras in der Nähe und die Aufnahmen der Kameras, die die Trucks bei ihrer Abfahrt erfasst haben konnten, wären längst gelöscht worden; das Gesetz schrieb vor, dass die Aufnahmen nur einunddreißig Tage lang gespeichert werden durften.

Über Wrens Kopf brauste ein Güterzug vorbei, der wahrscheinlich Kies und Kalk zum Betonmischen brachte; der Bau von Hochhäusern war eine der größten Wachstumsbranchen in Chicago. Er war laut, wie Felipe gesagt hatte, und es dauerte seine Zeit, bis es wieder ruhiger wurde.

Wren war dabei, sich ein Bild zu machen. Alles in allem deutete alles auf eine gut eintrainierte Vorgehensweise der Gruppe hin: Obdachlosenunterkünfte unter Eisenbahnbrücken, in heruntergekommenen Gegenden, ohne Videoüberwachung und mit leichtem Zugang zu einem Highway.

Chicago verfügte über eine Vielzahl von alten Eisenbahnlinien sowie über das moderne Schnellbahnnetz und verschiedene Hochstraßen, die sich ebenso gut als Deckung eigneten. In der ganzen Stadt musste es einige tausend Blocks geben, mit Hunderten von Standorten wie diesem, die natürlich alle für Obdachlose attraktiv waren.

Ein endloser Vorrat. Aber warum gerade die Obdachlosen? Sie waren leicht zu entführen, leicht zu verstecken, aber als Arbeitskraft kaum besonders begehrt. Wofür waren sie also gut?

Aber ihm fielen keine Antworten ein, nur die altbekannte Wut.

Wren öffnete seine Augen und rief die Karten auf seinem Handy auf. Es war einfach, die Kirche zu finden, die Felipe erwähnt hatte, Revival Faith, zusammen mit einer Reihe anderer Kirchen, die sich vermutlich um Obdachlose kümmerten. Eine schnelle Suche zeigte ihm, dass es in Chicago mindestens sechzigtausend Obdachlose gab.

Sechzigtausend Leute waren eine Menge. Vielleicht verkauften die Sklavenhändler sie ja massenweise als Arbeitskräfte? Chicago war so gut wie ein Fass ohne Boden, und der Menschenhandel war offensichtlich immer noch in vollem Gange.

Da kam ihm ein weiterer Gedanke. Konnte es in den letzten einunddreißig Tagen irgendwo in der Stadt einen Überfall gegeben haben? Dann konnte irgendwo ein Truck auf den Überwachungskameras auftauchen und Wren eine Spur geben, der er folgen könnte.

Er erhob sich und kehrte zu seinem Van zurück.

Die Revival Faith Kirche nahm einen halben Häuserblock ein,

zehn Häuserblocks weiter östlich an der Indiana Avenue: ein riesiges, älteres Gebäude aus gewelltem, rotem Backstein samt einem neueren Teil mit rosa Fassade und Glas. Es sah aus wie ein Sportzentrum. Wren wusste ein wenig über den Erweckungsglauben; eine schwarze Kirchengemeinde, die großen Wert auf Gemeinschaft und Missionsarbeit für Jesus legte.

Er stellte seinen Wagen auf dem Parkplatz ab und betrat die Lobby. Drinnen war es kühl und weiß, mit Marmorböden, ein paar Marmorsockeln mit Blumen und Holzverzierungen an den Wänden, die zu kunstvollen Arrangements verschmolzen. Ein Wachmann stand an einer Reihe von Drehkreuzen und versperrte den Besuchern den Zugang. Auf Stühlen saßen ein paar ältere Leute in ihren Sonntagskleidern.

Als Wren sich näherte, sprang eine der alten Damen auf, eine Dame, die achtzig Jahre alt sein musste und einen Poweranzug mit afrikanischem Muster und einen traumhaften Hut mit schräger Krempe trug.

„Willkommen in der Kirche, tritt ein in das Licht Christi, mein Name ist Gloria", sprach sie mit der strahlenden Freude der Mission in ihren Augen. Wren hatte das schon oft miterlebt und lächelte zurück.

„Danke, Ma'am. Ich gehöre derzeit nicht zur Gemeinde, aber ich würde mich gerne erkundigen, was Sie in Ihrer Gemeinde so alles auf die Beine stellen."

„Oh, wir tun hier viel Gutes", begann Gloria begeistert und wandte sich an ihre Freundin, die auf der Couch nebenan saß: „Anastasia, hast du mir nicht gerade erzählt, wie lecker die Streuselkuchen beim Kuchenverkauf im Park waren?"

„Hervorragend", erwiderte Anastasia, eine schwergewichtige Dame in lilafarbenem Gewand.

„Mir geht es eher um vermisste Personen. Vor allem um Obdachlose. Ob ich mal mit Ihrem Bereichsleiter sprechen könnte?"

„Oh, ich denke schon. Die Leiterin hat ihr Büro im Obergeschoss. Gehen Sie einfach dort hoch." Damit deutete sie auf den Wachmann. Doch dieser glotzte bloß vor sich hin. Wren wusste, dass sein CIA-Ausweis ihm überall Zugang verschaffen würde. Doch wahrscheinlich würde er damit auch Humphreys innerhalb einer Stunde am Hals haben, der härter zuschlagen würde als ein Ford Super Duty.

„Könnten Sie vielleicht stattdessen kurz anrufen? Ich möchte die Sache lieber vertraulich behandelt wissen."

„Vertraulich?", fragte die Frau. „Nun, ich nehme an, ich habe ihre Nummer gespeichert."

„Das wäre wirklich freundlich." Wren setzte sich neben Anastasia. „Ich würde lieber kein großes Fass aufmachen. Es handelt sich nämlich um eine heikle Angelegenheit."

„Oh, ich verstehe", antwortete Gloria, rief an und murmelte fröhlich vor sich hin, während Anastasia ihn abschätzig beäugte.

„Sie sind aber nicht von hier", stellte sie fest.

„Da haben Sie recht, Ma'am. Ich komme von außerhalb der Stadt."

„Wie weit außerhalb der Stadt?"

„Auf der einen Seite Arizona. Und die andere Seite kennt nur der Himmel."

Ihre breiten Gesichtszüge verzogen sich zu einem leichten Grübeln. „Sind Sie ein Mann des Erweckungsglaubens? Sind Sie denn gerettet worden?"

„Früher einmal", antwortete er mit einem Lächeln. „Jetzt bin ich vielleicht etwas vom Glauben abgefallen."

Das verwirrte sie einen Augenblick lang. „Abgefallen?"

„Wie Saulus auf seinem Weg nach Damaskus. Als würde ich auf die Auferstehung warten." Wren lächelte und sein enzyklopädisches Namensgedächtnis lief wie ein gut geölter Schlitten einer Glock 19. „Wie Ihr Name. Anastasia. Kommt aus dem Griechischen, 'anastasi', und bedeutet Auferstehung, wenn ich mich nicht irre. Was für eine schöne Vorstellung."

Anastasia errötete leicht und aus Verwunderung wurde Freude.

„Sie kommt gleich", verkündete Gloria und sah Wren mit

einem so zufriedenen Gesichtsausdruck an, dass er schon fürchtete, sie würde bei all dem inneren Licht in Flammen aufgehen. Einen direkteren Gegensatz zu seinen alten Tagen in Chicago konnte man nicht finden.

„Der Herr hier erzählt, dass er gerettet worden ist, aber noch auf die Auferstehung wartet", stellte Anastasia fest, die jetzt vollends aus dem Gleichgewicht geraten war. „Anscheinend bedeutet mein Name auf Altgriechisch Auferstehung."

„Oh, Altgriechisch?", gurrte Gloria. „Die Erweckung bietet allen die ewige Erlösung durch die Auferstehung des lieben Gottes!"

Wren hörte abwesend zu, während sie weitersprach. Anastasia schien sich zu erwärmen, was gut war. Er wollte nicht, dass irgendjemand einen verdächtig aussehenden Fremden verpfiff, der merkwürdige Fragen stellte.

Nach fünf Minuten trat eine attraktive Frau durch die Drehkreuze am anderen Ende der Lobby, und Wren erhob sich. Sie trug einen schicken marineblauen Anzug und ihre Absätze klackerten auf dem Marmor. Sie streckte eine Hand aus und schenkte ihm ein strahlendes Lächeln.

„Ich habe gehört, Sie haben Fragen zu unserem Hilfsprogramm, Mr. …?"

„Nightingale", log er. „Danke, dass Sie sich Zeit für mich nehmen."

„Ich heiße Nancy Mbopo. Sollen wir?" Sie deutete mit einer Geste auf eine Couch ein Stück weiter drüben.

„Danke."

Dann setzten sie sich.

„Mrs. Mbopo, ich bin besorgt über das Verschwinden einer großen Anzahl von Obdachlosen in ganz Chicago. Zum ersten Mal ist mir das bei einem verschwundenen Lager unter der West-Pershing-Brücke aufgefallen. Ich habe einige dieser Leute gekannt, vor allem Mason, einen Kriegsveteranen aus dem Irak, und Wendy, seine Freundin. Ich habe sie beim Betteln vor der U-Bahn-Station kennengelernt und wir haben uns angefreundet, bis sie eines Tages plötzlich verschwunden waren. Ihr ganzes Lager war futsch, und alle Bewohner wie vom Erdboden verschluckt." Er machte eine Pause, um Luft zu holen, und senkte dann seine Stimme: „Ich mache mir Sorgen, dass das Teil von irgendetwas Größerem sein könnte. Ein Plan der Regierung, um 'Unerwünschte' loszuwerden, vielleicht werden sie mit Bussen aus dem Bundesstaat gebracht, vielleicht auch etwas Schlimmeres. Ich suche nach Anzeichen dafür, ob die Zahl der Obdachlosen in Ihrer Umgebung in den letzten Monaten gesunken ist." Er hielt einen kurzen Augenblick inne. „Ich nehme an, Sie führen Buch über die Zahl der Besucher in Ihren Suppenküchen. Jede Art von Abweichung in den Zahlen wäre hilfreich."

Inzwischen hatte die Frau das Klemmbrett auf ihre Knie gelegt und die Hände darauf gestützt. „Darf ich fragen, in welcher Funktion Sie diese Anfrage stellen, Mr. Nightingale? Ist diese Angelegenheit nicht besser bei der Polizei aufgehoben?"

Er nickte. Mit seiner Dienstmarke wäre das alles so viel einfacher gewesen. „Da stimme ich Ihnen zu, aber wenn man die Sache der Polizei überlässt, wird sie wohl unter den Teppich gekehrt. Ich habe das Verschwinden meiner Freunde bereits gemeldet, und das ist nur kurz untersucht und dann schnell ad acta gelegt worden." Er lehnte sich leicht vor. „Wir reden hier von Hunderten von Menschen, Mrs. Mbopo, die einfach verschwunden sind, und niemand weiß, wo sie hin sind. Niemand kümmert sich darum, was mit ihnen passiert ist. In gewisser Weise ist das sogar ein Gewinn für die Stadt."

Sie rutschte unbehaglich auf ihrem Sitz hin und her. „Das ist aber eine ziemlich hartherzige Formulierung. Ich bin sicher, die Polizei ..."

„... ist mit anderen Dingen überfordert. Aber Sie nicht. Das hier ist eine Kirche. Sie helfen den Geringsten unter ihnen. Also bitte, unterstützen Sie mich, damit ich Wendy und Mason helfen kann."

Sie öffnete den Mund, um zu antworten, und Wren wusste,

was jetzt kommen würde. Eine höfliche Abfuhr: Sie war nicht überzeugt. Zeit für ein Ablenkungsmanöver.

„Kannten Sie Mason und Wendy?"

Darauf war sie gefasst gewesen. „Ich gehe selbst nicht oft in die Suppenküchen, ich …"

„… manage das große Ganze", stellte Wren fest und lächelte. „Ich verstehe. Aber irgendjemand führt doch sicher Buch. Das hier ist eine riesige Kirche. Ich bin mir sicher, dass Sie diese Menge an Essen ordentlich planen müssen. Ich würde nur gerne diese Aufzeichnungen sehen." Er überlegte einen Augenblick. „Bitte, was kann denn schon passieren?"

Ihre Augen nahmen einen vorsichtigen Ausdruck an. „Ich denke, ich könnte mit dem Kirchenvorstand sprechen. Der ist morgen wieder da. Mehr kann ich nicht für Sie tun."

„Das bezweifle ich."

Sie erhob sich. „Ich schätze, wir haben uns heute lange genug unterhalten, Mr. Nightingale."

Wren erhob sich ebenfalls. „Ich habe noch gar nicht erwähnt, was ich beruflich mache."

„Das stimmt", bestätigte sie.

„Ich bin freiberuflicher Journalist. Große Zeitungen haben sich bereits für diese Geschichte interessiert und ich garantiere Ihnen, dass es Helden und Schurken geben wird, sobald die Story in Druck geht. Das ist Ihre Gelegenheit, zu den Helden zu gehören."

Ihr Blick wurde strenger. „Soll das eine Drohung sein? Entweder ich helfe Ihnen, oder Sie schieben unserer Kirche die Schuld in die Schuhe?"

Wren schüttelte den Kopf. „Keineswegs. Der Schuldige ist der, der sie entführt hat. Aber ich habe eine lange Liste von Kirchen, die ich heute noch besuche. Und Ihre ist mit Abstand die größte."

Sie runzelte die Stirn. Möglicherweise hatte er sie wieder am Haken. „Welche Zeitung hat denn Interesse gezeigt?"

„Das darf ich nicht sagen, aber eine von ihnen trägt die Buchstaben P O S T in ihrem Namen."

Sie kniff die Augen zusammen. „Die Washington Post?"

„Ich habe nichts gesagt."

Daraufhin musterte sie ihn. Er wusste, dass er mitgenommen und ungepflegt aussah. „Haben Sie einen Presseausweis?"

„Das ist nicht die Art von Recherche, bei der ich einen Presseausweis vorzeige", erwiderte er. „Sehen Sie, ich habe schon Prügel kassiert, weil ich zu viele Fragen gestellt habe. Und wenn ich tatsächlich Recht habe, rollen hier Köpfe. Da möchte ich nicht unbedingt dabei sein."

Sie betrachtete ihn noch einen Augenblick, dann seufzte sie: „Na gut. Ich besorge Ihnen die Zahlen. Morgen früh sollte ich etwas für Sie haben."

„Heute Abend wäre besser."

„Dann eben heute Abend", stieß sie zähneknirschend hervor. „Einer der Wachleute hält an der Tür ein Päckchen für Sie bereit."

„Danke."

Dann verschwand sie.

„Das Licht Jesu sei mit dir", rief Gloria fröhlich, als Wren das Gebäude verließ.

„Auch mit dir", antwortete er.

19

BRÜCKE

Die anderen Kirchen waren einfacher.

St. Thomas Episcopal. Zion Grove. Prayer Band Pentecostal. South Park Baptist. Tabernacle Baptist. Es gab fast eine Gemeinde pro Block, so viele wie sonst nirgendwo, aber anscheinend hatte diese Gegend jede Menge Glauben nötig. Während er mit dem Pastor im Turner Memorial sprach, schaltete der CNN-Fernseher im Hintergrund auf die Nachrichten über eine Schießerei in North Kenwood, kaum fünf Blocks entfernt.

Am Ende des Tages hatte er eine Menge erfahren. Wren hatte seitenweise Notizen und Daten zu sichten.

Als er zur Revival Faith zurückkehrte, war es fast 22 Uhr. Gloria und Anastasia waren schon lange weg, aber die Lobby war hell erleuchtet. Der gleiche Wachmann stand in der Tür und starrte ins Leere.

Wren klopfte an die Scheibe. Daraufhin schloss der Wachmann eine der Türen auf und hielt ihm eine Mappe hin. Wren nahm sie entgegen.

„Meinen verbindlichsten Dank an Mrs. Mbopo", bat er.

Doch der Wachmann schlug einfach die Tür vor seiner Nase zu.

Zurück in seinem Mietauto öffnete er den Ordner. Er enthielt drei Bögen Papier: einen mit den registrierten Namen der Obdachlosen, einen mit den Besucherzahlen der Suppenküchen in den letzten neun Monaten und einen mit den Lagerbeständen ihrer Lebensmittelvorräte im gleichen Zeitraum.

Keine der anderen Kirchen hatte ihm so viel zur Verfügung gestellt. Im besten Fall hatte er Schätzungen erhalten. Einige wenige führten lose Aufzeichnungen, aber die Obdachlosen zogen ständig von Ort zu Ort, während die Stadt sie herumjagte, wie die letzten Staubkrümel, die sich weigerten, in die Kehrschaufel zu hüpfen.

Aber zusammen mit den Daten der Revival Faith ergaben seine Aufzeichnungen durchaus Sinn. Er nahm einen Stift zur Hand und begann, die drei Blätter mit Informationen aus den anderen Kirchen zu versehen.

Es zeichnete sich ein Muster ab. Sein Stift kritzelte schneller übers Papier, als seine Überlegungen Gestalt annahmen.

Es schien, als hätte es im letzten Jahr in der ganzen Stadt gewaltige Einbrüche der Besucherzahlen gegeben, die sich auf verschiedene Suppenküchen für Obdachlose verteilten. Hyde Park war über einen Zeitraum von sechs Monaten hinweg zunehmend geschrumpft, danach hatte sich die Lage stabilisiert. Bronzetown war die nächste Gemeinde, in der es vor vier Monaten mehrere Wochen lang zu Ausfällen gekommen war. Wren rief eine Karte auf einem seiner Handys auf.

Als nächstes folgten West Town und dann Lincoln Park. Jedes Mal hielten die Rückgänge der Besucherzahlen der Suppenküchen über mehrere Wochen an. Wren wurde ganz flau im Magen, als er die Daten bis zum gegenwärtigen Tag weiterverfolgte.

Die Zahlen für Chinatown hatten erst vor zwei Wochen begonnen zu sinken.

Das Muster war klar erkennbar.

Also fuhr Wren mit wachsender Anspannung nach Chinatown, das nur zehn Minuten von der Schnellstraße entfernt lag. Wenn er ein verlassenes Zeltlager finden und die Überwachungskameras in der Nähe auswerten würde, könnte er das Kennzeichen eines Lastwagens herausfinden.

Und das wiederum könnte ihn direkt zu ihnen führen.

Es war bereits 23 Uhr, als er in Chinatown ankam und die Straßen waren ruhig. In diesem Teil des Bezirks gab es nicht viele Bars, kein Nachtleben, nur Wohngebiete und Schulen.

Wren wusste jetzt, wonach er suchte. Mit dem Wissen um die bewährte Vorgangsweise der Angriffe begann er eine schnelle Patrouille durch die nächtlichen Straßen, um die Nadel im Heuhaufen der Eisenbahnlinien und Schnellstraßen zu finden. Überall gab es Tunnel. Chicago war eine Stadt im Aufbruch.

Bald wurden seine Augenlider ganz schwer. Irgendwann heulte ein Polizeiauto hinter ihm auf und er fürchtete schon, er würde wegen Raserei aufgegriffen werden, aber der Wagen entfernte sich genauso schnell wieder.

Gegen 2 Uhr nachts steuerte er eine Ramen-Bar in der South Archer Ave an, gegenüber einem Einkaufszentrum mit einer kleinen fünfstöckigen roten Pagode auf dem Dach. Ein paar Leute spazierten vorbei und ein Betrunkener lag zusammengesunken neben einem Mülleimer; die Spucke rann im über das Kinn. Wren trank einen starken, schwarzen Kaffee an einem Fensterplatz und verschlang Kung-Pao-Nudeln mit Schweinefleisch, während er den Verkehr im Auge behielt und spürte, wie sich der Zorn in seinem Magen festfraß.

Niemand kümmerte sich um Obdachlose, die unter die Räder kamen.

Die Nudeln waren heiß und salzig, genau wie er sie mochte. Er hinterließ ein saftiges Trinkgeld. Der Fernseher an der Ecke zeigte sein Gesicht in den zehn Minuten, die er dort war, vielleicht ein Dutzend Mal. Sobald er fertig war, warf er noch einen Blick auf die Website seiner Stiftung nach Updates.

Er hatte eine Nachricht von Teddy und Cheryl erhalten.

HABEN VIELLEICHT BALD NEUIGKEITEN. MELDEN UNS IN EIN PAAR STUNDEN.

Leicht gesagt für die beiden. Als eingefleischte Vampire

waren sie immer noch in der Nacht am produktivsten. Es juckte ihn in den Fingern, Humphreys anzurufen und herauszufinden, was sie im Lagerhaus entdeckt hatten, aber er wollte sich nicht melden, ohne etwas im Gegenzug anbieten zu können. Dazu müsste er seinen derzeitigen Aufenthaltsort auffliegen lassen, und in Chicago war er noch lange nicht fertig.

An der Theke fragte er den Kellner nach Obdachlosen in der Nähe.

„Wie war das?", fragte der Mann. Der junge, asiatisch-amerikanische Kerl mit dem hängenden Hipster-Schnurrbart sah aus wie der chinesische Errol Flynn.

„Obdachlose", wiederholte Wren. „Die Wohnungslosen. Ein Freund von mir hat gemeint, er würde hier in der Nähe im Freien übernachten. Wo würde er da hingehen?"

Der Typ dachte einen Augenblick lang nach. Dann tippte er sich an den Kopf, als ob das helfen würde, und zuckte mit den Schultern. „Ich habe keine Ahnung. Tut mir leid."

Wren stieg wieder in den Van und fuhr los. Je mehr Zeit verging, desto unwahrscheinlicher wurde der Gedanke. Nur weil beim Angriff auf Mason alles auf der Straße zurückgelassen worden war, hieß das noch lange nicht, dass das auch hier der Fall war. Und selbst wenn, hätte die Stadt die Sachen vielleicht schneller abgeholt.

Und dann fand er das Lager doch noch.

Irgendwann nach 3 Uhr morgens, als die verschwommene Zeit kurz vor der Morgendämmerung anbrach, als die Straßenlaternen noch brannten und die betrunkenen Nachtschwärmer sich mit den Müllmannschaften trafen, fand Wren den bisher längsten Tunnel. Er führte unter einem Eisenbahnknotenpunkt hindurch, über dem sechs Gleise lagen und unter dem sich ein ganzes verlassenes Dorf mit Schlafsäcken, Zelten, Pappburgen und behelfsmäßigen Wäscheleinen befand.

Aber keine Menschen.

Plötzlich hupte jemand hinter ihm. Also fuhr er rechts ran und kam im Laufschritt zurück. Das war es. Er befand sich inmitten eines verlassenen Zeltlagers. Weit über hundert Leute hätten hier Platz gefunden, vielleicht sogar zweihundert. Wahrscheinlich wurden sie ständig von der Stadt vertrieben, aber das hier war eine größere Sache, genau wie Felipe gesagt hatte. Wenn das das Werk der Behörden gewesen wäre, hätten sie das Zeug mitgenommen. Das musste ein gezielter Anschlag gewesen sein, aber er konnte schon Wochen zurückliegen.

Sein Herz hämmerte. Er spürte, dass er Mason und Wendy immer näherkam. Also durchstöberte Wren Zelte und Kartons, kippte Plastiktüten aus und wühlte in Taschen mit zerknitterten Dokumenten und vergilbten Familienfotos, auf der Suche nach etwas, das ihm ein Datum verriet.

Dabei fand er eine Verpackung für ein Sandwich mit Schinken und Gurke, das nach dem Verfallsdatum nur einen Tag alt war. Es war frisch.

Hastig eilte er zurück auf die Straße. Im Tunnel gab es keine Überwachungskameras, aber anderswo mussten jede Menge sein, zum Beispiel an den Auffahrten zur nahe gelegenen Schnellstraße. Er lief weiter, bis er direkt in ein dunkles digitales Auge starrte, das hoch oben an einem Laternenpfahl angebracht war.

Die Videoüberwachung der Autobahnausfahrt.

Bingo.

Jetzt musste er sich nur noch Zugang zu diesem Material verschaffen.

Er atmete tief durch. Das war ein Fortschritt, aber es war immer noch mitten in der Nacht. Im Augenblick konnte er auf überhaupt nichts zugreifen. Außerdem war er total ausgelaugt. Die Stadt drehte sich um ihn herum; Lichter, Geräusche und Fahrzeuge, alles in Bewegung. Ihm wurde schwindelig und er stellte fest, wie müde seine Beine waren, die ihn kaum noch tragen konnten.

So war er für niemanden von Nutzen.

Also begab er sich zurück in das Obdachlosenlager. Inmitten des vorbeifahrenden Verkehrs und der darüberfahrenden Güterzüge erstreckte es sich wie ein Wunderland aus stinkendem

Bettzeug. Wren war zu müde, um sich darum zu kümmern, und es war ja nicht so, dass er irgendwo anders hätte schlafen können. Kein Motel wäre mehr sicher, da sein Gesicht auf jeder Überwachungsliste stand. In dem chinesischen Restaurant war vom schlimmsten Terroranschlag auf heimischem Boden seit fast zwanzig Jahren die Rede gewesen.

Hier würde er klarkommen. Niemandem würde der Penner auffallen.

Also rollte er sich in einen Pappkarton ein und war innerhalb von Sekunden eingeschlafen.

20

MS-13

EINIGE ZEIT vor der Morgendämmerung riss ein Paar Hände an seiner Kehle Wren aus dem Schlaf.

Er versuchte, sich aufzurichten, aber das gelang ihm nicht. Ein Gesicht war über ihn gebeugt, trübe im künstlichen Licht unter der Brücke. Er hörte Gelächter und spürte Stöße gegen seine Beine, aber es fiel ihm schwer, sich zu konzentrieren, während seine Atemwege wie zugeschnürt waren.

Dennoch roch er Benzin. Er spürte die kalte Flüssigkeit, die durch seine Kleidung sickerte. Wer auch immer das war, er war drauf und dran, ihn abzufackeln. In gewisser Hinsicht kam es ihm geradezu albern vor, dass er zum zweiten Mal innerhalb von zwei Tagen im Schlaf angegriffen wurde.

Gleichzeitig dachte er nur noch daran, der Bedrohung ein Ende zu setzen. Sein Verstand lief auf Hochtouren und nahm in einem hyperaktiven Zustand alle Einzelheiten auf.

Er erkannte das blaue Bandanna des jungen Mannes, der ihn im Würgegriff hielt. Es stand für MS-13 oder Mara Salvatrucha, eine sagenumwobene Drogenbande aus Los Angeles, die in den 80-er Jahren von salvadorianischen Einwanderern in LA gegründet worden war. Anhand des Lachens und der flackernden

Bewegungen, die er aus dem Augenwinkel wahrnahm, schätzte er, dass sie insgesamt zu sechst waren.

Er war sich sicher, dass dies kein gezielter Angriff war und dass es sich nicht um dieselben Leute handelte, die das Lager verwüstet hatten. Das waren einfach nur irgendwelche Punks, die es auf einen einsamen Herumtreiber abgesehen hatten, um sich mit ihm die Zeit zu vertreiben. Und die würden nur eine Sprache verstehen.

Wrens rechte Hand schoss in den Schritt seines Angreifers, packte fest zu und riss nach unten. Sofort lösten sich die Hände um seine Kehle, während der Punk aufquietschte und zu Boden stürzte.

Wren tauchte in eine Wolke aus Bettwäsche und Pappe auf.

Eine Pistole wurde abgefeuert, aber Wren war bereits hinter einem anderen Gangmitglied und riss dessen Kopf so stark herum, dass sein Genick brach. Ein weiterer Schuss ertönte und auch Schreie, aber nun zog ein Güterzug wie ein Gewitter über sie hinweg. Von hier aus würde kein Geräusch weit und breit zu hören sein, und keine Kamera würde das Geschehen aufzeichnen.

Wren stürzte sich auf zwei der spindeldürren Gangmitglieder und schleuderte sie beide in die Luft, gegen das Geländer, das den Bürgersteig von der Straße trennte, und darüber hinaus. Sie landeten mit einem dumpfen Geräusch.

Nun blieb noch einer übrig. Er richtete seine Waffe auf Wren und feuerte, aber Wren war bereits aus der Schusslinie getreten und bewegte sich geschickt nach vorne, wobei er seinen linken Arm nach oben und zur Seite schwang, um den Lauf vom Ziel abzulenken. Seine Hand schloss sich um das Handgelenk des Punks und die Waffe entlud sich erneut, doch diesmal traf sie einen seiner Gangkollegen in den Bauch, gerade als Wren seinen rechten Ellbogen auf die Schulter des Punks niedersausen ließ.

Daraufhin brach sein Schlüsselbein. Er schrie auf, ließ die Waffe fallen und griff mit der linken Hand nach einem Messer. Doch Wren rammte seinen Ellbogen rückwärts in das rechte Ohr des Mannes und schlug ihn damit bewusstlos.

Er fiel wie ein Sack zu Boden. Wren steckte blitzschnell die Waffe ein. Die beiden Gangmitglieder, die auf die Straße befördert worden waren, nahmen jetzt die Beine in die Hand. Wren schwang sich über das Geländer, seine Muskeln waren jetzt voller Adrenalin, und feuerte zweimal.

Dabei stürzten beide Männer zu Boden.

Wren atmete erleichtert aus und wirbelte herum.

Der Gestank von Benzin hing ihm in den Kleidern und in den Haaren und ließ seine Augen brennen. Er überblickte den Ort des Geschehens, während der Zug über ihm weiter rumpelte. Zwei Tote durch Schüsse in den Rücken, einer lag auf der Seite und blutete aus einem Bauchschuss, einer war bewusstlos mit einem gebrochenen Schlüsselbein und wahrscheinlich einem Schädelbruch, und einer krümmte sich am Boden zusammen und hielt seine eingeklemmten Hoden.

Da fiel Wrens Blick auf den roten Benzinkanister. Er sah auch ein Feuerzeug, das zu Boden gefallen war. Ihm kam ein Gedanke. Vielleicht war das doch kein so großes Pech. Vielleicht würde ihm das nutzen.

Zuerst schleppte er die beiden Leichen von der Straße und begrub sie unter schmutzigem Bettzeug und Zeitungspapier neben dem mit dem gebrochenen Genick. Den Kerl, der durch einen Bauchschuss niedergestreckt worden war, deckte er zu und schenkte seinen schwachen Hilferufen keine Beachtung.

Dann widmete er sich dem Typ, der ihn geweckt hatte. Dieser hatte die Augen fest verschlossen und beide Hände zwischen die Beine geklemmt. Aber Wren hatte schon eine Lösung für ihn parat und goss ihm den Rest des Benzinkanisters über den Kopf.

Daraufhin begann er zu schreien. Doch niemand hörte ihn. Wren riss ihm das durchtränkte blaue Tuch runter und ohrfeigte ihn damit, bis er die Augen öffnete.

„Eine Frage", verkündete er, „wenn du leben willst."

Dann schnipste er mit dem Feuerzeug und entfachte eine Stichflamme. Die Augen des Mannes hellten sich auf. Wren schwenkte das Feuerzeug hin und her. Ein Fehler und er würde sich selbst in Brand stecken.

„Die Obdachlosen hier", fuhr Wren fort und sprach langsam und deutlich, „sind in einer der letzten Nächte entführt worden. Hast du irgendwas davon mitbekommen?"

Doch der Kerl starrte nur vor sich hin, also wiederholte Wren seine Frage und hielt das Feuerzeug näher an ihn heran. Der Mann konnte nicht älter als zwanzig Jahre sein, aber zwanzig reichte schon aus, um eine Gefahr für die Allgemeinheit darzustellen. Er stieß einen kurzen Schrei aus, dann nickte er, schluckte und die Worte sprudelten in einem Sturzbach aus ihm heraus:

„Nein, Mann, wir haben überhaupt nichts gesehen. Heute sind sie da, morgen schon nicht mehr. Was hast du jetzt mit der Flamme vor, Bruder? Wir haben doch nur Spaß gemacht, verstehst du?"

Wren kniff die Augen zusammen. „Ist das denn nicht noch immer Spaß? Haben wir jetzt etwa keinen Spaß mehr, du und ich?"

Der Typ brauchte eine Sekunde, um zu begreifen, dann nickte er schnell. „Ja, ja, Mann, den haben wir. Auf jeden Fall, das hier macht Megaspaß, sag mir einfach, was du noch wissen möchtest, dann hören wir vielleicht auf zu spielen."

Wren nickte. Mit einer Antwort auf die erste Frage hatte er nicht gerechnet. Wer auch immer die Leute waren, die die Obdachlosen aufsammelten, sie würden keine Zeugen am Leben lassen. Aber vielleicht konnte er sein Suchfenster eingrenzen.

„Also gut. Ich glaube dir. Noch eine Frage und wir sind fertig. Klar?"

„Cool, Mann, ja, klar! Wir kommen doch super miteinander aus, sag schon!"

„Die Leute hier unten, wann sind die verschwunden? Gestern? Vorgestern. An einem Tag waren sie noch hier, am nächsten schon nicht mehr. Denk scharf nach. Es hängt eine Menge davon ab."

„Was? Woher soll ich das denn wissen? Ich achte doch nicht darauf …"

Wren hielt ihm das Feuerzeug direkt vor die Augen. „Schwachsinn. Ihr zieht doch durch die Straßen, um Spaß zu haben, richtig? Ihr seht diese Leute. Wenn da hundert wären, würdet ihr nicht mit eurem Benzinkanister anrücken, oder? Sie halten Wache, einige könnten bewaffnet sein, das ist es doch nicht wert, oder? Aber als ich so alleine dagelegen bin, seid ihr angetanzt. Ein bisschen Folter, ein bisschen Spaß, mich abfackeln. Das habt ihr doch schon mal abgezogen, oder?"

Der Mann verdrehte die Augen. Der Stress und die Schmerzen machten ihm zu schaffen. „So ist es überhaupt nicht. Ich …"

„Wie oft?"

„Keine Ahnung! Das ist doch kein Verbrechen, oder? Diese Leute sind doch sowieso schon halbtot. Wir tun ihnen doch nur einen Gefallen!"

Wren schüttelte den Kopf. „Hör mir jetzt ganz genau zu. Die Leute hier, wann war die erste Nacht, in der sie nicht mehr da waren?"

„Was?"

„Welche Nacht? Wann sind sie verschwunden?"

Der Mann zitterte. „Ich, äh. Vielleicht vor zwei Nächten? Zwei, glaube ich."

„Also Dienstag", meinte Wren. „Dienstagabend waren sie nicht hier? Und Montagabend schon?"

„Ich denke schon! Keine Ahnung, Mann. Nein, warte. Wir sind am Montag hier vorbeigekommen und da waren sie weg. Oder, warte. Nein! Montag früh, so gegen 9 Uhr, waren sie noch da. Erst später, also so um diese Zeit, waren sie weg. Seltsame Sache."

Er lächelte. Seine Zähne strahlten weiß.

„Montagabend", überlegte Wren, „zwischen 21 Uhr und, wie spät ist es jetzt?"

„Ungefähr 4 Uhr morgens, Bruder."

„4 Uhr morgens. Praktisch."

„Danke, Mann. Also, sind wir quitt?"

„Aber ja doch", antwortete Wren, „ich tue dir nur noch schnell einen Gefallen." Mit diesen Worten trat er zurück und berührte mit dem Sturmfeuerzeug die Brust des Mannes. Sofort ging dieser in Flammen auf, eine gelb-orange flackernde lebendige Fackel. Er schrie und bibberte, bis der Schmerz und die Erstickung ihm das Bewusstsein raubten.

Wren entfernte sich und hinter ihm breitete sich das Feuer aus. Er hörte kaum die Schreie, als sich die Flammen durch die Überreste des Lagers fraßen. Er hatte noch nie jemanden bei lebendigem Leib verbrannt, aber das Ganze kam ihm seltsam vertraut vor.

Er warf das Feuerzeug über seine Schulter, entledigte sich seiner durchweichten Jacke und warf sie ebenfalls weg, dann marschierte er weiter, bis er seinen Van erreicht hatte. Wieder am Steuer, fuhr er zehn Häuserblocks nach Norden, bis er einen ruhigen Rastplatz am Rande eines Industriegebiets fand, dann kletterte er auf den Rücksitz, legte seinen benebelten Kopf auf seine wattierte, benzingetränkte Hose und schlief wieder ein.

21

CHERYL

Wren wachte kurz nach dem Morgengrauen auf und lag eine Weile ruhig auf dem Rücksitz des Vans, verfolgt von unangenehmen Erinnerungen an das Vergangene. Vielleicht rührte das daher, dass er diesen Kerl von MS-13 lebendig verbrannt hatte.

Das hätte er nicht tun sollen.

In diesem Augenblick war es ihm gerecht erschienen. Es war das gewesen, was sie ihm auch antun hatten wollen, was sie wahrscheinlich auch schon anderen obdachlosen Menschen angetan hatten.

Doch das war es nicht, was er bedauerte. Vielmehr fühlte er sich an den Tag zurückversetzt, an dem die Pyramide ihr Ende gefunden hatte, als er mitten in der Wüste von Arizona auf der Hauptstraße des Sektengeländes gestanden und tausend tote und rauchende Körper vor sich liegen gesehen hatte. Dazu die Hand seines Vaters auf seinem Rücken, der ihm zugesichert hatte, er wäre ein guter Junge.

Alle waren sie verbrannt. Die Männer, die Frauen, die Kinder. Einige waren freiwillig gegangen, andere waren gezwungen worden, aber sie waren alle verbrannt. Alle außer Wren. Sogar sein Vater, der „Apex", der Anführer der Sekte, war am Ende verbrannt.

Aber nicht Wren.

Es war eine schlimme Erinnerung, eine, von der er seit vielen Jahren nicht mehr geträumt hatte. Sie hinterließ ein finsteres Gefühl in ihm, als ob alles zu Ende ginge und er der letzte Mensch wäre, der davon erfuhr. An diesem Tag hatte er jedes Mitglied der einzigen Familie verloren, die er je gekannt hatte. Und er war gerade mal 11 Jahre alt gewesen.

Es fühlte sich fast so an, als ob das heute alles gar nicht so anders wäre.

Draußen rauschte der Verkehr vorbei. Wren verscheuchte den Traum, setzte sich auf und öffnete die Türen des Wagens. Das fahle Morgenlicht strömte herein und wusch die Gespenster der Vergangenheit weg.

Das Camp der Obdachlosen war verschwunden, zehn Häuserblocks weiter südlich war es nun zweifelsohne bloß nur noch ein Aschehaufen. Diese Erkenntnis war niederschmetternd: All diese Leute waren nun tatsächlich verschwunden, jedes Anzeichen ihres früheren Daseins war ausgelöscht, und sie mussten nun zweifellos die schlimmste Erfahrung in ihrem ohnehin schon harten Leben machen.

Wren musste sie retten. Das war wichtiger als sechs tote Kerle von MS-13, die verdient hatten, was sie bekommen hatten. Die Pyramide hatte er nicht retten können. Aber er musste Mason und Wendy beschützen.

Also richtete er sich auf, rollte die steifen Schultern und stieg aus dem Van. Die Vormittagssonne knallte auf den Asphalt und verströmte den stechenden Geruch von Sommerstaub und Teer. Um ihn herum tobte die Stadt: Autos rauschten durch die Gegend, Leute in Anzügen eilten zur Arbeit, die Schnellstraße dröhnte in der Nähe. Er trank eine Flasche Wasser und checkte seine Nachrichten.

Irgendwann in der Nacht waren ein Dutzend Nachrichten von

Teddy eingegangen. Wren überflog sie und wurde dabei immer aufgeregter.

WIR MÜSSEN UNS TREFFEN!

ICH HABE, WAS DU BRAUCHST!

CHRISTOPHER, KOMM SOFORT!

Das traf sich ja gut. Brens Vorhaben, auf das Videomaterial zuzugreifen, betraf sowohl Teddy als auch Cheryl. Er tippte eine einfache Antwort: „KOMME", dann stieg er wieder auf den Vordersitz des Vans und fuhr los. Teddy und Cheryl wohnten im Norden der Stadt. Es war besser, das persönlich zu erledigen und die Videoüberwachung an einem Ort anzustoßen, an dem er gleichzeitig duschen konnte.

Zwei Fliegen mit einer Klappe.

Der morgendliche Verkehr war gar nicht so schlimm, und Wren war noch vor dem größten Pendlerandrang aufgebrochen. Schon bald befand er sich in Old Edgebrook, ein paar verwinkelte Wohnstraßen, die sich im Zickzack durch die Wälder von Dahla Park im Nordwesten der Stadt schlängeln. Auf kleinen, aber zweifelsohne teuren Grundstücken erhoben sich kleine Villen, die alle einen unverwechselbaren architektonischen Stil aufwiesen, der direkt einem Magazin entsprungen sein musste: Französische Fensterläden, runde Panoramafenster, Türmchen im Kolonialstil.

Teddy war reich, er hatte sein Vermögen im Investmentbanking gemacht und besaß eines der größten Häuser in der Nachbarschaft, mit einem von hohen Zäunen abgeschirmten Innenhof, der einst seine dunklen Partys vor den Augen der Welt verborgen hatte. Jetzt, so wusste Wren von früheren Besuchen, lagen die beiden meist den ganzen Tag auf Luftmatratzen im Pool herum, nachdem sie die Nächte in den Herrenclubs der Stadt verbracht hatten.

Wren parkte den Van und klopfte an die Eichentür. Cheryl öffnete schnell. Ihr Gesicht war so ausdruckslos wie immer und verriet nichts. Sie war wunderschön und unglaublich blass, mit vollen Lippen und weit aufgerissenen Augen, aber ihr ruhiger

Ausdruck hatte etwas Grausames an sich. Sie trug Jeans und ein enges T-Shirt, das ihre Kurven betonte.

„Christopher", begann sie, als wäre es eine schreckliche Enttäuschung gewesen, ihn zu sehen. „Teddy ist schon ganz aus dem Häuschen." Sie trat zur Seite, um ihn einzulassen, und fügte dann hinzu: „Du stinkst."

Wren gluckste: „Freut mich auch, dich zu sehen, Cheryl."

Sie waren in seiner Zeit in Chicago kurz miteinander ausgegangen. Cheryl litt unter Anhedonie, einer Krankheit, die dazu führte, dass sie keine Freude an irgendetwas empfand. Dadurch war sie gezwungen gewesen, stattdessen den Nervenkitzel bei den Vampirgruppen zu suchen. Als Wren sie kennengelernt hatte, war er hingerissen gewesen, als sie wie eine Königin der Nacht auf der Bühne gestanden hatte und mit ihren üppigen Kurven Schweineblut aus einem riesigen Krug getrunken hatte.

„Hast du in Benzin gebadet oder so?", fragte sie und verdrehte die Augen.

„So was in der Art."

„Nimm eine Dusche."

„Das habe ich vor. Kannst du die Sachen waschen?"

Cheryl betrachtete seine Kleidung. „Ich kann die Sachen wegschmeißen. Hast du auch wieder im Müll geschlafen?"

„Ich schätze, ein Waschgang sollte ausreichen." Er trat durch die Tür und musterte sie. „Du siehst gut aus."

Sie stieß ein Schnauben aus. „Ich habe eine Menge Zeit in den sozialen Medien verbracht, um manchen Leuten so richtig Angst einzujagen. Das tut meinem Teint gut."

Wren lachte. Das schien ihr zwar nicht zu gefallen, aber Cheryl zu gefallen, wäre ein Fehler. Damit erntete man bloß Verachtung. Die Vampirin lebte von den heftigen emotionalen Reaktionen anderer, ob persönlich oder über das Internet, und wollte Wren damit eindeutig aus der Reserve locken. Dass er einfach lachte, würde ihr nichts bringen.

„Das ist gefährlich nah dran, die Bedingungen deines Münzlevels zu sprengen", stellte er fest.

„Es geht heute um meine Münzen?", fragte sie scharf. „Bist du hier, um mir zu helfen, oder suchst du meine Hilfe?"

Wren nickte, konnte sich aber ein Lächeln nicht verkneifen. „Ich brauche deine Hilfe, Cheryl. Hast du immer noch deine Erpresserliste?"

„Meine was?"

„Lass uns diese Spielchen überspringen und gleich zur Liste kommen, wenn das in Ordnung ist? Als wir uns das letzte Mal über deine Münzen unterhalten haben, hattest du mehrere Polizisten aus Chicago in deinem kleinen schwarzen Buch. Männer, für die du getanzt hast, Männer in den Vampirclubs, Männer, die dich vielleicht für Dinge bezahlt haben, die sie nicht hätten tun sollen. Ich habe doch gemeint, du solltest es loswerden und du hast zwar zugestimmt, aber das im Grunde nicht so gemeint. Ich schätze also, du hast das Büchlein immer noch."

Cheryl musterte ihn kühl. „Du brauchst diese Dusche wirklich, Chris."

„Such dir einen Verkehrspolizisten heraus oder einen anderen, der mit Verkehrsüberwachung zu tun hat, und ersuche ihn, ein paar Aufnahmen von einer Überwachungskamera für mich zu besorgen. Ich habe die Nummer der Kamera, das Datum und die Zeitspanne aufgeschrieben." Dann kramte er in seiner Tasche und zog ein Stück Papier hervor. „Ich brauche alle Sattelschlepper, wahrscheinlich zwei im Konvoi, und ich möchte, dass die automatische Kennzeichenerfassung aufzeichnet, wohin sie fahren. Und zwar so schnell wie möglich."

Sie betrachtete das Stück Papier, als ob es infiziert sein könnte. „Da stehen aber eine Menge Abkürzungen drauf."

„Es ist alles fein säuberlich aufgeschrieben. Hilfst du mir?"

„Was springt für mich dabei raus?"

Wren lächelte wieder: „Das Wissen, dass du Hunderten, vielleicht Tausenden von Unschuldigen hilfst, freizukommen."

Sie runzelte die Stirn. „Ich habe gesagt, für mich."

Das hatte Wren erwartet. „Einen ordentlichen Zuwachs an Münzen. Wo stehst du jetzt, bei drei Münzen?"

Sie stemmte ihre Arme in die Hüften. „Ist das jetzt eine Frage oder eine Feststellung?"

„Drei Münzen. Ich erhöhe auf vier."

„Vier?"

„Mit vier bekommst du Zugang zu den Selbsthilfegruppen. Außerdem erhältst du ein weiteres Münztreffen mit mir pro Jahr. Und du bekommst fünf Prozent Rabatt bei Arby's."

Ihr Gesicht verfinsterte sich. „Arby's?"

„Kleiner Scherz. Es gibt keinen Rabatt."

Sie kaute auf der Innenseite ihrer Lippe. „Und du glaubst wirklich, dass ein weiteres Münztreffen mit dir mich dazu bringt, dir zu helfen?"

Wren zuckte mit den Schultern. „Vielleicht schon, vielleicht aber auch nicht. Die Selbsthilfegruppen sind auch toll. Dort ergeben sich jede Menge Fortschritte, man erlebt wertvolle Einsichten und Gemeinschaft. Das ist es wert, wenn dir das wichtig ist. Du weißt, dass die Stiftung so funktioniert. Ich bin nicht hier, um dich zu überreden."

Sie kaute jetzt noch heftiger. Cheryl gehörte wie Teddy zu den herausfordernderen Mitgliedern der Stiftung. Manchmal erkannten die beiden die Vorteile, die ihnen die Mitgliedschaft brachte: eine gewisse Struktur, ein Gefühl der Zugehörigkeit, die Leitplanken für ein Leben, das sie mit zerstörerischer Hingabe gelebt hatten, die Unterstützung durch die Gruppen. Zu anderen Zeiten hämmerten sie mit allem, was sie hatten, gegen diese Leitplanken.

„Nimm einfach den Zettel, Cheryl", schlug Wren vor. „Ruf die Polizei an oder lass es. Wenn nicht, finde ich einen anderen Weg, um an das Filmmaterial zu kommen. Jetzt gehe ich erst mal duschen."

Sie nahm das Papier an sich. „Was ist mit Teddy?"

„Was soll mit Teddy sein?"

Cheryl richtete sich leicht auf. „Er wartet in seinem Tempel auf dich. Der ist schon die ganze Nacht stinksauer, weil du ihn links liegen gelassen hast."

Sie versuchte, ihn zu provozieren. „Ich habe ihn nicht links liegen gelassen, ich habe geschlafen. Die fünf Minuten kann er auch noch warten. Hier entlang zur Dusche?"

„Sicher", antwortete sie missmutig.

22

TEDDY

WREN WAR SCHON MAL in dem Haus der beiden gewesen. Es war
bestechend gewöhnlich, und alles war blitzsauber. Das
Badezimmer im Erdgeschoss war makellos; er vermutete, dass sie
jeden Tag Dienstmädchen hier hatten. Er entledigte sich seiner
benzingetränkten Kleidung vor der Badezimmertür und tauchte in
den erfrischenden Dampf der offenen Dusche ein. Die Düsen an
den Wänden massierten seine geschundene Haut.

In einem Ganzkörperspiegel gegenüber der Dusche
betrachtete er seine Verletzungen, bevor der Dampf das Glas
trübte. Der Großteil seines Körpers war mit schwarzen und
violetten Blutergüssen übersät. Das tat weh, aber daran war er
gewöhnt. Er strich sich die struppigen, schwarzen Haare auf der
linken Seite seines Kopfes aus dem Gesicht und betrachtete die
Stelle, an der der Vollstrecker ihn mit dem Schlagring erwischt
hatte.

Die Stelle tat weh, aber es hatte sich bereits Schorf gebildet.
Sein linkes Auge war nicht mehr blutunterlaufen, aber der
Bluterguss zog sich wie ein Feuermal über seine Wange.

Das alles würde schon bald heilen. Er gönnte sich eine
ordentliche Portion von Teddys koffeinhaltigem Duschgel und
schäumte sich ein. Das fühlte sich erstaunlich erfrischend an.

Irgendwann öffnete sich die Tür, aber Wren achtete nicht darauf. Stattdessen reinigte er seine Verletzungen, putzte sich die Zähne mit der Ecke eines Waschlappens und trat dann aus der Dusche, wo er Teddy mit einer Waffe in der Hand sah, die auf ihn gerichtet war.

Es war eine lächerlich übergroße Sig Sauer P226, mattschwarz lackiert. Sie ließ Teddy klein aussehen, und Teddy war nicht gerade klein; mit seinen 1,85 Metern war er nur unwesentlich kleiner als Wren und hatte durch sein Training ordentlich an Masse gewonnen. In der Regel hatte er die Oberhand. Doch hier in seinem eigenen Badezimmer, mit einer Waffe in der Hand und gegenüber einem nackten Mann, fehlte irgendetwas.

„Hi, Theodore", begrüßte Wren ihn beiläufig und schnappte sich ein trockenes Handtuch. In diesem Moment war ihm egal, ob Teddy sein Hirn auf den wunderschönen Schieferfliesen verteilen würde. Das letzte Mal, als Teddy, oder Theodore Smithely III, eine Waffe gezogen hatte, hatte er sie auch abgefeuert. Wren hatte immer noch die Narbe an seinem Arm.

Wren trocknete sich Gesicht und Brust ab und schlang sich das Handtuch lässig um die Taille.

„Du hast meine Nachrichten ignoriert", verkündete Teddy.

„Hat Cheryl dich genervt?", fragte Wren. „Es war Nacht und ich habe geschlafen, außer als ich von den Idioten von MS-13 angegriffen worden bin. Die sind jetzt übrigens alle erledigt. Aber ich bin sofort gekommen, als ich deine Mitteilungen gesehen habe."

„Zu spät."

„Zu spät wofür?"

Teddy schnaubte nur. „Christopher Wren. Auf der Flucht. Braucht meine Hilfe. Wo ist jetzt dein allgegenwärtiges Münzsystem?"

„Theodore", antwortete Wren teils beruhigend, teils tadelnd, dann streckte er die Hand aus und tippte sich langsam an die Schläfe. „Alles hier drin. Das weißt du doch."

Teddy hob den Lauf. „Ein Schuss und alles ist vorbei."

Wren spähte in den schwarzen Lauf der Waffe, nicht einmal zum ersten Mal an diesem Tag. „Wollen wir uns hinsetzen und reden? Oder hast du vor, mich in deinem Badezimmer hinzurichten? Ich weiß ja nicht, was dein Dienstmädchen davon halten wird." Er schaute sich die Wände abschätzend an. „Aber aus diesen Ritzen bekommst du die Gehirnspritzer nie wieder heraus."

Teddy erbebte. Er war stinksauer, das war offensichtlich. „Zieh dir was an", herrschte er ihn an.

„Cheryl wäscht gerade meine Klamotten. Sie waren mit Benzin durchtränkt."

Teddy machte ein gequältes Gesicht.

„Ich habe das Zeug schon auf Kochwäsche", verkündete Cheryl durch die Tür und machte keinerlei Anstalten, zu verbergen, dass sie lauschte.

Teddy seufzte.

„Das ist nichts, was sie nicht schon mal gesehen hat", stellte Wren fest. „Das gleiche gilt übrigens für dich."

„Verwende das Handtuch. Verdammt noch mal, Christopher. Nimm das hier ernst."

Wren schlang das Handtuch vorsichtig um seine Taille. „Ernst genug?"

„Komm schon."

Teddy zog sich zurück. Wren folgte ihm und tropfte dabei den dicken Zotteltepppich voll. So liefen sie durch das Haus und die Treppe hinauf, wobei Teddy ihn stets mit der Waffe in Schach hielt, während Cheryl hinter ihm herlief.

Teddys „Tempel" lag hinter einer dreifach verriegelten Tür. Er öffnete jeden Riegel vorsichtig, wie bei einem Ritual. Drinnen war es schummrig, aber Wren konnte die Schaufensterpuppen gut erkennen. Der Dachboden war riesig und nahm die gesamte Fläche des Hauses ein. Die Wände waren mit Zeitungsausschnitten beklebt, die in unterschiedliche Bereiche eingeteilt waren, und in jedem Bereich befand sich ein Diorama mit Figuren in verschiedenen Posen, die speziell nach Teddys Vorgaben angefertigt worden waren.

Wren kannte das von Teddys Münztreffen. Es handelte sich um Nachstellungen vergangener Mordszenen. Er hatte eine krankhafte Faszination für gewaltsame Tode, und diese Schaufensterpuppen waren Teddys Methadon, seine Art, sich auszutoben, ohne jemanden tatsächlich zu verletzen.

„Nein", schnauzte Teddy Cheryl an, als sie versuchte, hineinzuschlüpfen, und schlug ihr die Tür vor der Nase zu, wie einer kleinen Schwester, die nicht in die „Jungenhöhle" durfte.

Wren und Teddy beäugten einander einen Augenblick lang.

„Du hast geschrieben, du hast etwas für mich", begann Wren.

„Zuerst will ich aus diesem Münzsystem raus", antwortete Teddy. „Raus aus deinem Kopf. Keine Kontrolle mehr. Keine Regeln. Keine Drohungen mehr, Minusmünzen zu bekommen, wenn ich 'rückfällig werde'. Ich will wieder frei sein."

„Du bist frei. Ich lasse dich frei. Ich habe dich nie in dieses System gezwungen."

Teddy erschauderte bei der Erinnerung daran. Nachdem er auf Wren geschossen hatte, hatte er zwei Jahre lang keine Münzen mehr bekommen, was ihn auf Null zurückgeworfen hatte. Dann hatte er die Tage von Wrens Genesung damit verbracht, darum zu betteln, wieder Münze 1 zu erhalten.

„Das reicht nicht. Ich will deinen Segen."

Wren seufzte: „Hör zu, Teddy. Ich kann ja verstehen, dass du enttäuscht bist, aber ich stecke hier mitten in einem Riesending. Etwas Wichtiges, bei dem Hunderte von Leben auf dem Spiel stehen. Wenn du mich umlegst, vernichtest du ihre einzige Chance, frei zu kommen. Also schieß oder lass es bleiben."

Eine Schweißperle rann Teddy über die Wange. „Ich habe etwas, das du gut brauchen kannst", erklärte er und leckte sich über die Lippen. „Einen Handel."

„Infos über die Schlepper?"

„Genau. Nachdem du mir die Nachricht geschickt hast, habe ich die Sache in einigen meiner besonderen Chatgruppen verbreitet. Solche, zu denen nur ich Zugang habe? Wie auch immer, es gibt da einen Typen. Der ist zwar völlig durchgeknallt, aber ich halte ihn für echt. Ich tausche ihn mit dir gegen eine Freilassung."

Wren lehnte sich vor. Teddy lehnte sich zurück. „Menschenhändler oder Sklave?"

„Menschenhändler", antwortete Teddy. „Er behauptet, dass eine große Anzahl von Leuten durch Chicago nach Norden gezogen ist." Der Augenblick zog sich hin. „Und?"

23

SCHMETTERLING

„WAS WEISS ER?", fragte Wren.

„Er kennt einen Ort", antwortete Teddy. „Es gibt da eine Art Aufbereitungsanlage in einem Sommercamp in den Wäldern."

Wren runzelte die Stirn. „In einem Sommercamp?"

„Das hat er zumindest behauptet. Hütten. Ein Bogenschießstand. Tennisplätze. Ein See."

„Klingt nach einer Menge Spaß. Bist du sicher, dass er nicht von einem Ferienlager gesprochen hat?"

„Er hatte schreckliche Angst, Chris! Ich glaube kaum, dass sie in den Hütten Sandkuchen gebacken haben, und er hat auch erzählt, dass der Großteil des Camps verlassen war. Das Lager ist nicht für die üblichen Campaktivitäten genutzt worden."

Wren überlegte. „Gibt es irgendwelche schriftlichen Spuren?"

„Er kennt keine nennenswerten Aufzeichnungen. Nichts, um es aufzuspüren."

„Wo?"

Teddy sog die Luft durch seine Zähne ein.

„Wo?", wiederholte Wren.

„Er hat keine Ahnung."

„Weiß er es tatsächlich nicht oder will er es bloß nicht verraten?"

„Ich bin mir sicher, dass er es nicht weiß."

„Aber er war doch dabei, oder?"

„Er hat gemeint, es hätte Vorsichtsmaßnahmen gegeben. Augenbinden. Er war anscheinend ein kleiner Fisch, der in den Wäldern für die Sicherheit zuständig war und nie Zutritt zum Hauptgebäude hatte. Er hat Schüsse gehört und gesehen, wie ein paar Leichen rausgetragen worden sind, aber er hatte keine Ahnung, was die da drinnen abgezogen haben."

„Weiß er wenigstens, in welchem Bundesstaat es war?"

„Er hat gesagt, im Norden."

Wren seufzte: „Norden? Das könnte Michigan, Wisconsin, Minnesota oder sogar Kanada sein. Hast du keine näheren Angaben als Norden?"

„Mehr weiß er nicht."

„Also gut. Wie lange ist es jetzt her, dass er dort war?"

„Er behauptet, vor zwei Jahren. Aber er ist auch mit Nadelspuren übersät, also wer weiß, wie er die Zeit einschätzt?"

„Lass mich mit ihm reden."

Teddy schüttelte den Kopf. „Nein, nein. Ich habe ihn sorgfältig weggesperrt. Lass mich für immer aus dem Münzsystem raus und er gehört dir."

„Du meinst Münze Null?"

„Ich meine raus!", rief Teddy. „Du behältst mich nicht im Auge. Kontrollierst mich nicht, bewertest mich nicht, gar nichts. Du siehst doch, dass ich eine Waffe in der Hand habe."

„Von mir aus könnte das Ding auch eine Banane sein", antwortete Wren ganz ruhig. „Ich bin nun mal in deinem Kopf, Teddy, und dort werde ich auch immer bleiben, ob ich nun tot bin oder nicht, wie die Stimme von Jiminy Cricket. Außerdem, wenn du mich wirklich erschießen wolltest, hättest du das schon beim ersten Mal erledigt."

Jetzt begann die Waffe zu zittern. „Du bist nicht in meinem Kopf."

Wren sah ihm einfach in die Augen. „Teddy, ich habe keine Zeit für sowas. Du bist mir wichtig, aber das sind andere Leute auch. Ich sehe ein gewisses Potenzial in dir, das weißt du. Du hast dich jahrelang in sinnlosen, grausamen Aktionen verloren, und jetzt fühlst dich leer. Das kann ich ja verstehen. Sieh dir nur mal diesen Schrott an." Er deutete auf die Schaufensterpuppen. „Glaubst du wirklich, das wünsche ich mir für dich? Im Augenblick bist du noch eine Raupe in einer Puppe, aber der Schmetterling ist bereits unterwegs. Der Tag wird kommen, Teddy, das weiß ich."

Teddys Augen wurden ganz feucht und seine Stimme überschlug sich: „Wann, Chris? Ich fühle mich die ganze Zeit wie ein Nichts. Da gibt es niemanden. Nichts. Das alles ist völlig bedeutungslos."

Wren schüttelte den Kopf. Aus genau diesem Grund klappte das Münzsystem, weil seine Leute es wollten und auch brauchten; genau die gleichen verlorenen Seelen, auf die es die Pyramide einst abgesehen hatte. „Sobald du bereit bist. Es liegt an dir, Theodore. Wir haben das doch besprochen." Wren legte Teddy eine Hand auf die Schulter und drückte ihn tröstend, dann schaltete er einen Gang höher. „Aber jetzt muss ich los. Bringst du mich zu dem Typen?"

Teddy ließ nur den Kopf hängen.

„Also gut. Dann suche ich ihn eben selbst."

Wren schritt zur Tür, ohne dabei die Waffe zu beachten, die auf ihn gerichtet war, und öffnete sie. Cheryl stand direkt davor.

„Er hat nicht auf dich geschossen", stellte sie enttäuscht fest.

„Vielleicht beim nächsten Mal. Sind meine Sachen fertig?"

Sie runzelte die Stirn. „Was glaubst du, wie schnell meine Waschmaschine ist? Sie schleudert immer noch."

Wren schob sich an ihr vorbei. „Ich ziehe die Sachen feucht an."

Er lief die Treppe hinunter, Cheryl im Nacken. „Du kannst die Maschine doch nicht mitten im Schleudergang aufmachen", antwortete sie. „Sie hat ein Schloss."

„Dann trage ich eben mein Handtuch."

Er lief den Flur entlang, öffnete die Haustür und trat hinaus ins Licht. Teddy rief ihm etwas hinterher.

„Das solltest du ihm nicht antun", schimpfte Cheryl, während Wren über den Rasen zu seinem Van stakste.

„Er ist ein erwachsener Mann. Ich habe um Hilfe gebeten und er hat eine Waffe gezogen. Er tut sich das selbst an."

Dann setzte er sich in den Wagen und ließ den Motor an. Die heißen Ledersitze versengten seine nackten Oberschenkel. Er begann, den Wagen zurückzusetzen, hielt dann an und kurbelte das Fenster runter.

„Hat dein Cop mir die Überwachungsvideos besorgt?"

„Das wird er", antwortete Cheryl. „Er hat gesagt, bis Mittag. Ich habe ihm deine E-Mail gegeben, er schickt sie dir."

„Gut", meinte Wren. „Danke, Cheryl. Das ist dann Münze vier, sobald die Videos ankommen."

Cheryl konnte ihr kleines, selbstgefälliges Lächeln nicht verbergen.

Wren löste die Handbremse, dann erschien Teddy in der Tür. Die Waffe war weg.

„Ich sage es dir", rief er. „Warte kurz. Ich bringe dich zu dem Typen."

Wren blieb einen Augenblick lang stehen. Teddy sah traurig aus, als er zum offenen Fenster herüberschlurfte.

„Es gibt im Leben immer zwei Möglichkeiten", stellte Wren fest und sah Teddy in die Augen. „Du wächst oder du implodierst. Ich weiß, dass es dir bald bessergeht, Theodore. Das braucht nur Zeit."

Teddy blickte traurig drein. „Also verliere ich dafür Münzen?"

Wren stieß ein Schnauben aus. „Eine Waffe im Gesicht? Ich schätze, das gehört mittlerweile zum Alltag, oder? Behalte deine Münzen. Komm, wir besuchen jetzt einen Typen und fragen nach einem Sommercamp."

24

TANDREWS

Teddys Kontaktperson befand sich in der „Krypta", einem Landgut, das er als Erinnerung an seine Glanzzeiten behielt. Das Grundstück war größer, hatte mehr Mauern und ein richtiges Verlies im Keller.

Teddy lieh Wren ein paar Klamotten, dann fuhren er und Cheryl in ihrem bulligen Grand Cherokee los. Wren folgte im Van, Haare und Bart trockneten in der rauen Brise, die durch die offenen Fenster wehte.

Chicago verblasste bald wie ein schlechter Traum. Die Außenbezirke verschmolzen mit den umliegenden Städten und Golfplätzen. Wren dachte nicht daran, wiederzukommen; die Stadt hatte ihm all ihre Geheimnisse preisgegeben, und er war bereit, seinen Weg fortzusetzen.

Also rief er Director Humphreys an.

Es klingelte dreimal, dann meldete sich Humphreys' tiefe, hallende Stimme am anderen Ende.

„Chicago, Wren?"

Wren lächelte. „Das war ja richtig schnell. Und ich bin gerade dabei, Chicago zu verlassen."

„Geben Sie auf, Christopher. Haben Sie die Nachrichten gesehen? Sie sind überall. Auf Sie ist eine halbe Million ausgesetzt und es wird jeden Tag mehr. Ich habe bereits mehrere Einheiten auf Sie angesetzt. Was zum Teufel treiben Sie da draußen, Wren?"

„Ich jage die bösen Jungs, genau wie Sie, nur, dass ich ein Ziel vor Augen habe. Lust auf einen kleinen Erfahrungsaustausch?"

Humphreys klang, als würde er gleich in die Luft gehen. „Stellen Sie sich, Christopher. Das ist der einzige Austausch, an dem ich interessiert bin."

„Dann fange ich mal an", antwortete Wren und holte tief Luft. „In der Lagerhalle habe ich einen Zettel gefunden, eine Quittung. Diese habe ich nach Chicago zurückverfolgt, wo unsere Killer seit mindestens elf Monaten, vielleicht sogar schon seit zwei Jahren, Obdachlose entführen. Ich habe eine Spur zu einem ihrer Trucks und bin gerade dabei, diese zu verfolgen. Außerdem habe ich eine weitere Spur zu einem möglichen ehemaligen Mitglied der Gruppe. Sie sollten sich mal die landesweiten Berichte über verschwundene Zeltlager von Obdachlosen ansehen. In einem Fall sieht es so aus, als ob diese Typen sich zweihundert Leute direkt von der Straße geschnappt haben, ganz ohne Zeugen."

Einen Augenblick lang herrschte Schweigen. Wren fragte sich, wie viele Geheimdienstchefs dieses Gespräch mit dem meistgesuchten Mann Amerikas wohl gerade mithörten.

„Das ist selbst für Ihre Begriffe ziemlich ausgeklügelt, Wren. Sie wollen, dass wir Obdachlose befragen? Sie wissen doch genau, in was für eine Sackgasse das führt. Reine Zeitverschwendung."

„Mitnichten. Ich verlange ja nicht, dass Sie auf die Straße gehen und sie zählen. Ich rate Ihnen bloß, nach Berichten in den Polizeisystemen zu suchen. Es muss doch irgendwelche Einträge geben, wenn meine Zahlen stimmen. Sie verschwinden einfach. Da ich keinen Zugang zu den Polizeidaten zur Verfügung hatte, habe ich mich bei den umliegenden Kirchengemeinden nach ihren Suppenküchen erkundigt. Die Besucherzahlen sind gewaltig zurückgegangen, und ich glaube nicht, dass das daran liegt, dass sie plötzlich alle eine Wohnung gefunden haben."

Wieder herrschte Schweigen.

„Humphreys. Ich habe Ihnen gerade alles anvertraut, was ich zu bieten habe. Geben Sie mir auch was."

„Sie meinen, ich soll Ihnen sagen, ob wir Ihnen auf den Fersen sind?"

Wren schüttelte den Kopf. „Sie waren in Price bei der Polizeiwache, richtig? Sie haben den Cop an der Hintertür gesehen, wo er die Täter reingelassen hat? Und Sie haben auch gesehen, wie riesig das Lagerhaus ist. Irgendjemand muss den ganzen Bezirk geschmiert haben, um die Leute durchzuschleusen, ohne dass irgendjemand davon Wind bekommen hat. Ich sage Ihnen, woher diese Leute kommen, und das ist Chicago. Außerdem kenne ich auch einen Namen: Mason. Er war Kriegsveteran, hatte Narben am ganzen Kopf und ich bin mir sicher, dass Sie seine Daten mit einer Suche im Melderegister finden können. Er ist vor elf Monaten geschnappt worden. Und Wendy war seine Freundin. Jetzt geben Sie mir doch auch was."

Das Schweigen zog sich in die Länge.

„Ich habe gehört, was mit Ihrer Familie passiert ist", stellte Humphreys fest. „Eine Schande."

„Das ist ja kein Geheimnis."

„Ich habe das doch schon immer gesagt, oder? Sie sind kein Familienmensch."

„Worauf wollen Sie hinaus, Gerald?"

„Nichts Bestimmtes. Unsere Psychiater vermuten, dass Sie einen Zusammenbruch erlitten haben. Sie sagen, der Schmerz aus Ihrer Kindheit, all die Lügen über diese Sekte, die Stiftung, das alles hat sich zugespitzt, als …"

„Das ist keine Sekte", wiederholte Wren. „Es ist eine Selbsthilfegruppe. Die Leute kommen, gehen, treten bei, verlassen sie, was auch immer sie wollen. Und meine Kindheit ist tabu. Ich spreche von diesem Fall."

„Es ist alles ein einziger Fall, Agent Wren. Sie haben durch den Verlust Ihrer Familie einen Nervenzusammenbruch erlitten und richten nun ein Chaos nach dem anderen an. Vielleicht glauben Sie sogar selbst an das, was Sie mir da erzählen, obwohl Sie in Wirklichkeit bloß den Wahnsinn wiederholen, den schon Ihr Vater über das Land gebracht hat." Er atmete tief ein. „Wir haben nie gewusst, wie angeschlagen Sie tatsächlich sind. Wunderkind hat man Sie genannt. Aber Sie waren von Anfang an kaputt. Auch uns trifft die Schuld, dass wir Ihnen so viel Macht eingeräumt haben. Aber Sie haben mir keine andere Wahl gelassen. Ich muss James Tandrews einschalten."

Dieser Name traf Wren wie ein Schlag in die Magengrube und brachte ihn ins Schwitzen. James Tandrews war der Mann, der Wren in der Wüste aufgelesen hatte, gleich nachdem die Pyramide abgebrannt war. Er war FBI-Agent und Leiter der Ermittlungen rund um die Pyramide und hatte beschlossen, sich persönlich um Wren zu kümmern, als dieser elf Jahre alt gewesen war.

In den folgenden sechs Jahren hatte Tandrews Wren im wahrsten Sinne des Wortes zu dem gemacht, was er heute war. Er hatte ihm die Gelegenheit gegeben, sich seinen eigenen Namen auszusuchen, nachdem die Pyramide ihm bloß eine Nummer zugeteilt hatte.

„Ich unterhalte mich jetzt bestimmt nicht mit Tandrews", antwortete Wren.

„Er ist direkt hier bei uns. Was haben Sie denn gedacht, was wir die ganze Zeit machen? Wir sind auch Profiler, wir haben Teams, die sich darauf eingeschossen haben, Sie und Ihre 'Stiftung' zu zerschlagen. Alle sind sich einig, dass James Tandrews der Schlüssel ist, also schalte ich ihn jetzt dazu. Vielleicht hören Sie mir dann zu."

Wren stellte sich vor, wie ein Knopf klicken würde und der alte Mann sich in ein Mikrofon lehnen würde. Das würde höllisch wehtun, und das konnte er sich jetzt nicht leisten. Tandrews war immer gut zu ihm gewesen, aber nach dem Horror, dem Eingesperrtsein und den qualvollen Experimenten in der Pyramide hatte Wren nicht gewusst, wie er seine Freundlichkeit überhaupt annehmen sollte.

Am Anfang hatte er kaum gesprochen. Hatte eher einem

stummen Tier geglichen als einem Jungen zu Beginn seines Teenageralters. Aber Tandrews hatte schon früher mit Leuten zu tun gehabt, die von irgendwelchen charismatischen Anführern Gehirnwäschen unterzogen worden waren, hatte gesehen, welche Auswirkungen das auf Kinder hatte, und er hatte bei Wren immer alles richtiggemacht.

Er hatte ihm seinen Freiraum gelassen, ihn langsam an die wirkliche, weite Welt herangeführt und dabei die ursprüngliche Wildheit, die Wren in der Wüste von Arizona kennengelernt hatte, nicht aus den Augen verloren. In den dunklen Wäldern von Maine waren sie wochenlang zusammen beim Zelten und Jagen unterwegs gewesen. Sie hatten kaum miteinander gesprochen. Langsam hatte Wren gelernt zu vertrauen, als Tandrews ihm beigebracht hatte, wie man einen Bock zur Strecke brachte, wie man ihn mit einem Pfeil und einem selbstgebauten Bogen erlegte und zubereitete.

In den ersten Jahren hatte sich Wren von anderen jungen Leuten ferngehalten, zuerst aus Angst davor, was sie ihm antun würden, später aus Angst davor, was er ihnen antun würde.

Doch im Laufe der Jahre waren Wrens seelische Wunden vernarbt. Tandrews hatte ein paar Mal versucht, mit ihm über die Pyramide zu sprechen, aber Wren hatte das nicht geschafft. Die Vergangenheit war einfach zu düster gewesen, um sich ihr zu stellen, und hatte ihn in Form von schrecklichen Albträumen mitten in der Nacht aufschrecken lassen. Also hatten sie dazu geschwiegen. Hatten einfach weitergemacht. Mit fünfzehn war Wren auf die High School gewechselt und zum besten Schüler seines Jahrgangs aufgestiegen. Er war sogar Anführer der Footballmannschaft gewesen.

Das alles war ihm nicht schwergefallen. Nachdem er die Pyramide überlebt hatte, war der Umgang mit anderen jungen Leuten einfach gewesen. Es war nicht so, dass er sie manipuliert hätte, aber er war in der Lage gewesen, sowohl seinen als auch ihren Kurs zu lenken. Er hatte hart daran gearbeitet, ihnen sein Bestes zu zeigen und gleichzeitig das Beste in ihnen hervorzuholen. Das hatte ihn zu einem vorbildhaften Anführer gemacht, weil er sich bewusst dafür entschieden hatte, anders zu sein als sein leiblicher Vater.

Er war zu einem normalen Teenager herangewachsen. War ins Kino gegangen. Hatte eine Freundin gehabt. Mit siebzehn war zwischen Tandrews und ihm ein tiefes Vertrauen entstanden. Dann war der Abschlussball vor der Tür gestanden. Der Schulabschluss. Und Tandrews hatte den nächsten Schritt unternommen – einen ziemlich naheliegenden, denn Wren war erwachsen geworden und hatte angefangen, über das College nachzudenken – und hatte Wren angeboten, sie durch eine offizielle Adoption aneinander zu binden. Damit würde der Pflegevertrag außer Kraft gesetzt werden, genauso wie die gerichtliche Bescheinigung, die Wren mit sechzehn Jahren erhalten hatte, laut derer er in den Augen eines Richters des Bezirksgerichts rechtlich als Erwachsener anerkannt wurde.

Wren hatte eingewilligt, und die Adoptionspapiere waren eingereicht worden. Wren hatte zu allem genickt und nicht wirklich begriffen, was das für ihn bedeutete, bis ihn in der Nacht vor der feierlichen Unterzeichnung die alte Angst heimgesucht hatte wie seit Jahren nicht mehr.

Er hatte sich wieder gefühlt wie in der Schwärze der Käfige seines Vaters, wie in der Wüstenstadt, in der all die Leute bei lebendigem Leib verbrannt worden waren, wie der Apex ihm ins Ohr geflüstert hatte, was echt war und was nicht, und wie er der Pyramide am besten dienen konnte.

Er war durch ein offenes Fenster geflohen und hatte nie mehr zurückgeblickt. Die ganze Nacht hindurch war er gelaufen, bis er schließlich an einem Wendepunkt angelangt war und begriffen hatte, was er tun musste; worauf er sich eigentlich vorbereitet hatte, seit Tandrews ihn aufgegabelt hatte.

Er musste sich der Welt und all ihren Schrecken stellen.

Im Laufe dieser einen Nacht hatte er alle Gedanken an den Abschlussball, die Abschlussfeier und seine Freundin vergessen. Hatte die Idee, aufs College zu gehen, in den Wind geschlagen.

Stattdessen war er geradewegs in ein Rekrutierungsbüro der Marines in einem schäbigen Einkaufszentrum zwei Städte weitermarschiert, hatte dem Mann am Schalter seine gerichtlichen Bescheinigungen ausgehändigt und angeheuert.

Er hatte eine Postkarte an Tandrews geschickt, einen Dankesbrief, weil er sich nicht dazu durchringen hatte können, anzurufen, und sich dann in die Ausbildung gestürzt. Zuerst war er bei den Marines gewesen, dann bei der Spezialeinheit Force Reconnaissance Group. In späteren Jahren hatte ihn die Art und Weise, wie er Tandrews behandelt hatte, mit einer bitteren Beschämung heimgesucht, die fast noch schlimmer gewesen war als die Schrecken der Pyramide.

Er hatte angefangen, mehr Postkarten zu verschicken. Hatte seine Neuigkeiten mit ihm geteilt, so gut er gekonnt hatte. Mehrmals hatte er versucht, ihn anzurufen, um sich bei ihm zu bedanken oder zu entschuldigen, aber er hatte immer wieder einen Rückzieher gemacht. Es war zu schwer gewesen, jemandem so sehr zu vertrauen, nach alldem, was er durchgemacht hatte, also hatte er einfach weitergemacht.

Und Tandrews hatte ihm geantwortet. Wren hatte ihm berichtet, als er geheiratet hatte und von der Geburt seiner Kinder. Hatte sogar Fotos geschickt. Tandrews hatte gelegentlich ein Bild zurückgeschickt. Aber er hatte nie um ein Treffen gebeten. Hatte nie versucht, ihn anzurufen.

Wren hatte ja vorgehabt, ihn zu besuchen. Gleich nachdem er bei der CIA gekündigt hatte und zu seiner Familie zurückgekehrt war, wollte er mit allen nach Maine fahren, damit die Kinder ihren Großvater kennenlernen konnten. Er hatte sich sogar schon darauf gefreut.

Aber nun nicht mehr. In Anbetracht seiner Lage konnte er sich jetzt nicht damit befassen.

In der Leitung war ein leises Einatmen zu hören; Tandrews bereitete sich darauf vor, etwas zu sagen. Jeden Augenblick würde seine Stimme erklingen, warm und freundlich, ein anständiger Mann, der sein Bestes gegeben hatte.

„Tut mir leid", sprach Wren. „Es tut mir leid, dass du da hineingezogen worden bist. Ich rufe dich an, wenn alles vorbei ist, versprochen."

Und bevor er eine Antwort erhalten konnte, legte er auf.

Plötzlich war er wieder ganz allein im Van, obwohl die Luft von wirbelnden Geistern erfüllt war. Er hatte seit achtzehn Jahren nicht mehr mit seinem Adoptivvater gesprochen. Er hielt das Lenkrad mit den Ellbogen fest und riss das Telefon auseinander, wobei er einen eingehenden Anruf abwürgte. Dann war es ganz ruhig, aber er hörte trotzdem Stimmen. Seine Frau. Tandrews. Humphreys.

Die Babys in ihren Käfigen in der Pyramide, die die Nacht hindurch geschrien hatten.

Sein Atem ging rasend schnell und es fiel ihm immer schwerer, einen klaren Gedanken zu fassen, was es ihm erschwerte, Teddy und Cheryl in ihrem Jeep im Auge zu behalten. Er raste über ein Schlagloch und verlor fast die Kontrolle, sein Herz pochte zu heftig und sein Atem ging schnell.

Er hielt auf dem Seitenstreifen an, als ihn die Vergangenheit überrollte. Aber diese Ablenkung konnte er sich jetzt keinesfalls leisten, also drängte er sie zurück. Er hatte diese Dunkelheit schon mal verdrängt; das konnte er jederzeit wieder tun.

Nach ein oder zwei Minuten lichtete sich die schwarze Wolke und wurde von einem neuen Anflug von Zorn zur Seite geschoben. Er war stinksauer auf Humphreys, weil er diese Nummer abgezogen hatte. Und auf sich selbst, weil er da hineingeraten war. Vor allem aber war er sauer auf die Leute, die Unschuldige nach Norden schickten, um sie in einem kranken Sommerlager im Wald abzuschlachten.

Aber mit Zorn konnte man nur eines anstellen, diese Lektion hatte ihm Tandrews schon vor langer Zeit beigebracht: ihn als Brennstoff verheizen. Also warf er das zerbrochene Handy aus dem linken Fenster, den Akku aus dem rechten und trat das Gaspedal durch.

25

OPFER

N<small>ACH</small> <small>ZWANZIG</small> M<small>INUTEN</small> bog Wren von der Autobahn ab und fuhr durch begrünte Vororte, die von palastartigen Häusern gesäumt waren, bis Teddys Landsitz vor ihm auftauchte. Das Anwesen hatte hohe Eisentore, die von schweren Steinmauern flankiert waren, eine von Zedern gesäumte Auffahrt, die mit zerstoßenen Korallen ausgelegt war, und Treppen, die zu stattlichen, von römischen Säulen eingefassten Doppeltüren führten.

Der Grand Cherokee stand bereits in dem großen Carport, aber von Teddy und Cheryl fehlte jede Spur. Da kehrte die schwarze Wolke zurück und brachte ein plötzliches Unbehagen mit sich.

Wren brachte den Wagen zum Stehen, stieß die Tür auf, ließ den Motor im Leerlauf und schritt die Treppe hinauf. Er schob sich durch die Flügeltüren in eine hohe Eingangshalle aus Marmor.

„Teddy!", rief er und seine Stimme hallte wider. „Cheryl!"

Doch er erhielt keine Antwort.

Er war seit den Tagen von Teddys Partys nicht mehr hier gewesen, aber er erinnerte sich an den Weg zur Krypta. Die Tür in der Küche stand offen und Wren eilte eine steinerne

Wendeltreppe hinunter, bis sich der Keller vor ihm ausbreitete.

Der Raum sah aus wie die Kulisse eines Horrorfilms, mit einem gotischen Gewölbe über einem langen, gemauerten Kirchenschiff, das in einem prunkvollen, verschnörkelten Altar endete. Falsche Fackeln loderten mit schummrigem orangefarbenem Licht in den Leuchtern, und Wren lief zwischen ihnen hindurch, vorbei an Nischen, in denen nachgebildete Foltergeräte im Schatten lauerten: eine riesige eiserne Jungfrau, deren inneres Bett aus Stacheln glitzerte; ein Gestell mit Seilen und Rollen, um Körper zu dehnen, bis sie brachen; ein großes Eisenrad mit Lederriemen für Arme und Beine, auf dem die Gliedmaßen eines Opfers zerschmettert werden sollten.

„Teddy!", rief er. „Cheryl."

Dann sah er Teddy, der in der hintersten Nische auf den Knien lag. Er blickte Wren mit einem merkwürdigen Gesichtsausdruck an. Cheryl war auch da, aber sie kniete nicht. Sie lag in einer Blutlache auf dem Boden.

Plötzlich tauchte ein Mann aus dem Schatten neben Teddy auf und hielt eine Pistole in die Höhe. Der Griff traf Teddy seitlich am Kopf und sein Körper zuckte zur Seite. Wren nahm den Mann in Augenschein; er war ganz in Schwarz gekleidet, wie die Killer aus dem Lagerhaus, und er war ein Riese, fast 2 Meter groß, mit blondem Haar, blauen Augen und einem stählernen Blick, der auf Wren gerichtet war.

„Du bist das also", stellte der Mann fest und richtete seine Pistole auf Wren.

Wren sprang ohne nachzudenken nach links und rollte über die dunklen Steine, um in einer der Folternischen zu landen, als die Schüsse auf die Steine hinter ihm krachten. Er zog die Rorbaugh und stürmte wieder aus der Nische heraus, um das Feuer blitzschnell zu erwidern.

Das Schießpulver explodierte und die Kugeln prallten an den Steinwänden ab, aber der Schütze hatte sich bereits hinter den Altar geduckt. Schließlich klickte die Rorbaugh leer, aber es blieb

keine Zeit zum Nachladen; Wren umkreiste den Altar und rammte
seine Schulter in die Brust des Mannes.

Sie stürzten gemeinsam zu Boden, wobei der Rücken des
Schützen erst vom Altar und dann vom Boden abprallte, während
Wrens Schwung ihn über die Steine schleifte. Er kam neben
Cheryl zum Stillstand und ihre Augen verfolgten ihn. Dann
feuerte die Waffe des Schützen erneut, die Kugel streifte Wrens
Kopf und er wirbelte herum, um das Handgelenk des Mannes zu
packen und kräftig daran zu ziehen.

Der Kerl wich zurück und der Griff der Pistole schlug in
Wrens linke Schulter ein, woraufhin ein weiterer Schuss
abgegeben wurde, der ihm eine Druckwelle ins Ohr jagte. Ein
weiterer Schuss folgte und Wren verdrehte das Handgelenk des
Mannes und zog heftig daran. Die Pistole schlitterte über den
Stein davon, dann schoss eine riesige Faust heran und ein Arm
legte sich um Wrens Hals. Er bäumte sich auf, bevor der andere
ihn in den Schwitzkasten nehmen konnte, erwischte mit seinem
Hinterkopf das Kinn des Mannes und riss sich los.

Beide rappelten sich auf und starrten einander an.

„Wer seid ihr eigentlich?", fragte Wren keuchend.

„Wir sind die Gerechtigkeit", antwortete der Mann, zog ein
riesiges Bowiemesser aus einer Scheide an seinem Oberschenkel
und holte aus. Das Messer stach dreimal in rasantem Tempo zu,
gefolgt von drei schnellen Stößen nach vorne. Wren wich schnell
zurück und erlitt eine kleine Schramme an seinem linken Unterarm.

Es folgte ein neuerlicher Angriff des Kerls, aber dieses Mal
war Wren gewappnet. Er wich zwei Schlägen aus und lenkte den
dritten mit seinem linken Unterarm ab, um dem Mann mit dem
Rücken seiner rechten Hand einen peitschenden Schlag ins
Gesicht zu verpassen.

Während der Kerl zur Seite wankte, blitzten seine blauen
Augen überrascht auf.

„Gerechtigkeit wofür?", fragte Wren und verpasste dem Mann
einen Pushkick in den Solarplexus, bevor er überhaupt die Frage

zu Ende gestellt hatte. Der Kerl taumelte zurück und holte mit dem Messer aus, was Wren dazu zwang, einen Schritt zurückzutreten.

Er musste einen Weg an der Klinge vorbei finden. Da stürmte der Schütze heran, und diesmal schleuderte Wren ihm die Rorbaugh ins Gesicht. Die Waffe prallte an seiner Wange ab und ließ ihn den letzten Schritt taumeln. Das genügte Wren, um sein Handgelenk und seinen Ellbogen zu packen, mit der Hüfte zuzustoßen und den kräftigen Mann mit einem Judowurf zu Boden zu reißen.

Er wirbelte in die Höhe, überschlug sich und schlug hart auf seiner linken Seite auf. Das Messer fiel klirrend zu Boden.

Wren stieß ihn auf den Bauch, bevor er wieder auf die Beine kam, ließ sich auf seinen Rücken nieder wie in einen Sattel, legte ihm einen Arm um die Kehle und riss ihn nach hinten. Der Mann strampelte, um sich zu befreien, aber Wren zwang ihn mit seinem ganzen Gewicht zu Boden.

Plötzlich knackte etwas im Nacken des Mannes und Wren drückte weiter zu, bis er ohnmächtig wurde. Dann ließ Wren seinen Körper neben Cheryls Körper sinken und atmete schwer ein. Er hatte noch die Kabelbinder aus dem Lagerhaus in seiner Tasche und fesselte den Mann schnell, dann wandte er sich an Cheryl.

„Das wird schon wieder", beruhigte er sie und fand eine Stichwunde in ihrem unteren Rücken. Er zog sein Hemd aus, drückte es auf die Verletzung und bewegte ihre Hand an die Stelle, um es festzuhalten. Ihr Puls war kräftig, aber ihre Atmung war flach. „Bleib einfach ruhig und halte das."

Als Nächstes untersuchte er Teddys Kopf; der Schlag schien seine Schläfe eingedrückt zu haben, obwohl die Aufprallverletzung kaum blutete. Wahrscheinlich hatte er einen subduralen Bluterguss; das ganze Blut sammelte sich unter dem Schädel und drückte auf sein Gehirn. Er hatte einen schwachen Puls und war völlig schlaff, mit Gliedmaßen wie ein Toter. Wren konnte in dieser Situation nichts für ihn tun; er musste dringend operiert werden.

Also holte er eines seiner Wegwerfhandys hervor und wählte den Notruf.

„911, wie kann ich Ihnen helfen?"

„An dieser Adresse sind Schüsse abgefeuert worden, zwei Opfer sind verletzt, eines hat ein subdurales Hämatom und der Schütze ist in Gewahrsam. Schicken Sie ein Sondereinsatzkommando und einen Rettungshubschrauber."

Eine Sekunde verging, während zu hören war, wie die Tasten klapperten. „Ich habe Ihre Adresse, Sir. Sind Sie derzeit in Gefahr?"

„Gute Frage", meinte Wren und blickte auf. Er sah nur den einen Mann, aber er hatte das Haus noch nicht gesichert. Wenn noch mehr auftauchen würden, dann schon bald. „Das muss ich erst noch herausfinden."

Er lief durch den ganzen Keller und entdeckte erst im letzten Augenblick den Mann, der sich in der rechten Nische verkrochen hatte. Er saß auf einem Stuhl und war mit einer einzigen Kette gefesselt, und er sah nicht gut aus. Er schien gefoltert worden zu sein, denn sein Gesicht war blutverschmiert, wo man ihm mehrere Zähne herausgerissen hatte.

Wren trat näher und überprüfte seinen Puls, dann sah er das Einschussloch in seinem Schädel und das Blut, das sich an der Wand hinter ihm verteilte. Vermutungen schossen ihm durch den Kopf. Der schwarz gekleidete Killer hatte hier gewartet. Aber wie?

Die Antwort erhielt er, als er sich zurückdrehte und Teddy anblickte. Dieser hatte doch behauptet, Zugang zu einzigartigen Darknetgruppen im Internet zu haben, wo er diesen Kerl aufgestöbert hatte. Aber was, wenn diese Killer diese Gruppen ebenfalls im Auge behalten hatten?

Er kehrte zu dem Killer zurück und drehte ihn auf die Seite. Die Augen des Mannes waren nun geöffnet, aber er röchelte, während er nach Luft schnappte. Wren redete ihn mit einem groben Bellen an:

„Wer hat dich hergeschickt? Sag mir irgendwas."

Doch der Mann keuchte nur. Wren vermutete, dass seine Luftröhre gequetscht war, aber er sollte in der Lage sein, zumindest ein wenig zu sprechen.

„Wo kommst du her? Und was macht ihr mit all den Obdachlosen? Wo sind Mason und Wendy?"

Der Mann versuchte, etwas zu sagen. Da lehnte sich Wren vor.

„Du bist ein …", begann er.

Daraufhin lehnte sich Wren noch näher heran.

„Ein toter … Mann."

Er atmete aus und atmete nicht wieder ein.

26

ENTSCHEIDUNG

Wren durchsuchte die Taschen des Mannes und fand Autoschlüssel und ein Handy, die er zusammen mit der Waffe des Mannes, einer Beretta M9, an sich nahm. Als er das Display des Handys aufweckte, läutete es plötzlich. Aber es war keine Nummer angegeben.

Er nahm nach dem zweiten Klingeln ab. „Ja?"

„Alles erledigt?", kam es mit sattem, selbstbewusstem Bariton. Genau die Art von Stimme, die man bei einem Selbsthilfeseminar erwarten würde: beherrscht, klug und voller Zuversicht. „Haben Sie ihn erwischt?"

„Positiv", erwiderte Wren.

„War er allein?"

Wrens Gedanken rasten. Konnte es sein, dass dieser Mann von ihm sprach? Sein Name und sein Foto waren überall in den Nachrichten zu sehen, aber es schien schon eine ziemliche gewagte Schlussfolgerung zu sein, seine Taten in Utah mit einem zufälligen Chat im Darknet in Chicago zu verbinden.

„Positiv."

„Übermitteln Sie umgehend ein Beweisfoto."

Wren hielt einen Augenblick lang inne.

„Unverzüglich, Sergeant."

Sergeant?

„Verstanden", bestätigte Wren, legte sich hin, schaltete das Handy in den Selfie-Modus, schloss die Augen, als ob er bewusstlos wäre, und machte das Foto. Was auch immer er jetzt tat, es war ein Risiko, aber vielleicht konnte er ein paar Erkenntnisse gewinnen, bevor dieser Widerling Lunte roch.

Er schickte das Foto ab, und ein Gong ertönte aus den Lautsprechern, als das Bild auf der anderen Seite eintraf. Wren wartete angespannt.

„Ist er bewusstlos?", kam die Stimme und bestätigte Wrens Verdacht. „Gefesselt?"

„Beides. Wo soll ich ihn hinbringen?"

Eine Sekunde verging. „Machen Sie sich darüber mal keine Gedanken. Der Aufräumtrupp ist in wenigen Minuten da. Sorgen Sie nur dafür, dass er sich nicht rührt."

Wren fluchte leise vor sich hin. Der Aufräumtrupp? „Verstanden, Sir. Und Sir?"

„Was noch?"

„Er hat mich ganz schön vermöbelt. Wenn wir ihn bewegen wollen, auch wenn er gefesselt ist, brauchen wir genug Teammitglieder. Wie viele sind es?"

Ein weiterer Augenblick verging. Vielleicht hatte Wren es zu weit getrieben.

„Sie wissen ganz genau, wie viele Mitglieder ein Team hat, Sergeant. Es sind immer gleich viele."

Wren versuchte es ein weiteres Mal. „Ich habe vielleicht eine seiner Lungen durchstochen. Er bekommt kaum Luft. Können wir ihn behandeln, Sir?"

Die Leitung blieb einen Augenblick lang still, dann meldete sich die Stimme wieder, diesmal klang sie allerdings anders. „Sie sind es, nicht wahr? Wren."

Jetzt verschwendeten sie nur noch Zeit.

„Ihr Sergeant ist mausetot", sagte er, „genauso wie ihr Aufräumtrupp. Ich habe nur noch eine Frage, bevor ich Sie als nächstes zur Strecke bringe. Gerechtigkeit wofür?"

Da begann die tiefe Stimme zu lachen.

„Gerechtigkeit wofür?", wiederholte Wren. „Das hat Ihr Sergeant mit seinem letzten Atemzug gesagt. Was für eine Gerechtigkeit soll das sein, unschuldige Obdachlose in einem Sommerlager im Wald in den Tod zu treiben?"

„Sommercamp?" Das Lachen ging weiter. „Sie haben wirklich keine Ahnung, nicht wahr, Christopher? Wer wir sind. Was wir wollen. Ich kann es kaum erwarten, den Blick in Ihren Augen zu sehen, wenn …"

„Googlen Sie mich doch", unterbrach ihn Wren. „Und schauen Sie sich meine Augen gut an, denn wenn wir das nächste Mal miteinander sprechen, werden Sie mich nicht kommen sehen."

Danach unterbrach er die Verbindung.

Er musste jetzt sofort handeln.

Diese Leute hatten bereits ein ganzes Polizeirevier ausgeschaltet. Wren musste davon ausgehen, dass sie das hier erneut tun konnten, und er war nicht so vermessen zu glauben, dass er sie allein in Schach halten konnte. Selbst wenn das SWAT-Team rechtzeitig eintraf, würde es ihnen besser ergehen?

Er ließ sich neben Cheryl auf ein Knie nieder. Sie war klein, aber kräftig und wog leicht 160 Pfund. Er konnte sie mit einem Feuerwehrgriff tragen, aber auf keinen Fall konnte er auch Teddy schleppen. Der riesige Kerl war genauso schwer wie Wren. Er musste sich entscheiden, wer zuerst dran war.

Also schnappte er sich Cheryl und rannte los: die Krypta entlang, die Wendeltreppe hinauf und in die Küche. Ein Blick aus den Fenstern zeigte keine Anzeichen für irgendwelche Männer. Er verließ das Gebäude durch die Eingangshalle und lief die Treppe hinunter zu seinem wartenden Wagen.

„Du schaffst das schon", rief er Cheryl zu, als er die Beifahrertür aufzog. Es war schwierig, sie in den Wagen zu befördern, denn er wollte ihre Verletzungen nicht noch verschlimmern, aber er schaffte es, sie in die richtige Position zu bringen, sodass ihr Sicherheitsgurt sie aufrecht hielt.

Dann sprang er wieder aus dem Fahrzeug und machte sich auf den Weg zurück zu den Doppeltüren, um Teddy zu holen, als ihn ein Geräusch am Ende der Einfahrt aufhielt. Er wirbelte herum und sah, wie ein riesiger schwarzer Geländewagen über den Schotter auf ihn zuraste und Steinbrocken wie Wellen zu beiden Seiten schleuderte.

Das war nicht das SWAT-Team. Drei Männer lehnten sich bereits aus den Fenstern und richteten Gewehre in seine Richtung. Er sah Cheryl im Van an und plötzlich schienen die zehn Meter eine unüberwindbare Kluft zu sein.

Das Gewehrfeuer brach unvermittelt aus und zog eine Linie durch den Kies neben Wrens Füßen. Er hatte noch nie irgendjemand zurückgelassen und wollte auch jetzt nicht damit anfangen, aber er sah keine andere Möglichkeit.

So lief er los.

Der Van bekam die volle Wucht des Beschusses ab, während Wren durch die Flügeltüren zurück in das große Haus stürmte, während sein Verstand auf Hochtouren arbeitete. In seiner Tasche befand sich ein weiterer Schlüsselbund des Attentäters, was bedeutete, dass sein Auto sich ganz in der Nähe befinden musste.

Wren lief einen prächtigen, schwarzen Flur entlang in Richtung der Rückseite des Hauses. Er durchquerte ein offenes Esszimmer mit einem übergroßen Mahagonitisch, der mit Besteck und Geschirr für zehn Personen gedeckt war, und trat dann durch eine graue Balkontür auf die hintere Terrasse.

Dort stand auf dem Kies eine tiefergelegte schwarze Limousine, ein BMW 3er. Wren raste heran, öffnete den Wagen und ließ sich auf den Fahrersitz fallen. Er schob eine Schachtel mit Hohlspitzmunition für die M9 und ein schmales, rotes Büchlein mit der Aufschrift „Der Orden der Saints" zur Seite.

Sobald die Schlüssel im Zündschloss steckten, sprang der Motor an und Wren trat das Gaspedal durch. In Sekundenschnelle hatte er gewendet und beschleunigte in Richtung der Hausecke, als der Geländewagen um die Seite schoss.

Sie hielten an der Seite an. Wren blieb auf dem Gaspedal und krachte direkt in den linken Scheinwerfer des SUVs. Der BMW kam fast zum Stillstand, während der Geländewagen nach rechts geschleudert wurde. Die abgefeuerten Kugeln prasselten auf die Scheiben der Limousine, hinterließen aber nur Risse in dem kugelsicheren Glas.

Wren gab Gas und raste seitlich am Haus entlang. In seinen Rückspiegeln sah er den Geländewagen hinter sich herfahren. Er raste an seinem Van vorbei und Cheryl verfolgte ihn mit ihren Augen, aber er konnte im Augenblick nichts mehr für sie tun.

Kugeln schlugen in die Heckscheibe ein. Er sprang auf die Bremse, als er auf das Tor zuhielt, und schleuderte Korallensplitter in alle Richtungen, anschließend stieß er das Tor auf und lehnte sich weit aus dem Fenster, während der BMW vorwärts rollte. Er hielt die Beretta mit beiden Händen fest, zielte auf den rechten Vorderreifen des Geländewagens und leerte das Magazin.

Der Reifen platzte und der Geländewagen schlingerte zur Seite. Er war zu schnell, um seinen Schwung abzubremsen, und der Schotter war zu tückisch, um ihm irgendeine Bodenhaftung zu bieten. Er prallte gegen die massive Steinmauer und schlug mit einem gewaltigen Knirschen auf.

Der BMW hingegen rollte sanft durch das Tor. Wren zog die Handbremse und stieg aus. Er schnappte sich die Munition aus der Patronenschachtel und lud sie vorsichtig in das Magazin der M9. Dann beugte er sich über die Mauer und sah, dass die Motorhaube des Geländewagens zerbeult war und Rauch unter dem verbogenen Metall hervorquoll. Gestalten strömten heraus.

Ohne zu zögern feuerte Wren. Einer ging mit einem Kopfschuss zu Boden. Ein anderer wurde von einer Kugel in den Oberschenkel getroffen und ging zu Boden.

Wren rückte an der Wand entlang vor, feuerte und lud nach. Die Männer waren völlig orientierungslos und durch den Rauch geblendet, sie taumelten, wankten durch die Gegend und schossen blindlings. Wren feuerte weiter, bis sie alle am Boden lagen.

Sieben Männer, wie es aussah. Er erreichte den Geländewagen

und sah gerade hinein, als die Motorhaube Feuer fing. Es war niemand mehr am Leben. Wren machte sich aus dem Staub, und dreißig Sekunden später flog der Wagen in die Luft.

Wren schaffte es zurück zur Tür des Anwesens und war gerade auf dem Weg zur Krypta, um Teddy zu holen, als ein zweiter Geländewagen hinter dem Anwesen vorbeischoss. Er verdrehte die Augen. Das hatte er nicht kommen sehen.

Seufzend ging er in die Knie und zielte mit demselben Manöver auf den rechten Vorderreifen. Der Reifen platzte, aber dieses Mal gab es keine Steinwand, gegen die der Truck hätte prallen können, so schlingerte er über den Schotter und kam schließlich zum Stehen.

Wren war schon halb auf der Auffahrt in Richtung BMW, während er sich überlegte, wie er mit Teddy und Cheryl im Schlepptau aus dieser Situation herauskommen könnte, aber ihm fiel nichts ein. Die Männer stürmten mit gezogenen Gewehren aus dem beschädigten Truck und Wren feuerte das letzte Magazin auf sie ab, während er weiterlief – gerade genug, um ihre Köpfe unten zu halten.

Dann war er auch schon durch das Tor und zurück am BMW. Kugeln hämmerten gegen die Heckscheibe, es mussten mehrere Salven aus automatischen Waffen auf einmal sein. Jetzt würde er nicht mal mehr aus dem Auto aussteigen können. Er würde einfach draufgehen.

Er fluchte, legte den Gang ein und raste die von Bäumen gesäumte Auffahrt entlang. Teddy und Cheryl ließ er zurück.

27

DER ORDEN

DAS TELEFON des Killers auf dem Beifahrersitz läutete.

Wren überlegte, ob er rangehen sollte, während er über Nebenstraßen in Richtung Autobahn raste. Vielleicht konnte er ja aus einem weiteren Gespräch mit dem aufgedrehten Selbsthilfeguru, der für diese Operation verantwortlich war, irgendetwas herausholen, aber dadurch würde er ihnen auch eine Möglichkeit geben, ihn zu verfolgen.

Also öffnete er das Fenster, warf das Handy hinaus und raste schweigend weiter.

Sein Verstand arbeitete auf Hochtouren. Dass sie ihn durch eine zufällige Suche eines Mitglieds der Stiftung in Chicago ausfindig machen hatten können, war beeindruckend. Aber dass sie in so kurzer Zeit einen bewaffneten Angriff mit zwei Trucks voller schwer bewaffneter und bestens ausgebildeter Männer durchführen konnten, war verblüffend.

Vor ihm tauchte eine Ausfahrt auf und Wren wechselte auf die I-94 in Richtung Norden. Er beschleunigte den BMW auf 130 Sachen, lehnte sich zurück und schlängelte sich zwischen den Fahrzeugen hindurch, als ob er irgendwo hinmüsste oder irgendwo sein müsste, obwohl er eigentlich nur so schnell wie möglich fortwollte.

Jede Faser in seinem Körper fühlte sich an, als würde sie vibrieren. Er hatte Teddy und Cheryl im Stich gelassen und das konnte er nicht ertragen. Er musste sie zurückholen, aber diese Sache nahm immer größere Ausmaße an, und noch immer gab es keinerlei Anhaltspunkte dafür, was diese Leute eigentlich vorhatten, oder warum …

Er musste dringend innehalten und nachdenken. Ein Blick auf die Uhr verriet ihm, dass bereits eine halbe Stunde vergangen war, also hielt er am nächsten Rastplatz an.

Während er auf dem weitläufigen Parkplatz stand, zitterten seine Hände. Er stieß die Tür auf, stieg aus und begann, auf und ab zu gehen. Er hatte schon öfter Teamkollegen verloren, aber noch nie so wie jetzt. Vor seinem inneren Auge sah er, wie Teddy zur Seite gesackt war, als der Pistolengriff gegen seinen Kopf geprallt war und sein ganzer Körper mitgerissen worden war. Und dabei war Wren gerade damit zu ihm durchgedrungen, ihm eine bessere Zukunft zu versprechen.

Dann sah er Cheryl, die im Van zusammengesackt war und durch den notdürftigen Verband geblutet hatte, während ihre trüben Augen ihn verfolgt hatten. Er erinnerte sich an ihr schmales Lächeln bei dem Gedanken, Münze vier zu erreichen. Trotz ihres moralischen Versagens in der Vergangenheit waren die beiden genau der Grund, warum er die Stiftung betrieb.

Er hatte sie in die ganze Sache verwickelt und nun hatte er sie verloren, und das war unverzeihlich. Er musste das wieder gut machen, musste aufhören bloß zu reagieren und anfangen, die Initiative zu ergreifen.

Nach zwei weiteren Minuten, in denen er auf und abgegangen war, um seine Atmung wieder unter Kontrolle zu bekommen, stieg er wieder in den BMW und holte sein Handy heraus. Es gab jedoch noch keine Nachricht von Cheryls Cop aus Chicago und auch keine Überwachungsaufnahmen oder Trackingdaten, was bedeutete, dass er noch immer nichts in der Hand hatte.

Er blinzelte heftig und rieb sich die Augen. Der Adrenalinabfall machte ihn träge. Er steckte die M9 in seinen

Hosenbund, füllte seine Taschen mit Patronen und wollte gerade wieder losfahren, als ihm noch etwas einfiel.

Er warf einen Blick auf den Beifahrersitz, aber es war nicht da. War es etwa hinausgefallen? Das glaubte er nicht, also ließ er eine Hand an der Seite neben der Tür heruntergleiten. Seine Finger berührten Papier, und er griff danach und zog es heraus.

Das Büchlein.

DER ORDEN DER SAINTS, stand auf der Vorderseite.

Unter dem Titel befand sich eine einfache Abbildung, ein stilisierter Doppeldecker, der eine Sprühspur hinterließ, wie ein Sprühflugzeug, das in der Landwirtschaft eingesetzt wurde. Wren erkannte das Bild; es stammte aus dem letzten Kapitel der Turner-Tagebücher, einer extremistischen Science-Fiction-Geschichte aus dem Jahr 1978, die im Jahr 1999 spielte. Darin ging es darum, wie eine revolutionäre Organisation namens „der Orden" die Regierung der Vereinigten Staaten gewaltsam stürzte. Das Buch endete damit, dass ein Sprühflugzeug mit einer Atomwaffe das Pentagon zerstören sollte.

Wren schauderte in seinem Sitz. Der Orden der Saints. Und dann fiel ihm noch etwas ein, das mit dem übereinstimmte, was Teddy über ein Sommercamp gesagt hatte; beides schien sich auf ein zweites literarisches Werk mit dem Titel „Lager der Saints" zu beziehen. Dabei handelte es sich um einen weiteren Roman, der in einer extremistischen Science-Fiction-Welt angesiedelt war und den Niedergang der westlichen Zivilisation beschrieb, nachdem eine riesige Welle gewalttätiger Einwanderer in die Länder der ersten Welt eingedrungen war.

Wren schlug das Büchlein auf, las ein wenig auf der ersten Seite und überflog den Rest schnell. Insgesamt waren es fünfundzwanzig Seiten, die in einer engen Schrift bedruckt waren, ohne weitere Illustrationen, ohne Rück- oder Vorderseite und ohne Autorennamen, wahrscheinlich von einer Hausdruckerei.

Es dauerte nicht lange, bis er erkannte, dass es sich bei dem Büchlein um Rekrutierungsmaterial für eine Sekte von unglaublichem Ausmaß handeln musste, das Leute anziehen sollte, die bereits halb radikalisiert gegen ihre eigene Regierung eingestellt waren.

Und wenn es etwas gab, worin Wren nach seiner Kindheit in der Pyramide ein Experte war, dann waren es Sekten.

Er stieg aus dem BMW, ließ die Schlüssel durch das offene Fenster ins Wageninnere fallen, legte das Heft auf das Dach und begann, jede Seite zu fotografieren.

Die Fotos lud er zusammen mit einer kurzen Zusammenfassung dessen, was gerade in Teddys Villa passiert war, hoch, verwies auf seinen Notruf, um den Standort preiszugeben, tippte dann eine letzte Nachricht und schickte sie direkt an Humphrey.

DURCHSUCHEN SIE DIESES AUTO AUF ABDRÜCKE. DER FAHRER IST TOT, ZUSAMMEN MIT SIEBEN ANDEREN AUS DEM ORDEN DER SAINTS. HIER HABEN SIE IHRE SEKTE.

Dann steckte er das Heft in seine Gesäßtasche und lief über den Parkplatz in Richtung der Geschäfte. Er brauchte unbedingt Kaffee, Waffeln und Speck, um einen klaren Kopf zu bekommen, und dann wollte er sich weiter in die Geheimnisse dieser Sekte vertiefen.

28

DIE SAINTS

Wren bestellte in einem Waffle House ein reichhaltiges Frühstück mit unbegrenzt Kaffeenachschub und setzte sich dann an einen Fensterplatz, um etwas zu essen, zu trinken und zu lesen.

Das Büchlein des Ordens war ungeheuerlich. Einerseits enthielt es das gleiche Sektendogma, das er schon tausendmal gelesen hatte. Von Charles Mansons Tiraden bis hin zu den Annalen von Waco und den Jonestown-"Lehren" war es immer dasselbe: Gestörte Leute versuchten, andere gestörte Leute unter ihre Kontrolle zu bringen. Oft endeten diese Texte in apokalyptischen Visionen, wenn ihre Anführer an die Grenzen ihrer kreativen Fantasien stießen. Der einzige überzeugende Höhepunkt, den sie sich dann noch vorstellen konnten, war ein flammendes Ende.

Wren las sich den Text einmal von vorne bis hinten durch, während er den Ahornsirup mit einer zweiten Portion Waffeln aufsaugte, die knusprig und weich zugleich waren, und mit einer zweiten Ladung knuspriger Speckscheiben, die mit Spiegeleiern belegt waren.

Als er schließlich aufblickte, den Hunger gestillt, aber mit schwirrendem Kopf, hatte er das Gefühl, am Horizont Atompilze zu sehen.

Das Werk war vollgepackt mit Einzelheiten, Verschwörungstheorien und Symbolen, so dicht, dass Wren Mühe hatte, alles zu verarbeiten. Es gab darin Hinweise auf die Freimaurer, auf ein geheimes Abkommen der Gründerväter, das sich angeblich im Gemälde in der Kuppel des Kapitols verbarg, auf die Rolle Amerikas bei der Flucht Hitlers aus Deutschland, auf Fluorid im Wasser und Chemtrails, auf die gefälschte Mondlandung, sowie auf die verborgene Wahrheit in Zusammenhang mit dem Tod JFKs.

All das wurde zu einer Prophezeiung über die unheilvolle Zukunft Amerikas verdreht, wenn sich die Leute nicht an der Seite eines gewissen „Alpha" erheben und die Kontrolle zurückerobern würden.

Das war natürlich alles Schwachsinn, aber die Aussagen waren so überzeugend und wiederholten sich so oft, dass der Versuch, alles zu analysieren, überwältigend war und Wren nicht einen einzigen Hinweis auf bestimmte Handlungen, Orte oder Leute finden konnte.

Das war natürlich genau der Sinn der Sache.

Er seufzte und fuhr sich mit der Hand durch die Haare.

Sekten wie die Saints waren nicht daran interessiert, ihren Anhängern handfeste Tatsachen zu liefern, die sie selbst überprüfen konnten. Sie wollten nicht, dass sie nachdachten. Sie wollten, dass sie ratlos, fassungslos und eingeschüchtert waren, bereit, ihren Körper und ihren Geist dem Willen des Anführers zu überlassen.

Des „Alpha".

Wren war ein hervorragender Analytiker von Mustern, der selbst in den verworrensten Daten verborgene Hinweise erkennen konnte, aber das hier ergab selbst für ihn keinen Sinn.

Er brauchte Hilfe und hatte genau die richtige Person im Sinn.

Dr. Greylah Ferat war Dozentin in Yale, deren Vorlesungen Wren besucht hatte, als er noch nicht so recht gewusst hatte, in welche Richtung er sich nach einigen Jahren Force Recon weiterentwickeln sollte. Während eines Semesters hatte Ferat

Wren mit ihrer Vorlesung über abnormale Psychologie völlig vom Hocker gehauen. Sie hatte ihm gezeigt, wie der menschliche Geist durch einfache neurolinguistische Tricks und durch die Ausnutzung von Gefühlen manipuliert werden konnte. Das alles hatte Wren an die Gehirnwäsche seines Vaters in der Pyramide erinnert.

Am Ende des Semesters hatte Ferat einige herausragende Studenten zu einer kleinen gemeinsamen Feier eingeladen. Wren war gekommen, um mehr über die Frau zu erfahren, aber am Ende war es Dr. Ferat gewesen, die Wren die Fragen gestellt hatte.

Niemand hatte ihr verraten, dass Wren der einzige bekannte Überlebende der Pyramide war, aber sie hatte das trotzdem irgendwie herausgefunden. Sie hatte ihm eine Flut von Fragen gestellt und dabei jede Technik aus ihrem Buch über Gedankenkontrolle geschickt angewandt, um Wrens Vertrauen zu gewinnen und seine Bereitschaft zu erlangen. Sie hatte vorgehabt, ein Buch über die Pyramide zu schreiben und hatte Wren angeboten, ihn an den Einnahmen zu beteiligen, wenn er seinen Bericht aus erster Hand erzählte. Sie hatte behauptet, dass das Buch ein Bestseller werden würde, der sie an die Spitze der Psychologieabteilung des Colleges katapultieren würde.

Das war der Moment, in dem Wren jedoch vielleicht mehr als zu jedem anderen Zeitpunkt bewusstgeworden war, wie gut ihn der tägliche Überlebenskampf in der Pyramide auf ein Leben als verdeckter Ermittler vorbereitet hatte. Dr. Ferat war eine äußerst bezaubernde Manipulatorin, aber nichts, was sie gesagt oder getan hatte, war auch nur annähernd an die Macht oder Gefahr herangekommen, die von seinem Vater ausgegangen war.

Sie war enttäuscht gewesen, als Wren ihre Idee für das Buch abgelehnt hatte, aber auch interessiert, als er ihr eine andere Art von Partnerschaft angeboten hatte: eine Rolle beim Aufbau von Wrens Stiftung, die damals gerade erst mit zwölf Mitgliedern begonnen hatte.

Nichts davon würde jemals in einem Buch veröffentlicht werden, ließ Wren sie versprechen, aber gemeinsam würden sie

Tiefen ausloten und Höhen in der abnormalen Psychologie erklimmen, die noch nie jemand zuvor in Angriff genommen hatte.

Und Dr. Ferat hatte die Chance ergriffen.

Also schickte Wren ihr nun die gleichen Fotos, die er auch Humphreys zukommen hatte lassen.

29

DR. FERAT

ZWEI STUNDEN später standen ein geleerter Oreo-Milchshake und Wrens fünfter Kaffee neben dem inzwischen reichlich mit Anmerkungen versehenen Büchlein „Orden der Saints". Zwei weitere Stunden lang hatte er darin nach Hinweisen gesucht, aber nichts Brauchbares gefunden.

Er trommelte mit dem Stift gegen die Zähne und warf einen Blick hinaus auf den Parkplatz. Auf der anderen Seite des Parkplatzes stürmten FBI-Agenten auf den BMW zu. Ein Trupp von ihnen baute ein Zelt für die Spurensicherung auf und riegelte den Bereich ab. Irgendwie hatte Wren das Gefühl, dass er sich eigentlich Sorgen machen sollte, dass sie ihn finden könnten, aber das tat er nicht.

Sie würden es auf die Überwachungskameras abgesehen haben, aber Wren hatte sorgsam in einem toten Winkel geparkt und seinen Weg zum Waffle House sorgfältig geplant. Hier würde ihn Humphreys niemals erwarten.

Wieder blickte er auf das Büchlein hinunter, das mit Querverweisen, Hervorhebungen und hingekritzelten Theorien übersät war. Es sah aus wie Kauderwelsch.

Endlich läutete sein Handy.

„Doctor?", meldete er sich.

„Christopher", sprach Dr. Ferat mit ihrer kräftigen Altstimme, die einer Shakespeare-Darstellerin auf der Bühne gut zu Gesicht gestanden hätte, obwohl sie eher zart und schmächtig war.

Das letzte Mal hatte Wren sie vor zwei Jahren auf dem Campus von Yale getroffen, als Ferat mit einer Fünfzehn-Jahres-Münze in der Hand stolz im Regen gestanden hatte. Fünfzehn Jahre, in denen sie mitgeholfen hatte, etwas ganz Außergewöhnliches aufzubauen, indem sie die Stiftung von zwölf auf über hundert Mitglieder gebracht hatte. Jahre zuvor war sie dank ihrer eigenen beeindruckenden Forschungen, die zum Großteil auf Enthüllungen der Stiftung zurückgingen, zur Leiterin ihrer Abteilung in Yale aufgestiegen.

„Was hast du herausgefunden?", fragte Wren.

Ferat räusperte sich: „Ich habe den ganzen abscheulichen Mist durchgesehen, und Christopher, ich halte das Material für äußerst bedenklich."

Das war keine Überraschung. „Da sind wir schon zwei."

„Ich weiß, dass du die Anspielungen des Autors kennst: 'Lager der Saints' und die Turner-Tagebücher'? Der Autor, dieser 'Alpha', scheint zu versuchen, sie dazu zu verwenden, um seine eigenen Ideen zu untermauern, aber das wird durch ein dichtes Netz von Verschwörungstheorien vernebelt. Es sieht ganz danach aus, dass dieser 'Orden' der Meinung ist, dass der derzeitige Zustand unserer Nation unhaltbar ist und das einzige wirksame Mittel die Anwendung von Gewalt ist."

Wren atmete tief durch. „Auf wen genau haben sie es abgesehen?"

„Nach dieser Abhandlung ist ihr Hauptziel die Regierung, aber auch jeder, der eine Machtposition innehat. Der Alpha verabscheut eindeutig alle Autoritätspersonen, aber eine Bedrohung sticht besonders hervor."

„Welche genau?"

„Es gibt einen interessanten Hinweis auf einen Teil der Turner-Tagebücher, in dem die Rebellen die Kontrolle über die

Atomwaffen auf der Vandenberg Air Force Base in Kalifornien übernehmen und sie auf ihre Feinde an der Ostküste abfeuern."

Wrens Augen weiteten sich. „Atomwaffen? Welche Anspielung habe ich übersehen?"

„Eine versteckte Anspielung auf Major General Phillip St. George Cooke."

„Das verstehe ich nicht ganz."

„Das wundert mich überhaupt nicht, Christopher. Major General Cooke war ein General der Unionsstaaten im Bürgerkrieg, der als 'Vater der modernen Kavallerie' bekannt ist. In den 50-er Jahren ist in Santa Barbara County in Kalifornien ein Armeestützpunkt nach ihm benannt worden, der später erweitert und in Vandenberg umbenannt worden ist."

Wren klappte leicht die Kinnlade runter. Es war zwar nur eine schwache Spur, aber Verschwörungstheoretiker liebten solche vagen Hinweise. „Du glaubst also, dass Vandenberg ein Ziel für die Saints darstellt? Glaubst du wirklich, dass sie es auf die Atomwaffen abgesehen haben?"

Ferat holte tief Luft. „Durchaus möglich. Die Broschüre könnte diese Auslegung untermauern. Hältst du es denn für möglich?"

Wren ging in Gedanken noch einmal alle seine Überlegungen durch. „Keine Ahnung. Vielleicht? Diese Organisation, diese Saints, sind unglaublich schlagkräftig. Sie arbeiten sauber und professionell. Vielleicht könnten sie das, aber sie bräuchten Verstärkung. Eine Militärbasis ist nicht mit einer Polizeistation auf dem Land zu vergleichen."

„Könnten sie diese Unterstützung denn bekommen? Und woher?"

„Keine Ahnung. Vielleicht von Gangs wie den Vikings? In den Vereinigten Staaten gibt es sicher hundert solcher Gruppen, die Gewalt gegen die Regierung fordern. Das sind zwar alles Fantasten, die weder den Willen noch die Mittel haben, ihre Vision umzusetzen, aber sie könnten trotzdem dabei helfen." Er hielt inne und begann, seine Gedanken zu ordnen. „Die Saints haben die Vikings erfolgreich ausgenutzt und sie dann beseitigt, als sie sie nicht mehr gebraucht haben. Vielleicht gelingt ihnen dieses Kunststück ja erneut. Vielleicht können sie wirklich in Vandenberg einbrechen."

„Wie bedenklich", erwiderte Ferat.

„Das kannst du laut sagen."

„Das ist aber nur eine mögliche Lesart des Textes, Christopher. Es gibt Alternativen, die vielleicht sogar noch schlüssiger sind. Wenn diese Saints Mächtige tatsächlich verachten und nach Atomwaffen suchen, warum entführen sie dann die Wohnungslosen? Das müssen doch die am wenigsten mächtigen Leute im Lande sein."

Das überraschte Wren. „Guter Einwand."

„Wir müssen die Beweise gegeneinander abwägen, sowohl ihre Taten als auch ihre Worte. Hast du eine Ahnung, wie viele Leute diese Saints von den Straßen Amerikas geholt haben?"

„Nichts Konkretes, aber wahrscheinlich sind es Tausende. Die Beweise in Chicago deuten auf mehrere Anschläge im letzten Jahr hin."

„Und was ist mit anderen Städten?"

Wren hielt inne. „Welche anderen Städte?"

„Alle anderen Städte im Land. Ich glaube kaum, dass eine Organisation von der Größe, über die wir hier sprechen, nur eine einzige Stadt angreifen würde, oder?"

Wren öffnete seinen Mund und schloss ihn wieder. Darauf hatte er keine gute Antwort. Er war so sehr damit beschäftigt gewesen, die Suche einzugrenzen, dass er noch gar nicht darüber nachgedacht hatte, sie auszuweiten, aber nun gingen ihm ganz neue Ideen durch den Kopf. Was wäre, wenn Ferat Recht hatte und die Saints sich nicht bloß Tausende von Obdachlosen holten, sondern Zehntausende?

„Christopher?"

„Tut mir leid, ich bin am Nachdenken. Vielleicht hast du ja Recht. Warum sonst sollten sie sich die Leute in Chicago schnappen, aber ein Lager in der Wüste von Utah unterhalten?

Das deutet auf ein unglaubliches Netzwerk hin, vielleicht Lagerhäuser in jedem Bundesstaat, in jeder größeren Stadt, auf die sie es abgesehen haben, mit Handelsrouten, die das Land durchkreuzen, und ...", er brach ab, seine Gedanken schwirrten. „Aber warum? Warum so viele?"

„Das ist die andere interessante Möglichkeit, Christopher. In diesem Heft finden sich auch Hinweise auf Schuldzuweisungen, und Hitlers Name wird dreimal erwähnt. Aber viele vergessen, dass Hitler nicht nur das jüdische Volk verfolgt und abgeschlachtet hat, sondern auch Roma, Obdachlose, Behinderte und jeden, den er für eine Belastung für sein Vaterland gehalten hat. Diese Saints könnten sich also durchaus von seinem Holocaust inspirieren lassen."

Wren knirschte mit den Zähnen. „Du glaubst, sie richten die Obdachlosen hin?"

„Schon möglich. Die Broschüre würde das jedenfalls nahelegen."

„Aber was hat das mit ihrem Hass auf Autoritäten zu tun?"

„Soweit ich das beurteilen kann, hassen sie nur die Autorität der anderen. Sobald sie selbst Autorität erlangen, stehen Massenmorde an der Tagesordnung."

Wren fluchte.

„In der Tat."

„Du sprichst hier von einem amerikanischen Völkermord, Greylah. Könntest du Einzelheiten herausfinden? Ich brauche konkrete Orte, Leute und Daten."

Ferat atmete schwer. „Abseits von Vandenberg? Vielleicht gibt es ja noch andere versteckte Hinweise, aber ich brauche Zeit, um das zu untersuchen. Du hast doch diese hundert extremistischen Gruppen erwähnt? Die würde ich mir nochmal näher ansehen. Sie könnten ein Teil des 'Wie' sein. Soweit ich das beurteilen kann, vor allem im Abschnitt auf Seite 17, in dem es um die 'Vereinigung der verlorenen Stämme' geht, hat dieser 'Orden' schon seit Jahren verschiedenste Organisationen zusammengeführt. Die Vikings sind ein Paradebeispiel dafür, ebenso wie verschiedene nicht näher benannte religiöse Sekten, politisch extreme Milizen und obskure Hassgruppen im Internet. Keine wird namentlich erwähnt, aber man kann auf sie schließen."

Wren atmete schwer. „Also gut. Dann ist es entweder ein Wettlauf um Atomwaffen, um den Dritten Weltkrieg auszulösen, oder es ist ein Völkermord an Obdachlosen. Beides ist nicht gut."

„Das sehe ich genauso, und das sind nur zwei Auslegungen. Es gibt zahllose weitere Möglichkeiten, darunter die Vorbereitung auf die kommende Endzeit, die Wiederauferstehung von Liliths Kindern oder in einer Stadt auf dem Mond und vieles mehr."

„Das ist doch total durchgeknallt."

„Und durchgeknallt ist gefährlich, Christopher, wie du weißt. Es ist leicht, Leute zu Handlungen zu verleiten, die für 'normale' Leute verrückt erscheinen. Denk nur an Timothy McVeigh, Anders Breivik, ja selbst an 9/11 und ISIS. Erinnere dich an das Massaker der Hutu an den Tutsi, bei dem ein ganzes Volk dazu gebracht worden ist, seine Nachbarn zu vernichten. Eine Million Menschen sind gestorben, bevor Vernunft eingekehrt ist."

Wren schluckte schwer. Er hatte all diese Fälle ausgiebig untersucht. „Ich brauche einen Ort, Doctor. Vandenberg ist ein Ziel, toll, aber ich brauche ihr Hauptquartier."

„Das kann ich dir nicht sagen, aber ich vermute, dass diese Saints inzwischen überall sind. Ich schätze, sie verstecken sich im Verborgenen und warten bloß auf ein Signal, um zuzuschlagen. Sie müssen aufgehalten werden."

Dazu hatte Wren nichts mehr zu sagen. Das wusste er selbst. „Danke, Doctor, ich melde mich wieder."

„Mit Vergnügen, Christopher. Falls ich noch irgendetwas herausfinde, melde ich mich bei dir. Viel Glück!"

30

KENNZEICHENTRACKING

WREN STÜTZTE seinen Kopf in seine Hände. Er hatte noch immer keine Spur, nur das mögliche Ziel Vandenberg. Er war dem wahren Motiv der Saints keinen Schritt näher als zuvor. Dann warf er einen Blick auf sein Handy, aber es waren immer noch keine Überwachungsbilder eingetroffen.

Langsam wurde die Zeit knapp.

Er beobachtete die FBI-Agenten auf dem Parkplatz. Sie hatten ihr Zelt der Spurensicherung um den BMW herum aufgebaut und wuselten nun um ihn herum.

Das nötige Personal dafür hatten sie. Wenn Humphreys wollte, hätte er in wenigen Augenblicken die Videoaufzeichnungen bekommen und auswerten können. Er hätte mit dem FBI, der NSA, dem DHS und allen anderen Geheimdiensten eine landesweite Aktion auf die Beine stellen und eine Extremistengruppe nach der anderen hochgehen lassen können, wenn er nur überzeugt gewesen wäre, dass Wren nicht der Täter war.

Wren erhob sich. Ihm fiel nur eine Möglichkeit ein, wie er Humphreys zur Vernunft bringen konnte, nämlich indem er sich selbst aus dem Spiel nahm.

Er schnappte sich das Büchlein und machte sich auf den Weg zur Tür.

Das war er Teddy und Cheryl schuldig. Humphreys würde ihn vielleicht in einem Geheimbunker versauern lassen, in dem er seine Frau und seine Kinder für einige Zeit, vielleicht sogar für immer, nicht mehr sehen würde, aber diese Bedrohung für das Heimatland aufzuhalten, war wichtiger.

Also verließ Wren das Waffle House und begab sich in Richtung der FBI-Agenten.

Dann klingelte sein Handy.

Einer der FBI-Agenten drehte sich in seine Richtung. Wren wandte sich rasch ab und ging ran. „Wren."

„Ich habe ein paar Videoaufnahmen für Sie", meldete sich eine schroffe Männerstimme mit Chicagoer Akzent.

Wren machte sich sofort wieder auf den Weg zum Waffle House. Von hinten ertönte ein Schrei, dem er aber keine Beachtung schenkte.

„Zwei Sattelschlepper", rief Wren. „Haben Sie die gefunden?"

„Ja, so ziemlich die einzigen Lastwagen, die zu den von Ihnen angegebenen Zeiten durchgefahren sind", berichtete der Cop. „Wie ein Konvoi. Wollen Sie die Nummernschilder?"

Wrens Herz begann zu rasen. Cheryl hatte sich für ihn eingesetzt. „Ich brauche das Kennzeichentracking. Wo sie hingefahren sind. Haben Sie das?"

„Na klar. Aber Sie sagen dieser Schlampe Cheryl, dass sie mich von ihrer schwarzen Liste streicht."

„Erledigt. Wo sind die Lastwagen hin?"

„Ich meine es ernst. Wenn sie diesen Trick nochmal durchzieht, komme ich persönlich vorbei, und schieße ihr ein Loch in den Schädel, verstanden? Ich weiß, wo sie wohnt."

„Ich werde ihr das ausrichten. Also, wo sind die Trucks hin?"

Der Typ seufzte und blätterte im Hintergrund in irgendwelchen Unterlagen. „Also gut. Ich habe sie mit dem Kennzeichentracking verfolgt, bis das Signal verlorengegangen ist. Sie sind von Chicago aus auf der I-90 nach Nordwesten bis Tomah, Wisconsin, gefahren. Von dort aus sind sie auf der 94 nach Norden bis Eau Claire weitergefahren." Er machte eine Pause, um Luft zu holen. „Ich habe schon gedacht, dass ich sie dort verloren hatte, aber dann habe ich sie auf der Interstate 53 nach Duluth, Minnesota, wiedergefunden, wo ich sie dann abermals verloren habe. Trotzdem habe ich weitergesucht, weil Cheryl so eine scharfe Braut ist."

Wren lief jetzt schneller. Hinter ihm ertönten weitere Rufe. Nun brauchte er einen fahrbaren Untersatz, und zwar dalli. „Wo?"

„Haben Sie es eilig oder was?"

„Es geht bloß um die Zukunft der freien Welt. Also wohin?"

Der Typ stieß ein Schnauben aus. „Kein Problem, lassen Sie Ihre Launen nur an mir aus. Also, ich habe so lange gesucht, bis ich die wohl einzige Überwachungskamera mit Kennzeichentracking nordöstlich von Duluth gefunden habe, an der Landstraße 61 in einem kleinen Kaff namens Two Harbors. Könnte das ungefähr stimmen?"

Wren rief Google Maps auf seinem Handy auf und zoomte auf Two Harbors, Minnesota. Eine winzige Ansammlung von Gebäuden am Nordwestufer des Lake Superior.

„Und das ist die letzte Sichtung, die Sie hatten?"

„Hab ich doch gesagt, oder? Danach nur Nebenstraßen und in die Steinzeit, als wenn es keine Nummernschildererkennung gäbe. Hinterwäldler, Sie wissen schon. Also, sagen S…"

„Ich richte es Cheryl aus", wiederholte Wren und beendete das Gespräch.

Two Harbors. Damit konnte er etwas anfangen; nach Norden, wie Teddys Kontaktperson behauptet hatte, direkt in ein dicht bewaldetes Gebiet, in dem es jede Menge Sommercamps geben musste. Er führte eine schnelle Suche durch und fand Dutzende im Umkreis von fünfundsiebzig Kilometern, die alle über Nebenstraßen erreichbar waren.

Er hörte nun immer mehr Rufe, also duckte er sich und nahm die Beine in die Hand.

Die Rufe wurden immer lauter, aber sie hatten keine Chance.

Der Parkplatz war riesig, und mit gesenktem Kopf war er bloß eine Nadel im Heuhaufen. Er bog erst nach links und dann nach rechts ab, schlängelte sich am BMW und dem Waffle House vorbei und eilte bis zur hintersten Ecke des Parkplatzes, wo er einen 2004er Jeep Wrangler Unlimited in gedämpften Senftönen entdeckte.

Er hielt lange genug an, um die Scheibe auf der Beifahrerseite einzuschlagen, die Schlösser zu öffnen und das Glas zu entfernen, dann schlüpfte er hinein. Er riss das Gehäuse der Lenksäule ab, kappte ein paar Drähte und startete den Motor.

Als er aufblickte, stellte er fest, dass keine Agenten in der Nähe waren. Wahrscheinlich würden sie die Überwachungsvideos des Geländes beschlagnahmen und ihn aufspüren, aber das würde dauern. Bis dahin hatte Wren die Nase vorn. Wie der Cop in Chicago würden auch sie mit der Kennzeichenerkennung schwer zu kämpfen haben, vor allem, wenn er in ländliche Gegenden kam. Das Gute daran war, dass er sie direkt zu den Saints führen würde, wenn er sie finden könnte.

Two Harbors schien ein geeigneter Ort zu sein. Sieben Stunden Fahrt, mehr oder weniger. Er schrieb schnell eine E-Mail, in der er die Bedrohung schilderte, wie er und Ferat sie einschätzten. Er ging von verschiedenen extremistischen Gruppen aus, die sich möglicherweise mit den Saints verbündet hatten, und empfahl, den Luftwaffenstützpunkt Vandenberg im Auge zu behalten. Die E-Mail schickte er dann von einer anonymen Adresse an Humphreys.

Anschließend verließ er in aller Ruhe den Parkplatz und bog auf die I-94 in Richtung Norden ab.

31

WALD

Vɪᴇʀ Sᴛᴜɴᴅᴇɴ lang fuhr Wren auf der I-90 in Richtung Nordwesten, verließ die Vororte von Chicago und pflügte durch ausgedehnte grüne Felder voller Sojabohnen und Mais und vorbei am Stallmief unzähliger Schweinefarmen.

Dabei kreisten seine Gedanken unaufhörlich. Er dachte darüber nach, was Teddy und Cheryl widerfahren war und ob sie überhaupt überlebt hatten. Er dachte an seine Familie und daran, wann er sie vielleicht das nächste Mal sehen würde.

Vor allem aber dachte er an die Saints.

Vier Stunden später, nachdem er Wisconsin durchquert und Madison umfahren hatte, hielt er auf einem Rastplatz kurz vor Eau Claire an. Er verzehrte ein paar Burger und einen Kaffee in einem Diner und rief dann Google Maps auf seinem Handy auf.

Draußen setzte ein heftiger, grauer Regenguss ein.

Wren richtete sein Augenmerk auf die Karte. Das Gebiet im Umkreis von fünfzehn Kilometern um Two Harbors war dicht bewaldet und wurde nur von einer Handvoll Straßen durchschnitten. Dort suchte er nach einem Sommercamp und konnte erkennen, dass sich Dutzende Einträge zwischen den Bäumen angesiedelt hatten.

Viel zu viele.

Er musste die Suche eingrenzen, nahm einen kräftigen Schluck Kaffee und dachte an das, was Teddy gesagt hatte. Dieses Camp hatte Hütten, einen Bogenschießplatz, Tennisplätze und einen See.

Wren schränkte die Möglichkeiten schnell auf Camps an Seen ein; davon gab es nur fünf in seinem Suchradius. Er zoomte heran und betrachtete jedes einzelne von ihnen näher, während er seinen Kaffee schlürfte. Er fand vier, die über Hütten und nicht über Zelte verfügten, drei mit sichtbaren Bogenschießanlagen, zwei mit Tennisplätzen und nur eines, das alle drei Möglichkeiten bot.

Camp Alden am Alden Lake.

Google lieferte eine Nummer, die Wren anrief. Der Anruf ging direkt auf die Mailbox.

„Dieser Anschluss ist nicht mehr erreichbar. Ihre Nachricht wird nicht weitergeleitet."

Wren zoomte so nah heran, wie es die App zuließ. Es gab ein Dutzend kleiner Hütten, die sich strahlenförmig um eine zentrale Haupthalle gruppierten, zu der ein Feldweg von einer einspurigen Straße hinaufführte. Er konnte keine Fahrzeuge ausmachen, keine Fahne an der Spitze des Mastes, und sowohl die Tennisplätze als auch der Bogenschießplatz waren zugewachsen.

Verlassen.

Das musste es sein. Sein Herz schlug schneller. Er betrachtete die Straßen, die dorthin führten.

Würden die Saints auf ihn warten? Möglicherweise. Also suchte er nach einem Schleichweg dorthin.

Es gab den Hauptweg zum Lager und zwei Straßen, die in der Nähe vorbeiführten. Die eine schien eine alte Holzfällerroute zu sein, die an einem kleinen, namenlosen See endete, während die andere zu einer größeren Straße dreißig Kilometer weiter nördlich führte. Wren setzte vier Markierungen auf der Karte, um Engpässe zu kennzeichnen, an denen die Saints wahrscheinlich auf der Lauer liegen würden.

Er suchte weiter, bis er eine lange Schneise durch den Wald fand, die bis auf drei Kilometer an das Lager heranreichte. Als er herauszoomte, stellte er fest, dass sie sich mehr als hundertfünfzig Kilometer in beide Richtungen erstreckte, aber keine Stromleitungen oder Schienen in Sicht waren. Wahrscheinlich handelte es sich um eine stillgelegte Güterzugstrecke aus dem letzten Jahrhundert, auf der Kohle aus Kanada transportiert worden war, deren Pfähle inzwischen überwuchert und deren Eisenschienen zurückgebaut worden waren.

Wren aß seine Burger auf und kehrte zum Jeep zurück, um einen Blick auf das Armaturenbrett zu werfen. Der Wagen verfügte über Allradantrieb. Damit hatte er seinen Weg gefunden: Er würde sieben Kilometer vor dem Camp auf die alte Strecke wechseln, dann drei Kilometer vor dem Camp anhalten und den Rest des Weges zu Fuß zurücklegen.

Er prägte sich die Route ein und machte sich auf den Weg.

Es war schon dunkel, als er an Duluth vorbeikam und über die dunkle, weite Fläche des Lake Superior blickte. Bei Two Harbors bog er nach Westen ab, schaltete die Scheinwerfer aus und fuhr im Mondlicht weiter, bis er die alte Eisenbahnlinie erreichte. Sie verlief schnurgerade durch den Wald, eine Schneise zwischen den Bäumen, die teilweise mit niedrigem Gestrüpp und Schösslingen bewachsen war.

Sein Herz hämmerte in seiner Brust. Er betätigte den Schalter für den Allradantrieb und ließ den Jeep auf die alte Bahnstrecke rollen.

Das dichte Gestrüpp kratzte an der Unterseite des Fahrzeugs. Durch die offenen Fenster atmete Wren den Geruch von Baumharz ein und ließ sich von dem breiten Sternenband am nördlichen Himmel leiten: die W-förmigen Zacken von Kassiopeia, das große K von Taurus, Lyra in der Form einer Urne.

Es fühlte sich an wie eine Rückkehr in eine ältere, wildere Vergangenheit. Der Himmel hellte sich auf, als sich Wrens Augen daran gewöhnt hatten, und tauchte die Schlucht in ein gespenstisches, silbriges Licht. Das erinnerte ihn an seine früheren Jagden mit Tandrews in den Wäldern von Maine. Diese Zeiten hatten ihn von der Erinnerung an all die brennenden

Körper befreit. Dort hatte Tandrews ihm erlaubt, sich seinen eigenen Namen auszusuchen.

„Ein Name verleiht Macht", hatte Tandrews ihm gesagt, als er ihm gegenüber am Feuer gesessen hatte und das Hirschsteak am Spieß gezischt hatte. „So nimmst du deinen Platz in der Welt ein."

Christopher Wren, der britische Architekt, der die größten Bauwerke seiner Zeit errichtet hatte, war für ihn eine wundersame Entdeckung gewesen. Nachdem er seine Kindheit damit verbracht hatte, seinen Vater dabei zu beobachten, wie er Dinge niedergerissen hatte, hatte er beschlossen, den umgekehrten Weg einzuschlagen.

Die Kilometer auf dem Tacho rasten dahin. Bald trat Wren auf die Bremse und der Jeep wurde langsamer. Er stellte den Motor ab und saß ganz still da, um dem Wald zu lauschen.

Überall um ihn herum war Leben: kreischende Fledermäuse, raschelnde Opossums und Rotluchse, Vögel, die nachts traurige Klagelieder anstimmten, eine heulende Eule und zirpende Zikaden. Dies war zwar nicht derselbe Wald, den er kannte, er lag nicht einmal im Umkreis von fünfzehnhundert Kilometern von Maine, aber er fühlte sich dennoch wie zu Hause.

Wren stieg aus dem Truck und lief vorwärts. Bald umgaben ihn Bäume, die er an ihrer rauen Rinde und ihrem Duft erkannte: Kiefern, Fichten und Tamarisken. Er wusste instinktiv, wie er um jeden einzelnen von ihnen herumgehen musste, mit welchen knorrigen Fingern sich ihre Wurzeln durch die Erde bohrten.

Er erhöhte sein Tempo, bis er leicht dahinjoggte. Seine Muskeln fühlten sich locker und geschmeidig an. Bald lag ein vertrauter Geruch in der Luft, der mit jedem Schritt stärker wurde.

Rauch.

Er hing schal und dünn wie ein Nebel zwischen den Bäumen. Vielleicht hatten die Saints das Lager bereits niedergebrannt. Vielleicht würde er auch überhaupt nichts finden. Oder sie waren immer noch hier.

Es gab nur eine Möglichkeit, das herauszufinden.

32

DAS LAGER

WREN NÄHERTE sich dem Lager von Südwesten, wo der lange Finger des Alden Lake wie Quecksilber unter einem klaren, wolkenlosen Himmel schimmerte. Er näherte sich dem Ufer und entdeckte am Nordufer in etwa zweihundert Metern Entfernung einen versunkenen Bootssteg. Dahinter lagen eine Lichtung und die Umrisse eines Gebäudes, der Haupthalle des Lagers. Von den Saints war nichts zu sehen, aber wenn sie sich gut auskannten, war das nicht verwunderlich.

Er bewegte sich weiter, bis er einen Pfad kreuzte. Dieser war zugewachsen und knirschte von den im Laufe der Jahre verdorrten Blättern. Ein leichter Wind ließ die Äste über ihm rascheln.

Wren folgte dem Weg, bis die Bäume einem niedrigen Farnwäldchen wichen. Die Haupthalle war ein Blockhaus, das weniger beschädigt war, als er vermutet hatte. Tiefe, silbrige Rußspuren zogen sich an den Seiten hinauf und das Dach fehlte an einigen Stellen, aber alle Wände standen noch. Unter zwei riesigen Fenstern lagen Trümmerhaufen, so als hätte das Gebäude seinen Inhalt auf die Erde gespuckt. Inmitten von zerbrochenen Stühlen und verkohlten Holztischen ragte ein langer Lüftungsschacht wie ein seltsames Periskop in die Höhe. Hier und da schwelten noch Teile, aus denen dünne Rauchfahnen aufstiegen.

Wren schlich durch die Farne. Das Lager war angezündet worden, aber kurz darauf war ein Regen niedergegangen, der das Feuer gelöscht hatte.

Vielleicht gab es noch etwas zu finden.

Das Zentrum des Lagers war leer. Wren blickte über den Feuerkreis, von den Hütten auf der rechten Seite zum See auf der linken Seite, aber er sah niemanden. Vielleicht versteckten sie sich, aber das spielte keine Rolle. Er musste das jetzt durchziehen.

So pirschte er sich an der schattigen Fassade des Gebäudes entlang und trat durch die offene Tür in die Dunkelheit.

Das Innere dämpfte die Geräusche von draußen und offenbarte eine dunkle, schmale Eingangshalle, die mit Asche bedeckt war. Die Wände waren an einigen Stellen verbrannt und gaben den Blick auf dunkle, riesige Räume zu beiden Seiten frei.

Wren drang immer tiefer in das Gebäude vor, schwitzte und der stechende Rauch schnürte ihm die Kehle zu. Der Boden knarrte und bewegte sich. Über der Tür auf der linken Seite befand sich ein vom Feuer vernarbtes Schild mit der Aufschrift „Büro".

Er trat hindurch in einen schwarzen, ausgehöhlten Raum, der vom Mondlicht durch viele Löcher in der Decke erhellt wurde. Die Saints mussten ein Fass Benzin hier reingekippt haben, um trotz des Regens so viel Schaden anzurichten.

Der Boden war übersät mit metallenen Tischgestellen und Stühlen, deren Holz und Polstermaterial verbrannt war. Schlacke knirschte unter seinen Füßen und setzte einen säuerlich-muffigen Aschegeruch frei. Sein Zeh stieß auf ein Hindernis, und er kniete in der Dunkelheit nieder, um die Konturen zu ertasten. In das Holz war eine Art Metallöse eingelassen worden. Er schob zwei Finger durch das Loch und zog daran, aber sie war festgeschraubt.

Daraufhin klopfte er den Boden um sie herum ab. Die Hartholzdiele war mit Dutzenden von Furchen durchzogen, die nicht tiefer als ein einzelner Fingerknöchel und nicht länger als sein Zeigefinger waren.

Seltsam.

Wren hob den Blick und versuchte, sich das „Büro" so vorzustellen, wie es einen Tag zuvor ausgesehen haben konnte. Am Kopfende hatte sich der Schreibtisch des Leiters befunden, an den sich weitere Schreibtische angeschlossen hatten, die sich über die gesamte Länge des Raumes erstreckt und einen Mittelgang gebildet hatten.

Er schlenderte den Gang entlang, griff ab und zu zur Seite und fuhr mit den Fingern durch die feuchte Asche, wobei er weitere Ösen und Furchen fand. Im Mondlicht sah er Flecken, die wie verschüttete Tinte aussahen.

Am Kopfende des Raumes fiel ihm das Atmen schwerer, da sich Rauch und Asche in seiner Lunge festsetzten. Er wusste, was er am Rahmen des größeren Schreibtischs des Leiters finden würde: eine einfache Öse unter dem Stuhl mit noch mehr Furchen und Flecken rundherum.

Wren schwirrte der Kopf, als er sich den zerstörten Raum noch einmal ansah. Das hier erinnerte ihn an etwas, aber er war sich nicht sicher, woran.

Also trat er zurück in die Lobby und begab sich zum Eingang auf der rechten Seite. Hier war das Schild an der Wand undeutlich, aber er konnte die fehlenden Buchstaben erraten.

'Schule'.

Der Raum dahinter war genauso abgebrannt wie das Büro, nur, dass hier die Metallgestelle der Schreibtische und Stühle kleiner waren, passend für Kinder, und viele in Reihen aufgestellt waren. An der Vorderseite lehnte eine Tafel schief an der Wand, von der Hitze verzogen.

Unter jedem Schreibtisch befanden sich weitere Ösen, Furchen und Flecken, die Antworten versprachen, die Wren lieber nicht finden wollte. Er fühlte sich noch benommener, als er inmitten dieses verlassenen Raums stand.

Teddys Kontaktmann hatte von Schüssen und

herausgetragenen Leichen gesprochen. Da dachte er an die Obdachlosen, die aus Chicago entführt und zum Sterben hierhergebracht worden waren.

Wie viele Leute hatten hier wohl ihr Leben verloren?

Wren hatte inzwischen eine ziemlich gute Vorstellung von ihrem Vorgehen. Er stellte sich die Schulbänke vor, die mit Masons und Wendys belegt waren, die an den Ketten gezerrt hatten, die an den Ösen befestigt gewesen waren, bis ihre Handgelenke geblutet hatten. Die Kugeln waren aus nächster Nähe in ihre Körper gefeuert worden, hatten Furchen in das Holz gerissen und eisenhaltige Blutflecken hinterlassen, die vom Feuer eingebrannt worden waren.

Jedes Mal ein Massaker. Ein ganzes Zimmer auf einmal.

Aber warum? Wozu die Stühle und Tische, die Aufkleber „Büro" und „Schule"?

Dann fiel ihm eine Antwort ein, die aus diesem Gefühl der Vertrautheit erwuchs, und er musste sich an der Wand abstützen. Solche Szenarien hatte er während seines Force Recon-Trainings schon oft durchgespielt. Auf dem Trainingsgelände der Marines waren ganze Schulen, Kirchen, Bürogebäude und Häuser nachgebaut worden, bevölkert von Unbeteiligten und Zielpersonen, dargestellt von Schauspielern. Bei den Trainingsangriffen hatte er Farbkugeln benutzt, damit niemand wirklich verletzt worden war.

Hier nicht.

Er stellte sich vor, wie er als frischgebackener Rekrut in der Armee des Ordens der Saints mit Stühlen voller schreiender, verzweifelter Opfer zurechtkommen musste. Dies wäre der Augenblick der Wahrheit, wenn er ein Massaker im ganzen Land anzetteln sollte. Ein Erfolg hier würde ihn als Killer abhärten und ihn zu einem Menschen machen, der jeden, der ihm in die Quere kam, ohne zu zögern ausschalten würde.

Die Obdachlosen waren lediglich Kanonenfutter für die Ausbildung einer Armee von Killern.

Ihm war speiübel, aber es passte alles zusammen.

Alles in dem Büchlein deutete auf ein solches Unterfangen hin.

Er stützte sich auf ein Knie, als ihm schwindelig wurde.

Das war also der Anfang: ein Heer von geistig verwirrten Amokläufern, die bereit waren, in Büros und Schulen im ganzen Land ihr Unwesen zu treiben. Unschuldige würden sterben.

Wren war fassungslos. Wie viele solcher Camps gab es im ganzen Land? Wie viele Absolventen? Wie viele Tote?

Da hörte er ein Geräusch von draußen. Wren richtete sich augenblicklich auf.

Jemand war im Anmarsch.

33

DER SEE

Wren lief dahin und hechtete durch das offene Fenster, als das laute Krachen der Gewehrschüsse die Nacht durchzog. Er durchschlug den Rahmen und befand sich einen Augenblick lang in der Luft und im Sturzflug, während er das silberne Mondlicht auf dem Fingersee erblickte, dann schlug er mit der linken Schulter gegen den periskopartigen Schacht.

Das Metall zerbarst und ließ ihn in den Aschehaufen stürzen. Querschläger streiften die Hüttenwand um ihn herum, Mündungsfeuer blitzte aus der Ferne auf.

Wren rollte sich ab und nahm die Beine in die Hand.

Kugeln peitschten in der Nähe, als er sich erst durch die Farne und dann durch den Wald schlängelte und einen uneinsehbaren Weg einschlug, der seine Oberschenkel in Sekundenschnelle zum Brennen brachte. Durch das Unterholz sah er weitere Mündungsfeuer; von der anderen Seite des Sees, aus den Tiefen des Waldes, von jenseits des Sitzkreises um das Feuer.

Die Saints waren überall und zogen sich wie eine Schlinge zusammen.

Wren kam auf den Weg und wich nach rechts in Richtung See aus. Das Adrenalin trieb ihn immer weiter an, bis sich sein linker Oberschenkel wie ein glühender Schürhaken anfühlte.

Er keuchte, stolperte und fiel fast hin. Sein linkes Bein vermochte kaum sein Gewicht zu tragen, und sein Verstand überschlug sich in schnellen Berechnungen, während er über knorrige Wurzeln taumelte. Es musste bloß eine Fleischwunde sein, ein Streifschuss; ein Volltreffer in die Kniesehne hätte ihn auf der Stelle blutend auf die Erde befördert, den Oberschenkelknochen zu Pulver zermahlen.

Trotzdem, das war alles andere als gut. Seine Sicht färbte sich rot, als er zum Ufer taumelte; Adrenalin pochte bei jedem Schritt gegen den Schmerz an. Doch er war kein weiteres unschuldiges Opfer, das zur Schlachtbank geführt wurde. Auch seine Hände waren blutbefleckt, Tausende waren in den Straßen der Pyramide lebendig verbrannt, und seither hatte er Hunderte von Bösewichten auf dem Gewissen.

Diese Möchtegern-Amokläufer wussten nicht, was für eine Wespe sie da gefangen hatten. Schüsse dröhnten vor ihm und Wren entleerte seine M9 in die Körper zweier torkelnder Schatten. Sie gingen zu Boden und Wren stürzte weiter auf einen Kerl am Ufer zu, der sein Gewehr nun wie eine Keule schwang. Wren wich dem Schlag aus und rammte den Lauf der M9 mit einem Aufwärtshieb in das Kinn des Mannes, sodass sich die Mündung in den Kiefer bohrte.

Die Waffe blieb stecken, der Mann fiel zurück und Wren tauchte ab. Er hatte nur einen Augenblick Zeit, um tief einzuatmen, dann umspülte ihn das kalte Wasser des Sees. Mit kräftigen Zügen tauchte er tiefer, seine Hände griffen nach dem glitschigen Seegras am Grund des Sees und orientierten sich nach Gefühl, während seine Lungen schnell zu brennen begannen.

Dreißig Sekunden vergingen schnell und der Drang, das brackige Teichwasser aufzusaugen, pochte in seiner Brust. Eine Minute verging, und jetzt tanzten silberne Lichter hinter seinen Augen, als er seine Arme in einer weiten, stürmischen Bewegung ausbreitete. Anderthalb Minuten? Er musste sich jetzt schon fast in der Mitte des Sees befinden. Sein linkes Bein pochte und der panikartige Drang zu atmen wurde unerträglich.

Überall war Silber. Beinahe ohnmächtig geworden, rollte sich Wren auf den Rücken und ließ seine Lippen durch die Wasseroberfläche brechen, während er nach Luft schnappte. Es kamen keine Kugeln. Er musste sich mitten auf dem See befinden und hoffentlich unsichtbar sein.

Er ließ zehn Atemzüge zu, jeder tiefer als der letzte. Durch den dünnen Schimmer des Wassers verfolgte er die Sternbilder über ihm und richtete seinen Körper neu aus, um Cassiopeia über dem nördlichen Ende des Sees anzusteuern.

Hoffentlich konnte er sich aus dem Wasser retten und zurück zum Jeep gelangen.

Er musste unbedingt die Botschaft verkünden. Humphreys musste das Ausmaß und die Verbreitung des krankhaften Extremismus der Saints erfahren.

Er tauchte wieder ab, schwamm ein Stück geradeaus und tauchte etwa eine Minute später am Nordufer wieder auf. Am Unkraut zog er sich aus dem Wasser, hielt den Kopf gesenkt und atmete kaum. Ganz in der Nähe rief eine Stimme, aber es folgten keine Gewehrschüsse.

Der dunkle Wald öffnete sich und winkte ihn zu sich. Er erhob sich auf seine Füße, humpelte und blutete und rannte.

34

EIN BALKEN

Ein paar Minuten vergingen, dann zwang ein Schwindelanfall Wren in die Knie.

Er griff nach seinem linken Oberschenkel und betastete die zerrissene Jeans und die Verletzung; ein tiefer Schnitt quer über seinen Quadrizeps. Der Knochen darunter war zwar fest und der Muskel nicht allzu sehr in Mitleidenschaft gezogen, aber er verlor eine Menge Blut.

Er zog den nassen, schwarzen Kapuzenpullover aus, schlang ihn um seinen Oberschenkel und verknotete ihn fest über der Wunde.

Von hinten kamen Stimmen. Taschenlampen flackerten durch die Bäume, und er stemmte sich wieder hoch. Seine Möglichkeiten wurden von Sekunde zu Sekunde knapper. Wenn sie seine Spur noch nicht aufgespürt hatten, würden sie das schon bald tun. Mit einem Bein hinter sich herziehend, bahnte er sich einen Weg durch den Teppich aus Tannennadeln.

Seine Finger tasteten wie betäubt in seiner Tasche und holten das Handy hervor. Lichter funkelten über seine Schulter, als er den Einschaltknopf drückte. Der Bildschirm erwachte in einem Regenbogen aus verwaschenen Farben zum Leben, und Wren musste fast lachen.

Er war immer stolz auf seine Stärke gewesen, den Schutz und die Sicherheit, die er den Menschen in seiner Stiftung bot, aber er war sich nie darüber im Klaren gewesen, wie abhängig er tatsächlich war. Er hatte die Pyramide überlebt, aber ohne Tandrews Hilfe wäre er vielleicht ein ganz anderer Mann geworden; vielleicht verzweifelt wie Eustace, verdreht wie Teddy und Cheryl. Das System der Münzen gab ihm das Gleiche wie seinen Mitgliedern: einen Anker in einer Welt, die ihn nie wirklich gewollt hatte.

In Wahrheit brauchte er ihre Hilfe genauso sehr, wie sie ihn brauchten.

Er tippte auf den Bildschirm des Handys, um einen letzten Funken Leben aus ihm herauszukitzeln, und irgendwie funktionierte das auch. Das Kaleidoskop aus Farben verengte sich auf einen brauchbaren Bereich des Bildschirms. Er drückte es dicht an seine Brust, um das Licht zu verbergen, und checkte den Empfang.

Ein einziger Empfangsbalken.

Mit steifen Fingern tippte er Humphreys' Direktnummer ein. Lange Sekunden vergingen und Stimmen kamen in der Dunkelheit näher, dann gab es ein Klicken, aber niemand meldete sich.

„Humphreys?", flüsterte er.

„Ja, Wren", kam Humphreys' Bariton. Er klang müde. „Wir haben genug von diesen Spielchen. Nächstes Mal bin nicht ich es, der rangeht. Ich werde der sein, der Ihnen Handschellen anlegt und Sie in die Dunkelheit begleitet. Und anschließend erblicken Sie nie wieder das Tageslicht."

Wren brauchte einen Augenblick, um zu begreifen, was Humphreys da gesagt hatte. „Was?"

„Der Orden der Saints? Den gibt es nicht, Wren. Die einzige Gruppe, von der wir wissen, dass sie viele Mitglieder hat und ein potenziell atomares Ziel verfolgt, ist Ihre eigene. Sie lachen sich jetzt wohl ins Fäustchen, oder Sie sind tatsächlich durchgeknallt. In der Villa hat es keine Leichen gegeben, und in dem BMW waren nur Ihre eigenen Fingerabdrücke und Ihr Handy. Theodore Smithely III und Cheryl Derringer, die Leute, die Sie erwähnt haben? Die beiden werden vermisst, aber soweit wir das beurteilen können, haben sie mit der ganzen Sache nichts zu tun, außer vielleicht mit Ihren Ermittlungen gegen die Nachahmungstäter der Ripper Crew. Haben Sie auf diese Weise Ihre 'Stiftung' aufgebaut, Wren? Indem Sie schutzbedürftige Leute für die Ermittlungen des FBI einspannen? Das ist einfach ekelhaft."

Wren konnte sich auf all das keinen Reim machen. Atomare Ziele? „Man hat auf mich geschossen", stieß er schließlich hervor. „Haben Sie meinen Standort? Vielleicht anderthalb Kilometer nördlich des Alden Lake, in der Nähe des verlassenen Sommerlagers, das der Orden der Saints benutzt hat, zehn Kilometer westlich von Two Harbors, Minnesota. Haben Sie das verstanden, Humphreys?"

Jetzt klang Humphreys ziemlich durcheinander: „Ja, das habe ich verstanden. Aber was soll das heißen, Sie sind angeschossen worden?"

„Ich jage den Orden. Oder sie jagen mich." Er konnte kaum verhindern, dass ihm ein hohes Lachen entfuhr. „Ich habe mit eigenen Augen gesehen, was sie hier abgezogen haben, Humphreys. Sie benutzen Obdachlose, um an ihnen Schießübungen durchzuführen. Ein Raum war wie ein Klassenzimmer eingerichtet, der andere wie ein Büro, in dem die Opfer angekettet worden sind, bevor sie die Schützen hineingelassen haben. Sie haben ihre Leute darauf trainiert, skrupellos zu töten."

Humphreys entgegnete nichts. Vielleicht war ja der Empfang schon weg.

„Haben Sie das gehört? Das sind die Vorbereitungen für eine Welle von Massenmorden, Gerald. Wie in dem Büchlein, das ich Ihnen geschickt habe. Sie ...", er brach ab und vergaß in der Dunkelheit des Waldes kurz, was er hatte sagen wollen. „Sie versuchen, einen Bürgerkrieg anzuzetteln, indem sie einen

Amokläufer nach dem anderen ausbilden. So wie die Hutus die Tutsis getötet haben. Das steht uns bevor. Ich habe eine …"

Er hielt inne, als kurz eine Taschenlampe vor ihm aufleuchtete und durch die Bäume verschwand. Hatte man ihn gesehen? Er stolperte weiter. Ihm ging noch etwas ganz Anderes durch den Kopf, aber das konnte er im Augenblick nicht recht fassen.

„Was auch immer jetzt passiert", fuhr er fort, „ich bin nicht schuld daran, Humphreys. Es sind die Saints, und die sind überall. Sie müssen sie aufhalten."

Eine weitere Pause, dann meldete sich Humphreys zurück: „Sind Sie in Gefahr?"

Wren fühlte sich schwindlig. Die Stimmen kamen immer näher. „Wenn Sie eine Evakuierung per Hubschrauber zu mir schicken könnten, wäre das eine Riesenhilfe. Dafür wäre ich Ihnen sehr dankbar."

„Das lässt sich einrichten. Was können wir sonst noch tun, Chris? Wenn Sie es wirklich nicht sind, wo sollen wir dann suchen?"

Wren lachte und weitere Blitzlichter tanzten um ihn herum. Er ließ sich auf die Knie sinken und legte sich flach auf die Tannennadeln. So war er schwerer zu sehen, was ihm ein paar Sekunden mehr einbrachte.

„Keine Ahnung." Er zerbrach sich den Kopf. Da war noch irgendwas, aber er war sich nicht sicher. Etwas, das Humphreys gesagt hatte, oder Dr. Ferat, oder … „Vandenberg!", zischte er scharf und lenkte damit die Strahlen der Taschenlampe in seine Richtung. „Wenn es sich um einen Bürgerkrieg mit Handfeuerwaffen handelt, werden sie es nicht auf die Atomwaffen abgesehen haben. Vielleicht ist das ihr Hauptquartier an der Westküste. Gibt es dort irgendwelche extremistischen Gruppen?"

„In Vandenberg? Ich gehe der Sache mal auf den Grund. Und Chris …"

Das Handy erstarb in seinen Händen.

Wren versuchte aufzustehen, aber seine Glieder bewegten sich kaum. Er hatte das Gefühl, auf einer grauen Welle der

Bewusstlosigkeit zu surfen. Er hatte viel zu viel Blut verloren, und ...

War das etwa das Geräusch eines herannahenden Hubschraubers?

Er blickte durch das dichte Blätterdach der Bäume nach oben und erkannte einen schmalen Streifen von Sternen, der sich über den Himmel schlängelte. Als Kind hatte er denselben Himmel gesehen, ohne zu wissen, wer er war, worauf er zusteuerte und wovor er floh.

Wusste er es jetzt besser?

Plötzlich tauchten grelle Lichtkegel von Taschenlampen auf. Eine Stimme rief: „Er ist hier!"

Stiefel stapften heran. Wren sah den ersten von ihnen näherkommen, während seine Gedanken zu den letzten vier Wochen zurückschweiften.

„Loralei?", fragte er und blickte in das Licht. „Bist du das?"

Starke Hände fuhren unter ihn, hoben ihn hoch und trugen ihn durch die Dunkelheit zu seiner Familie, zu Loralei, Jake und Quinn. Dann schloss sich eine Hand um seine Kehle, drückte zu und beförderte ihn durch die schwarze Tür ins Nichts.

35

ABGETAUCHT

WREN KAM in einem Metallstuhl zu Bewusstsein und hatte Loraleis Namen auf den Lippen. Es kam nur ein Krächzen heraus, aber natürlich war sie nicht da.

Nun saß er nackt und frierend in einer weißen Zelle, die vielleicht anderthalb Quadratmeter groß war, umgeben von Spiegeln, hellem Licht und dem hämmernden Bass einer sich wiederholenden Trance-Musik. Er ruckte, um sich zu befreien, aber seine Hand- und Fußgelenke waren mit engen Lederschnallen gefesselt.

Sein verletztes linkes Bein war verbunden und verschiedene Verletzungen auf seiner Brust und seinen Armen waren mit Mullstreifen zugeklebt. Unter ihm befand sich eine Öse, die in den kalten Fliesenboden eingelassen war.

Er musste fast lachen. Er hatte es endlich in den Orden der Saints geschafft.

Dann überkam ihn die kalte Wirklichkeit.

Mittlerweile wusste er, wozu sie fähig waren. Bilder aus Camp Alden tauchten in seinem Kopf auf: Ösen, Flecken und Einschussfurchen. Er stellte sich vor, wie Mason und Wendy durch dieses brutale System gezwungen worden waren.

Und nun befand auch er sich in diesem System. Mit ziemlicher Sicherheit würden sie ihn foltern.

Er war schon oft genug gefoltert worden, um zu wissen, dass jeder mit der Zeit zerbrach. Man konnte nur überleben, wenn man den Spieß umdrehte, aber dazu brauchte man die nötigen Informationen.

Wren betrachtete das verspiegelte Glas.

Er wusste so einiges. Camp Alden. Ihr Manifest. Vandenberg. Wenn er diese Informationen zum richtigen Zeitpunkt nutzte, konnte er vielleicht eine Lücke aufreißen, die den ganzen Orden umstürzen würde.

Hier fing es an: ein weißer Raum, eindeutig ein besonderer Raum für Verhöre. So etwas hatte es weder im Lagerhaus in Utah noch in Camp Alden gegeben. Wahrscheinlich besaßen die Saints nur ein oder zwei solcher Räume in der gesamten Organisation.

Dies war ihr Hauptquartier. Nach den Rötungen der frischen Kratzer auf seiner Brust zu urteilen, waren sie nicht weit von Camp Alden entfernt, höchstens ein paar Stunden.

Chicago war sieben Stunden entfernt und daher unwahrscheinlich. Damit blieb nur noch eine große Stadt in Reichweite: Minneapolis.

Für den Anfang ein beeindruckender Bluff.

Die Kälte sickerte immer tiefer in ihn ein und er fröstelte. Die Musik wurde lauter, dann öffnete sich die Tür und ein intensives, weißes Licht flutete herein, das ihn kurzzeitig blendete, als zwei Gestalten durch die Tür traten.

Das war so ziemlich das Schlimmste, was er befürchtet hatte.

Teddy.

Er stolperte nackt und geknebelt herein, die Hände auf den Rücken gefesselt, aber gerade noch am Leben. Seine Haut war aschfahl, sein Kopf war mit blutgetränkten Verbänden umwickelt und sein linkes Auge war zugeschwollen. Sein rechtes Auge bewegte sich unkontrolliert.

Wren war fassungslos, dass er bei Bewusstsein war und gehen konnte, geschweige denn lebte.

Neben ihm trat eine Frau ein, hochgewachsen und bildhübsch, mit blasser Haut, grünen Augen und blondem Haar. Sie trug einen eng anliegenden marineblauen Anzug, der ihre Figur betonte, und an ihrem Hals befand sich eine längliche Narbe, die von einem Brandeisen zu stammen schien.

Wren hatte nur Augen für Teddy. „Theodore, ich bin's, Chris. Ich bin hier. Du wirst wieder gesund."

Teddys kullernde Augen hielten für einen Augenblick inne und sahen Wren beinahe an, dann wurde er von zwei Wachleuten grob in die Knie gezwungen. Sie trugen schwarze Kampfanzüge und ihre Gesichter waren von weiteren länglichen Narben gezeichnet; vielleicht ein Hinweis auf eine Art Kultritus.

„Nehmt eure Hände von ihm", knurrte Wren, der seinen Ärger nicht zurückhalten konnte, aber die Wachen schenkten ihm keine Beachtung. Sie banden Teddys gefesselte Handgelenke mit einem Kabelbinder an einer Öse im Boden fest, dann gab die Frau ihnen ein Zeichen und sie zogen ab.

Teddys Kopf neigte sich nach vorne.

„Theodore", rief Wren, und Teddy versuchte, den Kopf zu heben, um ihn anzusehen, aber die Frau trat hinzu, packte ihn an den Haaren und drückte seinen Kopf nach unten.

„Mein Name ist Sinclair", erklärte sie mit einer knappen, hochtrabenden Stimme. „Ich werde Ihnen jetzt einige Fragen stellen und Sie werden sie beantworten."

Die dröhnende Musik hörte abrupt auf und hinterließ eine Stille, die nur durch Teddys schweres Atmen unterbrochen wurde. Wren richtete seinen Blick auf sie und unterdrückte seine Wut. Sich jetzt aufzuregen, würde niemandem helfen. Dies war eine Machtdemonstration, und wie um das zu unterstreichen, zog die Frau ein Messer aus einem Holster an ihrer Hüfte.

„Wenn Sie ihm was antun, bringe ich Sie eigenhändig um", fauchte Wren. „Dann gibt es keine Gnade für Sie oder irgendeinen anderen Saint."

Ihre Lippen verzogen sich zu einem Lächeln. „Zu spät. Ich

habe ihm schon wehgetan. Das mache ich schon seit Stunden. Ich kann ihm auch noch mehr wehtun, wenn das hilft."

Sie schüttelte Teddys Kopf an den Haaren. Er gab keinen Laut von sich, war zu erschöpft, um zu widersprechen, aber die mit Blut vermischten Schweißtropfen verteilten sich auf dem weißen Boden und bildeten rosafarbene Flecken.

„Ich helfe Ihnen kein Bisschen, wenn er stirbt", verkündete Wren. „Er braucht dringend ein Krankenhaus."

„Natürlich braucht er das. Aber wir bekommen nicht immer, was wir brauchen, nicht wahr, Pequeño 3?"

Wren blinzelte. Er konnte nicht ganz glauben, dass sie das gerade gesagt hatte.

Pequeño 3.

Das war der Name, unter dem er in der Pyramide bekannt gewesen war. Er bedeutete „Kleiner 3" auf Spanisch, und nicht einmal James Tandrews hatte ihn gekannt. Niemand hatte ihn je zu hören bekommen. Er hatte ihn seit fünfundzwanzig Jahren nicht mehr laut ausgesprochen gehört.

„Woher kennen Sie diesen Namen?"

Sinclairs Lächeln wurde breiter. „Wir wissen alles über Sie, Christopher Wren. Das Wunderkind der CIA, der 'Saint Justice' persönlich. Der Fluch der Terroristen weltweit. Überlebender von Amerikas schlimmstem Todeskult, der Pyramide."

Wren erwiderte ihren Blick. Sie hatte ihn angestachelt und es hatte geklappt. „Was wissen Sie über die Pyramide?"

„Mehr als Sie, nehme ich an", antwortete sie abschätzig. „Und auch über Ihre Stiftung. Wir wissen, dass er einer von euch ist." Sie schüttelte Teddy noch einmal unsanft den Kopf. „Wir haben eine Drei-Jahres-Münze in seiner Tasche gefunden. Was für ein interessantes System, vielleicht etwas einfach gestrickt, aber das könnten wir in Zukunft anpassen. Auf jeden Fall einfacher als Branding."

Sie strich mit den Fingern über die Narbe an ihrem Hals.

„Wenn er stirbt, gibt es kein Münzsystem, weder für Sie, noch für Ihre Organisation. Ich sorge dafür, dass jeder eurer Saints in der Hölle schmort, genau wie die Pyramide."

Sinclairs Lächeln verblasste. „Tatsächlich? Das ist doch eine leere Drohung, Pequeño. Sie sollen ein wahrer Experte für Motivation sein, aber jetzt haben Sie schon zweimal lediglich eine Bestrafung angeboten. Wo ist meine Belohnung, wenn ich ihn laufen lasse?"

Ihr Lächeln war verschwunden, aber Wren sah die Belustigung in ihren Augen. Sie machte sich überhaupt keine Sorgen. Das war entweder hart erarbeitetes Selbstvertrauen oder Selbstgefälligkeit. Er entschied sich für Letzteres.

„Ich schließe mich euch an."

Sie lachte: „Sie gesellen sich zu uns?"

„Die CIA und das FBI hassen mich. Die beiden sind gerade auf der Jagd nach mir. Der Feind meines Feindes ist mein Freund. Es ist egal, ob ich sie verrate, und euch könnte ich helfen."

Sie schüttelte Teddys Kopf noch einmal leicht. „Ich fürchte, Sie müssten erst ein Glaubensbekenntnis ablegen, um irgendetwas zu verraten, oder? Meinen Sie nicht auch, Theodore?"

Teddy stöhnte auf.

Sie nickte, erfreut über seinen Gehorsam. „Wir wissen beide, dass Sie ein gesetzloser Rächer sind, Pequeño, der nur aus Bequemlichkeit für die CIA arbeitet. Das ist doch die Geschichte Ihres Lebens, nicht wahr? Nach der Pyramide wollten Sie einfach Leute umlegen, und wer hätte Ihnen das verdenken können? Die CIA hat Ihnen einfach die Erlaubnis dazu gegeben." Sie trat einen Schritt näher und zog Teddys Kopf zu sich heran. „Aber es stimmt, wir könnten einen Kerl wie Sie es sind gebrauchen. Einen Killer, der seinen Platz kennt. Sie könnten ein wichtiges Werkzeug für uns sein." Ihre Augen verengten sich. „Aber würden Sie Ihren Platz kennen?"

„Ich passe da schon rein", antwortete Wren. „Bringen Sie den Alpha her. Ich küsse seinen Ring."

Sie lachte wieder: „Und woher wollen Sie wissen, dass ich nicht der Alpha bin?"

Darauf antwortete Wren nicht. Das war an ihrer Haltung zu erkennen. Er hatte schon viele Sektenführer gesehen, und sie alle hatten einen Raum durch die Kraft ihrer Vision beherrscht. Sinclair besaß zwar Ausstrahlung und Autorität, aber ihren Augen fehlte das Licht des wahren Wahnsinns.

„Es muss der Alpha sein."

Ein Anflug von Verärgerung ging über ihr Gesicht, aber sie unterdrückte ihn schnell wieder. „Vielleicht lässt sich das ja einrichten. Aber lassen Sie uns klein anfangen. Sagen Sie schon, warum haben Sie uns gejagt?"

Wren wog eine Lüge ab und verwarf sie wieder. Sie wäre viel zu leicht zu überprüfen gewesen. „Kein besonderer Grund. Sie haben mit Ihrer Einschätzung ganz recht. Eure Vikings haben meinen Truck gestohlen, und das war mein Vorwand. Ich habe einfach angefangen zu töten und habe dann einfach nicht mehr aufhören können."

Sinclair drückte Teddys Kopf nach unten, was ihm ein Stöhnen entlockte, und trat einen Schritt näher an Wren heran. „Sie haben ja eine Menge Männer für einen Truck umgelegt."

„Er hat mir gehört. Sie hätten ihn nicht mitnehmen dürfen."

Dann beugte sie sich vor, so nah, dass Wren sie fast mit einem Kopfstoß erreichen konnte, bis sie die Klinge leicht auf seine Brust legte. „So ist es gut, Pequeño. Stolz. Ehre. Das wissen wir alles. Wir wissen, dass die CIA Sie wegen Ihres Stolzes gefeuert hat. Sie sind jetzt ein Ronin, nicht wahr? Ein herrenloser Samurai, der auf einem Meer von Leuten schwimmt, denen es egal ist, was Sie für sie getan haben. Ihre Opfer. Sie sind verloren."

„Es ist echt beschissen", gab Wren zu.

„Das liegt daran, dass ganz Amerika ein Mythos ist. Es ist nicht echt. Es ist eine Geschichte, die wir uns selbst erzählen, aber sie gewährt der Ausbeutung durch die Hintertür Einlass. Wir sehen sie nicht, wenn sie uns in den Rücken fallen."

Wren blickte ihr in die grünen Augen. „Fahren Sie doch fort."

Sie lehnte sich noch näher heran, so nah, dass Wren ihr mit seinen Zähnen die Kehle hätte herausreißen können, wenn nicht das Messer zwischen ihnen gewesen wäre. „Ich würde Ihnen ja zu gerne glauben, Pequeño 3. Sie sind ein kluger Mann. Ein Mann mit der Fähigkeit zur Manipulation. Wenn Sie genug Brandzeichen haben, um Ihre Vergangenheit zu überschreiben, könnte der Orden Sie vielleicht tatsächlich aufnehmen. Ein neuer Saint für den kommenden Krieg."

„Bringen Sie mir die Papiere, ich werde sie sofort unterschreiben."

Sinclair beugte sich näher und lehnte ihre heiße Brust gegen seine. Ihr Duft war überwältigend, Parfüm, Schweiß und der scharfe Geruch von Teddys Blut. Schrecken brachte die ureigenen Sexualpheromone zum Vorschein; Erregung war ein Zustand, der mit so vielen anderen Gefühlen verbunden war.

„Können Sie mein Brandzeichen lesen?", flüsterte sie.

Sie reckte ihr Kinn in einer weiteren Machtdemonstration in die Höhe. Wren neigte den Kopf, um die Großbuchstaben zu lesen, die in ihren ansonsten makellosen Hals eingebrannt waren.

SIC SEMPER TYRANNIS

„Tod den Tyrannen", übersetzte er. „Das hat John Wilkes Booth ausgerufen, nachdem er Lincoln erschossen hatte."

Sinclair lächelte und brachte ihre Lippen bis auf wenige Zentimeter an seine heran, ihre Augen so nah, dass er die Hitze ihrer Wangen spürte. „Das sollte Ihnen eigentlich gefallen. Ihr Vater war doch auch ein Tyrann, nicht wahr?"

„Er war ein Wahnsinniger mit Ausstrahlung. Ich bin sicher, Ihr Alpha hat einen guten Grund für das, was er tut. Warum er eine Armee ausbildet, um einen Bürgerkrieg auszulösen."

Sie lachte: „Jetzt fischen Sie aber im Trüben, oder? Alles, was Sie wissen müssen, habe ich Ihnen doch schon gesagt. Wir sind die Saints. Wir beschützen echte Amerikaner. Den kleinen Mann. Und dabei können Sie mithelfen."

Sie lächelte, fast so, als wollte sie ihn dazu provozieren, sie herauszufordern, aber Wren war fest entschlossen, seine Rolle in dem Drehbuch zu spielen, das sie ihm vorgegeben hatte. „Wie?"

„Fangen Sie im Kleinen an", antwortete sie und zog sich

etwas zurück. „Verraten Sie uns, wer hinter uns her ist. Sagen Sie uns, was sie bis jetzt wissen. Und dann sehen wir weiter."

Wren musterte sie. Diese Macht besaß er, auch wenn sie nur klein war. Das brauchten sie von ihm. „Lassen Sie mich mit dem Alpha sprechen. Dem werde ich alles erzählen."

„Mir wollen Sie es nicht sagen?" Sie klang verletzt.

„Es muss der Alpha sein."

Sinclair zog sich zurück. „Also gut."

Dann hob sie das Messer hoch und ließ es mit voller Kraft hinuntersausen, bevor Wren etwas sagen konnte. Der Metallgriff traf Teddy am Hinterkopf und schleuderte ihn nach vorne. Sein rechtes Auge kullerte nach hinten und er sackte unnatürlich nach vorne, bewusstlos und nur durch seine an der Öse befestigten Handgelenke aufrecht gehalten.

Wren war angewidert.

Sinclair sah ihn an und durchtrennte den Kabelbinder, mit dem Teddys Handgelenke an der Öse befestigt waren, ohne den Blick abzuwenden. Er knallte mit dem Gesicht auf den harten, weißen Boden.

„Vielleicht überlebt er", antwortete sie beiläufig, als hätte sie gar nichts getan, „vielleicht auch nicht. Das liegt allein in Ihrer Hand."

Damit verschwand sie aus dem Zimmer.

Wren blieb allein mit Teddy zurück, der mit dem Gesicht nach unten auf dem Boden lag, aus dem Kopf blutete und kaum noch atmete.

36

PYRAMIDE

IM RAUM WURDE es kälter und die Musik wurde lauter. Die Lichter begannen in unvorhersehbaren, verrückten Mustern zu blinken. Teddy lag regungslos auf dem Boden, sein Brustkorb hob und senkte sich nur in winzigen Zügen und er reagierte nicht darauf, wenn Wren seinen Namen rief.

Wren musste dringend nachdenken, aber die Kälte und der Lärm zehrten an ihm. Er schloss die Augen und versuchte, seine Atmung wieder in den Griff zu bekommen und sich zu entspannen. Allmählich senkte er seinen Herzschlag und verminderte das Zittern, bis der hämmernde Schlag und die blinkenden Lichter ganz weit weg schienen.

Es musste dieses Spiel doch gewinnen können. Einen Ausweg für ihn, eine Möglichkeit, Teddy zu retten. Er besaß nur ein Druckmittel: das, was er über Humphreys Ermittlungen wusste. Das musste er sich für den richtigen Augenblick aufheben, in dem es eine Rolle spielte.

Er nahm kaum wahr, dass die blinkenden Lichter und die Musik plötzlich verstummten.

Der erste Schlag traf ihn direkt an der Stirn. Er öffnete die Augen und gab sein Bestes, um dem zweiten Schlag auszuweichen, als dieser in sein Kinn einschlug.

Ein großgewachsener Kerl mit golden schimmernder Haut stand an der Tür und betrachtete ihn interessiert. Er trug ein weißes Hemd, das am Hals offen war, eine dunkle Hose und schwarze Schuhe mit Flügelspitze. Jeder Zentimeter an ihm war tadellos gepflegt, mit einem verwegenen Seitenscheitel in seinem dichten, blonden Haar, einer schmalen Nase, eigenartigen blauen Augen und einem kantigen Kinn. Er trug kein sichtbares Brandzeichen. Er musste Anfang dreißig sein und besaß noch immer die unbeschwerte Lebenskraft der Jugend mit seinen kräftigen Armen und einer breiten Brust.

Der Mann, der auf Wren einschlug, war jünger, und er kam ihm irgendwie bekannt vor. Sein Gesicht war übersät mit Narben von den Brandzeichen SIC SEMPER TYRANNIS, die sich in einer Krone aus dornigen, weißen Knoten um seine Kopfhaut abzeichneten. Wrens Augen weiteten sich.

Konnte das wirklich wahr sein?

Ein weiterer Schlag, der seinen Kopf zurückwarf. Der Mann mit der goldschimmernden Haut machte einen Schritt nach vorne.

„Von nun an läuft es nicht mehr so gut für Sie", verkündete er mit einem satten, selbstbewussten Bariton. Wren erkannte ihn von dem Anruf, den er in Teddys Villa entgegengenommen hatte, die Art von Stimme, die zu einem selbsternannten Selbsthilfeguru gehörte. „Wir nehmen Sie auseinander, wie wir das schon oft getan haben. Sie kennen das ja."

Wren hustete und spuckte Blut und hatte Mühe, nicht nach Luft zu ringen. „Ich habe Sie durchschaut."

„Ach ja?" Der Mann klang neugierig. „Dann mal los."

Wrens Gedanken überschlugen sich. Dieser Mann sah aus wie ein Sektenführer, und wenn man eine Sekte zu Fall bringen wollte, begann man am besten an der Spitze. Zeit, ein bisschen was zu riskieren. „Ich weiß, dass Sie aus der Gegend sind. Minneapolis. Was für eine schlechte Wahl für ein Hauptquartier: zu weit nördlich, zu wenige Städte, die man erobern kann, und im Westen nichts als die weiten Ausläufer der Dakotas. Sie hätten besser Chicago oder Indianapolis als Basis wählen sollen. Zu verdammt kalt. Aber das haben Sie nicht, denn hier ist Ihr Zuhause."

Die seltsamen blauen Augen des Mannes flackerten einen Augenblick lang. Treffer.

„Vermutungen", sagte er. „Und völlig daneben."

„Fehlanzeige", fuhr Wren fort. „Ich habe alles über Sie herausgefunden. Ihr Lieutenant Sinclair wollte etwas über meine Stiftung wissen? Die sind schon unterwegs und machen Ihre Organisation dem Erdboden gleich, zusammen mit dem FBI. Sie sollten abhauen, solange Sie noch können, vielleicht nach Kanada auswandern. Wir sind hier nahe der Grenze. Aber wir haben ein Auslieferungsabkommen." Er sog die Luft durch seine Zähne ein. „Pech gehabt. Sie werden Sie auch dorthin verfolgen. Genau wie ich."

Der Kerl mit der goldschimmernden Haut nickte, und Narbenmann traf Wren hart in den Bauch. Sekundenlang war er kurz davor zu ersticken.

„Leere Drohungen", stieß der Goldene hervor. „Taschenspielertricks. Ich weiß doch ganz genau, dass Sie nicht auf Anweisung des FBI oder mit Hilfe des FBI arbeiten. Die jagen Sie, nicht mich. Ihr Direktor für Sondereinsätze, Gerald Humphreys, hat seit drei Wochen eine bundesweite Fahndung nach Ihnen herausgegeben, seit Sie nach Ihrer 'Kündigung' in New York verschwunden sind. Aber sie haben keine Ahnung, wo Sie sich befinden und wo wir sind. Sie sind blind. Und was ist mit Ihrer Stiftung?" Er deutete auf Teddy neben seinen Füßen. „Ich fürchte, die hat sich erledigt."

Jetzt lächelte Wren und bekam seine Atmung wieder unter Kontrolle. „Sie haben mich also doch gegoogelt."

„Dafür habe ich nicht nur Google benutzt, Pequeño 3. Ziemlich eindrucksvolle Akte, die Sie da haben."

Wren verzog das Gesicht. Da war wieder dieser Name; ein Name, den eigentlich niemand kennen sollte. „Ich wette, die ist doch gar nichts im Vergleich zu Ihrer. 'Einen Bürgerkrieg anzetteln' wird sicher ein interessanter Eintrag in Ihrer Strafakte sein."

„Wer hat denn behauptet, dass ich einen Krieg anzettle?", fragte der Mann, aber in seinen Augen lag jetzt eine gewisse Belustigung, und das war für Wren die Bestätigung. Alle Sektenführer berauschten sich an der Macht. Selbst wenn es nicht das war, was sie anfangs angestrebt hatten, wurden sie doch bald süchtig danach.

„Ich." Wren fiel der Name des Autors des Büchleins ein. „Sie sind der Alpha, der die Kontrolle über Leben und Tod ausübt. Die Brandzeichen sind nur ein Zeichen dafür. Ich kann sie an Ihrem Jungen hier sehen. Ich nehme an, er hat sich gewehrt?" Er deutete mit einem Nicken auf den entstellten Schläger. „Sogar Sinclair hatte eins. Alle, außer Ihnen."

„Nicht im Gesicht."

Wren lachte spöttisch: „Das ist wahre Verbundenheit. Sie wollten den Schmerz spüren, aber ohne die Nachteile. Es ist schon schwierig, mit einem Brandzeichen im Gesicht einen Job zu finden."

Nun war der Gesichtsausdruck des Alphas nicht mehr so erfreut. Schon besser. Eine Abwehrhaltung, die Wren einen Vorteil verschaffte. „In Wahrheit sind Sie doch bloß nur ein weiterer Junkie", betonte er, „wie all die Sektenführer vor Ihnen auch. Mehr Macht, mehr Bewunderung, mehr Liebe." Dabei spuckte er einen weiteren Batzen Blut aus. „Haben Sie auch mit allen Sex?" Er sah den Schläger an und deutete mit einem Nicken auf den 'Alpha'. „Hat er? Das kommt schon noch. Und der Bürgerkrieg? Einen Junkie kann man nicht besser beglücken als mit sowas. Menschen, die auf Ihren Befehl hin sterben, sind doch ein Wahnsinnstrip, und Menschen, die in Ihrem Namen töten, müssen für einen Spinner wie Sie doch den größtmöglichen Nervenkitzel darstellen."

Das Gesicht des Alphas blieb ausdruckslos und unbeeindruckt. „Ehrlich gesagt, habe ich was Besseres erwartet."

„Also wie wäre es damit", drängte Wren weiter. „Sie hätten nie gedacht, dass die Sache so groß werden würde, aber irgendwann sind die Dinge außer Kontrolle geraten und es war zu spät für Sie, einen Rückzieher zu machen. Aber es gibt auch keinen richtigen Plan, also unterhalten wir uns doch mal darüber, was nach Ihrem Krieg passiert. Nehmen wir an, Sie stürzen die Regierung und schreiben die Verfassung neu. Sie verteilen Ihr Konterfei in allen Schulen, Postämtern und Polizeistationen. Dann folgen Massenschulungen, Straflager für Widerspenstige, Umerziehung und weltweite Ausbreitung. Trifft es das ungefähr?"

Diesmal schwieg der Alpha. Er machte ein beeindruckendes Pokerface, das es unmöglich machte, ihn zu durchschauen. „Das ist ja nichts Neues", stellte Wren fest. „Aber irgendwann werden die Leute von ihnen abfallen, und das werden Sie nicht ertragen können. Dann wird es richtig ungemütlich, wie in Jonestown." Er lächelte. „So läuft es am Ende immer ab. Junkies können gar nicht anders. Wenn Sie erstmal Ihre erste Million unter die Erde gebracht haben, wie können Sie sich da mit weniger zufriedengeben? Sie brauchen den Gehorsam, Sie brauchen den Beweis für selbstlose Liebe, und es gibt keinen besseren Beweis als Massenselbstmord." Er holte tief Luft. „Sie wissen ja, dass ich bei der Pyramide war, also wissen Sie auch, dass ich aus Erfahrung spreche. Ich schlage vor, dass wir direkt zum großen Finale übergehen, mit Ihnen in der ersten Reihe."

Der Alpha biss die Zähne zusammen. „Küchenpsychologie. Ich könnte zu einer Wahrsagerin auf der Straße gehen und würde das Gleiche zu hören bekommen. Die Pyramide hat Ihnen doch sicher mehr beigebracht?"

Wren schnaubte. Da war sie wieder, die Pyramide. „Sie haben sich also umgehört und etwas über meine Vergangenheit herausgefunden."

Da beugte sich der Alpha vor und griff nun wieder an: „Da habe ich gar nicht lange suchen müssen, Christopher. Stellen Sie sich doch mal meine Überraschung vor, als in den Nachrichten berichtet worden ist, dass Sie die Vikings zur Strecke gebracht haben. Da war ich bereits im Bilde."

Wren runzelte die Stirn. „Blödsinn. Es gibt keine Spur zur Pyramide. Es gibt keine Überlebenden; alle haben sich bei lebendigem Leib mit selbstgemachtem Napalm verbrannt. Die Stadt ist ein Trümmerfeld, es ist nichts mehr übrig."

Nur war das vielleicht nicht ganz richtig. Es hatte da jemand gegeben, dessen Verbleib nie ganz geklärt werden konnte …

Der Alpha grinste: „Kein Blödsinn. Ich habe großartige Neuigkeiten, Christopher. Ihr Vater hat die Pyramide überlebt. Und ich habe ihn wissen lassen, dass Sie hier sind. Er ist äußerst interessiert, das kann ich Ihnen sagen."

„Sie lügen doch", spuckte Wren, obwohl sich sein Herzschlag bereits beschleunigt hatte. „Der ist tot."

Das Grinsen verschwand aus dem Gesicht des Alphas und er wirkte unheilvoll aufrichtig. „Glauben Sie das wirklich? Glauben Sie, ich kenne Sie nicht, Pequeño 3? Ich wüsste nicht, was er Ihnen angetan hat und wozu er Sie gezwungen hat? Und woher sollte ich das sonst wissen, wenn nicht direkt aus seinem Mund?" Jetzt hielt er inne, seine blauen Augen bohrten sich in Wren. „Und was sagt das jetzt über Ihr Bild von mir aus?"

Das ließ Wren erschaudern. Innerlich verlor er den Boden unter den Füßen.

Dieser Name tauchte in keiner Akte auf, die Wren je gefunden hatte. Und er hatte viel Zeit und Mühe darauf verwendet, alle Aufzeichnungen über die Pyramide zu vernichten. Bedeutete das also …

Die Augen des Alphas funkelten. Wren spürte, dass er hier auf verlorenem Posten stand. Es spielte keine Rolle, dass keine Fragen gestellt worden waren, dass er nichts von Bedeutung preisgegeben hatte; er hatte mit seinem Schweigen einfach alles ausgeplaudert. Das hatte seine Schwäche gezeigt, den Schlüssel zu dem, was er war. Dieser Mann kannte ihn besser als er sich selbst.

„Es scheint, ich habe Ihnen ein paar Denkanstöße vermittelt. Mal sehen, was die bei Ihnen noch so alles auslösen."

Der Alpha wandte sich zum Gehen, und der nächste Treffer des Schlägers traf Wren erneut in den Bauch und trieb ihm die Luft aus den Lungen.

37

SCHLÄGE

Die Schläge kamen und gingen stufenweise: ein verunsichernder Klaps auf das Ohr, ein Stoß gegen das Brustbein, ein Tritt gegen den Oberschenkel. Der junge Mann mit den Narben bewegte sich ständig um Wren herum und suchte nach Schwachstellen.

Immer wenn Wren dachte, er hätte den Rhythmus raus, änderte sich das Tempo, manchmal unterbrochen von langen Minuten quälender Spannung. Wren versuchte, die Gedanken an die Pyramide und seinen Vater beiseitezuschieben und betrachtete den jungen Mann, wann immer er konnte.

Längliche Brandzeichen hatten sein hübsches Gesicht verunstaltet. Sie besagten alle das Gleiche. SIC SEMPER TYRANNIS. Indem diese Botschaft wieder und wieder eingeprägt worden war, hatte sie den Mann verändert. Weitere Schläge folgten, aber Wren bemerkte sie kaum. Die Worte, die in seinem Kopf brannten, waren viel schlimmer.

Pequeño 3.

In der Blütezeit der Pyramide hatte es Dutzende von Pequeños gegeben. In heruntergekommenen Hütten in der wilden Wüste von Arizona, abgeschottet von der Welt, waren sie der Gnade seines Vaters völlig ausgeliefert gewesen.

Die Spitze der Pyramide. Der Anführer von Amerikas schlimmstem Todeskult in der Geschichte. Er hatte alle seine Anhänger als sein persönliches Eigentum betrachtet. Wenn es jemals einen Tyrannen gegeben hatte, dann war er es gewesen.

Der junge Christopher Wren, damals als Pequeño 3 bekannt, war in das brutale Reich dieses Tyrannen hineingeboren und in dem Glauben erzogen worden, dass eine Hölle auf alle Seelen zukommen würde, auch auf seine Brüder und Schwestern und die Eintausend der Pyramide.

Mit jedem Schlag und jeder Ohrfeige wurden mehr Erinnerungen wach. Sie alle hatten auf Befehl des Apex schreckliche Dinge vollbracht, aus Angst vor der Hölle: ungehorsame Anhänger in Bottiche mit kochendem Wasser getaucht; Gruben in der Wüste gegraben, um den Glauben der Anhänger auf die Probe zu stellen; Käfige gebaut für alle, die den Launen des Apex nicht gehorchten …

Ein weiterer Treffer holte Wren in das Hier und Jetzt zurück. Diesmal war es nicht die Stärke des Schlags, sondern etwas Anderes. Wenn überhaupt, dann, wie schwach der Schlag ausgefallen war.

Die Schläge wurden zunehmend leichter. Er verdrängte Schweiß, Blut und Erinnerungen und richtete seinen Blick auf den jungen Mann mit den Narben. Dieser sah ihn mit einem durchdringenden Blick aus seinem verunstalteten Gesicht an.

Warum sollte er sich zurückhalten? Er sah nicht müde aus, war nicht einmal kurzatmig. Irgendetwas anderes ging hinter diesen zornigen Augen vor.

Zeit, seinen Joker auszuspielen.

„Mason?", fragte Wren.

Der nächste Schlag hatte einen gewissen Biss.

Wren richtete sich auf. Das schien eine Bestätigung zu sein. Felipe hatte Mason in dem Laden in Chicago als einen einfachen Mann beschrieben, der nur von der Liebe zu seiner Wendy beseelt war.

Nun schimmerte in seinen Augen jedoch das Licht einer

anderen Bestimmung, ähnlich wie der Wahn der Anhänger der Pyramide.

Es folgte ein weiterer, noch härterer Schlag und Wren versuchte sich vorzustellen, was er wohl durchgemacht hatte. Genug, um einen linientreuen Marine dazu zu bringen, sein Credo und sein Land zu verleugnen, seinem Schicksal als Kanonenfutter in Camp Alden zu entkommen und selbst ein führender Saint zu werden. Vielleicht waren die Narben im Gesicht eine Erklärung dafür, aber das reichte nicht aus. Diese Art von Folter konnte zwar selbst einen Marine brechen, aber seine Redlichkeit so völlig auf den Kopf stellen?

Das glaubte Wren nicht. Wenn er der Alpha gewesen wäre, hätte er ein anderes Druckmittel eingesetzt, und es dauerte nicht lange, bis er draufgekommen war, welches.

„Wo ist Wendy?", fragte er.

Das zeigte sofort Wirkung. Mason erstarrte. Das beantwortete die Frage und warf ein Dutzend weiterer Fragen auf.

„Sie ist hier, nicht wahr?", begann Wren. „Man hat sie irgendwo angekettet. Damit erpresst man dich."

Es folgte ein weiterer Schlag, der Wren herumwirbelte und Sterne über sein Gesicht jagte, vielleicht der heftigste bisher. Davon konnte Wren nicht mehr allzu viele ertragen. Er blinzelte und schüttelte den Kopf. Masons Augen waren rasend vor Wut, aber lag das daran, dass er richtig geraten hatte, oder daran, dass er falsch gelegen hatte?

„Nicht angekettet", versuchte Wren, und las in Masons Augen. „Aber sie war hier, nicht wahr? Ist sie überhaupt noch am Leben?"

Noch ein heftiger Schlag, und Wren erkannte das Muster. Die Schießübungen. Wie er es angestellt hätte, wenn er nicht nur einen Marine brechen, sondern sein ganzes Glaubenssystem verändern hätte wollen. Geteilte Schuld schuf die wohl stärksten und dunkelsten Bande.

„Du hast sie umgebracht."

Mason schüttelte sich kurz, als ob ein Geist mit eisigen

Fingern über seine Wirbelsäule gefahren wäre, und da war es. Um einen Mann wirklich zu brechen, musste man ihn zum Mitwisser machen.

Wrens Gedanken überschlugen sich. Bring jemanden dazu, für eine Überzeugung zu töten, und er ist dir ausgeliefert. Danach würde man alles tun, um diesen Glauben zu bewahren, denn wenn er nicht echt wäre, hätte man sich in Wirklichkeit als böser Mensch erwiesen und nichts, was man getan hatte, wäre zu rechtfertigen. Das Ganze wurde zum reinen Selbstschutz.

Wren hatte ihn durchschaut. Die Saints hatten Mason einer Gehirnwäsche unterzogen, ihn gefoltert und ihn lange bearbeitet, bis er in seinen dunklen Gedanken sicher gewesen war, dass seine einzige Wahl darin bestanden hatte, Wendy zu ermorden.

Sie hatten sie zu einer Verräterin abgestempelt und ihn zu einem Helden gemacht.

Dadurch konnte auch ein Marine gebrochen werden. Die Dutzenden von Brandzeichen bewiesen es. Mason hatte ihnen so lange widerstanden, wie er gekonnt hatte.

Wendy war also tot.

„Man hat dich dazu gezwungen", stellte Wren fest. „Man hat dir eine Gehirnwäsche verpasst. Und du hast sie auf dem Gewissen."

Jetzt ließ Mason eine Reihe von Schlägen los. Wren wich ihnen mühelos aus, der Zorn war zu vorhersehbar. Mason machte weiter, bis er schwer keuchte.

„Du kennst mich überhaupt nicht", stieß er schließlich hervor, die Worte kamen langsam und schwerfällig, dann stapfte er davon, bevor Wren noch etwas sagen konnte.

Nun war Wren ganz allein. Blut rann ihm über die Lippen. Sein eigenes zerschundenes Gesicht verhöhnte ihn im Spiegel, sein Versagen spiegelte sich in den Namen seiner Kinder wider, die auf seine Brust tätowiert waren, nicht unähnlich den Brandzeichen, die Masons Gesicht überzogen.

Was würde Wren nicht in ihrem Namen tun?

38

CHERYL

WREN TRIEB auf einer Flut aus Schmerz, Lärm, Licht und Erschöpfung. Er konnte nicht sagen, wie viele Stunden vergangen waren, aber es fühlte sich nach einer Menge an. Vielleicht ein halber Tag?

Das Rinnsal von Blut aus Teddys Kopf war zum Stillstand gekommen, aber sein Brustkorb hob und senkte sich immer noch kaum. Wren redete auf ihn ein, in der Hoffnung, dass seine Worte irgendwie durchkommen und Teddy noch ein wenig länger am Leben erhalten würden.

Irgendwann öffnete sich dann die Tür.

Der Alpha, Sinclair, Mason und eine weitere Person traten ein. Wren sah ihr Gesicht und verzog sein Gesicht. Es konnte immer noch schlimmer kommen.

Cheryl.

Das letzte Mal, als er sie gesehen hatte, hatte sie in dem Van vor der Villa gelegen und ihn mit ihren Augen verfolgt. Jetzt war ihr Blick wesentlich grimmiger. Ihr schwarzes Haar fiel ihr ins schweißnasse Gesicht, aber irgendwie machte das ihren Anblick nur noch furchteinflößender. Sie sah Teddys Körper auf dem Boden und nickte Wren zu.

„Ich lasse dieses Arschloch über die Klinge springen. Sag mir einfach, was du verlangst. Münze vier ... meine Fresse."

Wren konnte sich ein Lächeln nicht verkneifen. Im Spiegel war es fast nicht zu erkennen, aber Cheryl hatte es wahrgenommen. Sie war widerspenstig und würde nur schwer zu knacken sein.

Mason ging in die Knie, befestigte ihre Handgelenke mit einem Kabelbinder in einer weiteren Öse neben Teddys reglosem Körper und stellte sich dann hinter Wren. Ihre Blicke trafen sich kurz und etwas blitzte zwischen ihnen auf, obwohl Wren nicht sicher war, was. Der Alpha nahm seine Position neben Teddy ein und behielt alles im Auge, während Sinclair sich hinter Cheryl aufbaute und ihr Messer zog.

„Zeit auszupacken, Christopher", verkündete der Alpha, „oder Sie büßen ein weiteres Mitglied ein. Ich würde gerne wissen ..."

Doch Wren hörte schon nicht mehr auf die Worte, sondern richtete sein Augenmerk auf den Tonfall und das Verhalten des Alphas. Irgendetwas war anders. Selbst wenn er in Blut und Schmerz versunken war, konnte er das in der Luft spüren. Irgendetwas war geschehen, das alles ins Wanken gebracht hatte und sie dazu veranlasst hatte, Cheryl ins Spiel zu bringen.

Etwas Großes.

„Der erste Zugriff", vermutete er und unterbrach den Alpha.

Damit hatte er voll ins Schwarze getroffen. Der Alpha verstummte und kniff die Augen zusammen.

„Das FBI hat eine Ihrer Stützpunkte angegriffen", fuhr Wren fort. „Es hat begonnen."

Eine Sekunde verging, als der Alpha zu Sinclair und dann wieder zu Wren blickte.

„Weitere Vermutungen", stieß er hervor und fing sich schnell wieder, aber Wren hatte diesen Augenblick der Unsicherheit erkannt. „P. T. Barnum wäre stolz. Aber Sie wissen doch überhaupt nichts."

„Warum sollten Sie dann noch mehr Fragen stellen?", konterte Wren. Seine Lippen und seine Zunge waren taub, aber sein Gehirn fühlte sich an, als hätte man ihm einen Neustart verpasst. „Wenn ich überhaupt nichts weiß, warum verschwenden Sie dann noch Ihre Zeit mit mir?"

Der Alpha zeigte einen kurzen Anflug von Verärgerung, dann neigte er den Kopf und Sinclair drückte ihr Messer an Cheryls rechtes Ohr.

„Du Schlampe, du wirst mir doch wohl nicht das Ohr abschneiden!", schnauzte Cheryl.

„Wenn Sie ihr auch nur das Geringste antun, verrate ich Ihnen nicht, wo der nächste Zugriff stattfindet", rief Wren.

„Und wenn ich sie verschone, schon?", fragte der Alpha. „Ich habe bereits einen Ihrer Männer ausgeschaltet, und Sie haben immer noch nichts Brauchbares gesagt."

Wren hatte keine Lust, ihn darüber aufzuklären, dass Teddy noch nicht ganz tot war. Besser war es zu versuchen, einen Keil zwischen ihn und Sinclair zu treiben. „Sinclair hat ihn auf dem Gewissen", stellte er fest.

„Wortklauberei. Sinclair ist eine Erweiterung meines Willens. Wen auch immer sie tötet, ist von mir selbst umgebracht worden."

Wren stieß ein Schnauben aus. Hier bot sich eine weitere Gelegenheit. Sektenführer waren lächerliche Kreaturen, wenn man es wagte, darauf hinzuweisen. Ihre Selbstherrlichkeit war nichts weiter als heiße Luft. „Und die Brandzeichen, die sind auch eine Erweiterung? Haben Sie deshalb keine auf Ihrem eigenen Gesicht, weil Masons Gesicht eine Erweiterung Ihres eigenen ist?"

Ein weiterer Anflug von Verärgerung blitzte auf, nicht zuletzt, weil Wren Masons Namen kannte. Der Alpha musste davon ausgehen, dass Mason ihn ihm verraten hatte, und das trug dazu bei, eine weitere Kluft aufzureißen. Als Antwort nickte er Sinclair zu, die damit begann, das Messer durch den Knorpel von Cheryls Ohr zu sägen.

Cheryl holte scharf Luft.

Es war Zeit für Wren, das letzte Druckmittel einzusetzen, das er hatte.

„Vandenberg", flüsterte er.

Der Schnitt hörte sofort auf. Sinclair zuckte zusammen und sah auf, als Blut auf Cheryls Schulter tropfte. Der Blick des Alphas bohrte sich in Wren und er wurde kreidebleich.

„Woher wissen Sie das?", fragte er.

Wren erwiderte seinen Blick. Humphreys musste da draußen irgendetwas gefunden haben, eine extremistische Miliz oder eine religiöse Sekte oder eine andere Gruppe, wie Ferat vermutet hatte, und zugeschlagen haben. Und erst jetzt, nachdem die Razzia stattgefunden hatte und die Saints aufgeschreckt worden waren, verlieh das Wren eine gewisse Autorität und versetzte den Alpha in Angst und Schrecken vor Uncle Sam.

„Ich habe Ihnen doch schon vorhin gesagt, dass Sie hochgenommen werden", meinte Wren und täuschte totale Zuversicht vor. „All das führt in meine Richtung, da ich einen Maulwurf der Stiftung in Ihren Saints habe, der mir gegenüber völlig treu ist." Sinclair schnappte erneut nach Luft, als sie ihm den Bluff abkaufte, und Wren richtete seinen Blick auf sie. „Sie wollten wissen, warum ich Sie jage? Was Sie nicht wissen, ist, dass ich Sie schon seit Monaten im Visier habe. Was glauben Sie, warum ich in Utah angefangen habe? Damit ich so viel wie möglich von Ihrem Netzwerk einnehmen konnte, bevor ich direkt zu Ihrem Hauptquartier gekommen bin. Glauben Sie wirklich, dass Sie hier sicher sind?"

Das war ein harter Schlag, aber Wren wusste, dass es nicht ausreichen würde.

„Sie sind gut", erwiderte der Alpha und fing sich wieder. „Das gebe ich zu. Aber ein Maulwurf bei den Saints? Das ist eine Lüge. Unsere Leute sind absolut zuverlässig. Ich weiß, dass Sie zufällig über die Vikings gestolpert sind. Alles, was Sie bisher gesagt haben, beruht auf Vermutungen oder dem Wortlaut der Broschüre, die Sie gestohlen haben. Das sind doch alles nur Spekulationen."

Er wandte sich an Sinclair und nickte. Sinclair vollendete die Tat und schnitt Cheryls Ohr ab. Die Frau kreischte auf. Blut quoll hervor und Cheryl erbrach sich zur Seite.

„Wie sieht es jetzt aus?", fragte der Alpha, als Sinclair sich dem nächsten Ohr zuwandte. „Irgendwelche weiteren Vermutungen oder sind Sie bereit, zu reden?"

Wren brauchte einen weiteren Anhaltspunkt, einen, der ausreichte, um den Alpha zu knacken.

Sinclair schnitt und Wren zeichnete in seinem Kopf eine Karte der Staaten und versuchte, sich das Netzwerk des Ordens vorzustellen, wie es sich von Minneapolis aus entwickelt hatte. Er zog eine grobe Linie nach Westen durch Price, Utah nach Vandenberg, Santa Barbara County, eine Linie, die durch South Dakota, Wyoming, Utah, Nevada und Kalifornien führte.

Dr. Ferat hatte doch gemeint, die Saints würden bestehende extremistische Gruppen zusammenführen, und in Utah hatte sich das mit den Vikings bewahrheitet; sie hatten sie benutzt, um die örtlichen Behörden zu schmieren und die Saints nicht in Erscheinung treten zu lassen. So musste es auch in Vandenberg gewesen sein, obwohl Wren dort keine extremistischen Gruppen kannte.

Aber das machte nichts.

Utah und Kalifornien hatte er schon, also blieben noch South Dakota, Wyoming und Nevada. Nevada und South Dakota schloss er schnell aus. In Las Vegas liefen zu viele Verrückte herum, als dass er eine einzige Gruppe hätte auswählen können, und South Dakota war zu dünn besiedelt, als dass er sich an eine einzige extremistische Gruppe erinnern konnte.

Blieb also bloß Wyoming.

Cheryl schrie auf.

Wren durchforstete sein Wissen über extremistische Gruppen im Cowboy State, und tatsächlich tauchte eine auf: Prairie Dawn. Dabei handelte es sich um eine anarchistische Sekte, die sich auf mehrere Lager in den Hochebenen verteilte. Soweit er sich erinnerte, waren sie lose um Sioux Falls im Osten und Rapid City im Westen verteilt.

Cheryl brüllte nun.

Wren erinnerte sich an Berichte über ermordete

Regierungsmitarbeiter in der Nähe von Sioux Falls, die gelyncht und einfach liegengelassen worden waren, aber noch keine Verurteilungen. Das deutete auf Sioux Falls hin, aber es war so nahe an Minneapolis, dass Wren daran zweifelte, dass es stimmte.

Wie auch immer, es war ein Risiko.

„Rapid City, Wyoming", antwortete Wren.

Der Alpha zuckte sichtlich zusammen. Sinclair schnappte nach Luft und ließ die Klinge los, die nun in Cheryls Ohr steckte.

Volltreffer.

„Sie sind schon auf dem Weg", fuhr Wren fort und setzte mit aller Kraft auf diese Vermutung. „Ihr gesamter Orden steht kurz davor, aufzubrechen. Ich kann Ihnen einen Fluchtweg vorschlagen, auf dem das FBI nicht suchen wird, aber dafür lassen sie meine Leute in Ruhe. Und lassen sie gehen."

Der Alpha starrte vor sich hin, er hatte die Zähne zusammengebissen und sein Verstand raste zweifellos genauso schnell wie Wrens. Sinclair blickte zu ihrem Boss und dann wieder zu Wren. Wenn sie ihm das abkauften, mussten sie den Eindruck haben, dass der gesamte Orden am seidenen Faden hing.

„Das hat er doch nur geraten", versuchte es Sinclair, aber ihre Worte verhallten. Daran glaubte sie selbst nicht.

Und der Alpha auch nicht. Die Unbekümmertheit in seiner Haltung war verschwunden und Wren sah das Ende des Ordens deutlich vor seinen Augen ablaufen. Sekten begann man am besten an der Spitze aufzulösen. Sobald der Anführer gebrochen war, war auch der Bann gebrochen. Wren riskierte es und reckte seinen Hals so weit wie möglich zurück, sodass er Mason gerade noch anblicken konnte.

Er hatte nur eine Sekunde Zeit. Er hätte alles sagen können, ihm jede Nachricht zuflüstern können.

Aber er blinzelte nur.

Dann drehte er sich zurück und preschte weiter. „Sie haben keine Chance, die Angreifer kommen zu sehen. Sie werden von Leuten in Zivil regelrecht überrannt werden. Höchstwahrscheinlich sind sie auch schon auf dem Weg hierher.

Fragen Sie Ihren Informanten ruhig; da wird eine gewaltige Maschinerie ins Rollen gebracht." Er fantasierte jetzt völlig frei vor sich hin, spürte, wie sich der Raum vor seinen Augen verzerrte und beugte sich vor. „Ob Sie es glauben oder nicht, diese Leute schätzen mich. Sie wissen ja, dass ich meine eigene Stiftung habe, mit über hundert Mitgliedern in den Staaten und auf der ganzen Welt? Aber was Sie nicht wissen, ist, wie sehr die Regierung an ihnen interessiert ist. Ehrlich gesagt, das ist hier ihr größtes Ziel. Ihr kleiner Bürgerkrieg spielt kaum eine Rolle. Die sind hinter meinem Netzwerk her."

Er konnte sehen, wie sich die Worte im Kopf des Alphas festsetzten. Dabei spielte es keine Rolle, dass das alles Blödsinn war, aufgeblasen mit aufgesetzter Arroganz und völlig unlogisch. Der Alpha hatte einen Augenblick der Schwäche, er zweifelte an der Sicherheit seines eigenen Ordens, was ihn anfällig für schlimme Gedanken machte, vor allem, wenn sie ihm von einem anderen Alpha entgegen geschleudert wurden.

„Wenn das FBI hier auftaucht", fuhr Wren fort, „dann, um mich zu retten. Sie richtet man auf der Stelle hin. Ihre Saints im ganzen Land machen sich vom Acker und geben einen Dreck auf ihre Ziele. Wenn es hart auf hart kommt, sind Ihre kleinen Schießübungen völlig umsonst. Denn mal ganz ehrlich, wenn Sie sich Terroristen aus dem eigenen Land angeln und sie an Opfern abrichten, die nicht zurückschießen können, dann bekommen Sie nicht gerade die besten Amerikaner." Damit wandte er sich wieder an Mason. „Nichts für ungut."

Endlich war der Bann gebrochen.

„Was für eine nette kleine Geschichte", antwortete der Alpha und sein Gesicht entspannte sich endlich. „Und Sie können auch noch so gut erzählen. Aber es ist eben bloß eine Geschichte. Alles, was Sie gesagt haben, hätte auch aus anderen Gründen so kommen können …"

„Dann bringen Sie mich doch um", unterbrach ihn Wren. „Wenn das alles bloß eine Geschichte ist, dann erledigen Sie Cheryl. Mal sehen, wie weit Sie damit kommen, wenn ich Ihre einzige Hoffnung bin, heil aus der Sache rauszukommen. Sie haben keinerlei Sicherheiten, nichts, was Sie anbieten können, wenn Ihr 'Krieg' in die Hose geht. Glauben Sie mir, 'Alpha', Sie werden uns brauchen, wenn das Ende kommt. Selbst Hitler hatte am Ende seine Frischvermählte im Bunker."

Wren richtete seinen Blick auf Sinclair und fuhr fort, so schnell wie möglich weitere Samen des Zweifels zu säen. „Stellen Sie sich diese letzten fiebrigen Augenblicke doch mal vor, in denen Herr Adolf ausrastet, so wie Ihr Junge jetzt gerade, wie er seine liebe Eva an seine Brust drückt und sich nicht entscheiden kann, ob er zuerst sie oder doch lieber sich selbst erschießt." Er ließ einen Augenblick verstreichen. „Ich kenne Todeskulte, Ma'am. Mein Vater hat tausend Leute als 'Erweiterung seines Willens' getötet; er hat den Befehl gegeben und sie sind gestorben, und wo war er? Seine Leiche ist nie gefunden worden, genau wie bei diesem Idiot. Jede Wette, dass er sein zweites Leben bereits geplant hat. Keine Brandzeichen im Gesicht? Das macht es einfach. Er fängt wieder von vorne an, während Sie für immer gezeichnet sind. Sie sind nämlich überhaupt nicht so besonders, und er hat sich nie wirklich bemüht."

Jetzt kochte der Alpha vor Wut, und der Anschein von Ruhe, den er eben noch aufgesetzt hatte, war wie weggeblasen. Er trat einen Schritt näher, zog Sinclairs Pistole aus ihrem Gürtel und richtete sie auf Wren. „Ich habe berechtigte Zweifel an Ihrer Überzeugung", zischte er.

Wren lachte. „Ich stehe voll und ganz hinter meiner Sache, Freundchen. Ich würde für meine Leute sterben. Sie auch?"

Der Lauf blieb auf ihn gerichtet, aber Wren spürte, wie der Orden der Saints einen Knacks bekam, als sich das bronzefarbene Gesicht des Alphas mit einem Aufblitzen von Gefühlsregungen verzog.

„Sie haben ja jede Menge zu erzählen, Pequeño. Ich frage mich nur, was Ihr Vater wohl davon hält. Die Spitze der Pyramide. Habe ich eigentlich schon erwähnt, dass er auch kommt?" Seine Augen weiteten sich. „Ein wirklich bedeutender Mann. Ich bin sicher, er wird sich freuen, das letzte überlebende Mitglied der Pyramide auf dem Silbertablett serviert zu bekommen. Seinen eigenen, missratenen Sohn. Darauf freue ich mich schon."

Jetzt konnte auch Wren es kaum fassen. Das musste doch ein Bluff sein. Der Apex war nicht mehr gesehen worden, seit die Pyramide in Flammen aufgegangen war. Alle Berichte behaupteten, er sei mit seinem Kult untergegangen.

Aber vielleicht …

Der Alpha lächelte strahlend, erhob die Waffe und schritt hinaus.

39

ENTTÄUSCHUNG

Sie verharrten in Schweigen. Sekunden vergingen. Sinclair musterte Wren.

„Nimm das Messer aus meinem Ohr", schimpfte Cheryl plötzlich in die Stille hinein, „du Miststück."

Sinclair trat einen Schritt vor, dachte einen Augenblick nach und zog dann die Klinge heraus. Cheryl jaulte auf. Wren wandte seine Gedanken von seinem Vater ab und besann sich wieder auf den Augenblick.

„Verfolgen Sie ihn", sagte er zu Sinclair. „Bevor er all Ihre Gefolgsleute umbringt."

Sinclairs Augen richteten sich auf ihn. Sie schien verunsichert und verärgert. „Wovon reden Sie?"

Sie fragte ihn jetzt um Rat, und das war schon mal gut. Der Alpha hätte wahrscheinlich sowohl sie als auch Mason längst ausschalten sollen, um zu verhindern, dass sich der Virus des Zweifels weiter ausbreitete. Das war sein Fehler gewesen.

„Sie haben doch das Licht in seinen Augen gesehen", antwortete Wren. „Er glaubt mir. Ich wette, er ist gerade dabei, alle Ihre Terrorzellen zu aktivieren. Der Bürgerkrieg beginnt heute." Dabei verengte er seinen Blick und trieb den Bluff weiter voran. „Ich glaube aber kaum, dass die Sache gut in Gang kommen wird, Sinclair. Es wird keinen Krieg geben. Das FBI weiß über Sie Bescheid. Einige der Saints könnten vielleicht durchrutschen und ein paar Morde für sich verbuchen, aber ich vermute, neunzig Prozent von ihnen werden einfach abgeknallt." Er hatte die Zahl frei erfunden, um sie zu überrumpeln. „Dann bleiben noch ein paar hundert Saints übrig, von denen vielleicht jeder eine Handvoll Leute umlegt? Das reicht nicht aus, nicht wenn die Behörden ihre Darstellung vor Ihnen herausbringen. Dann sieht Ihr Aufstand nicht mehr wie ein Bürgeraufstand aus. Das Land stellt sich gegen Sie und erstickt Ihre Revolution im Keim. Das Überraschungsmoment war das Einzige, das Sie in der Hand gehabt haben. Und das ist nun weg."

Sinclairs Augen weiteten sich. In gewisser Weise glaubte sie ihm. Wrens Bluff war bei ihr aufgegangen, genau wie bei ihrem Alpha.

„Die Sache darf nicht schiefgehen", murmelte sie, nicht wirklich zu ihm, sondern eher zu sich selbst. „Das Ganze ist viel zu wichtig."

Doch Wren lachte nur. Sie zuckte zusammen, als ob sie erst jetzt begriffen hätte, mit wem sie da eigentlich sprach. Die Hälfte von dem, was er gesagt hatte, war ihr ungefiltert in den Kopf geschossen, und jetzt versuchte sie sich darüber im Klaren zu werden, wo sie stand. Ihre Hand wanderte zu ihrer Hüfte, aber die Waffe war weg; sie war ihr vom Alpha abgenommen worden. Es dauerte einen Augenblick, bis sie sich an das blutige Messer in ihrer Hand erinnerte, und sie richtete es gegen ihn.

„Ich sollte Sie umbringen."

Wren sah sie unverwandt an. „Mason, was würde der Alpha wollen?"

Sinclair warf einen Blick auf Mason und dann wieder auf Wren. „Warum fragen Sie ihn? Er arbeitet für mich."

„Er arbeitet für den Alpha", präzisierte Wren. „Eine Erweiterung seines Willens, richtig? Und es sieht so aus, als wolle der Alpha mich meinem Vater zum Geschenk machen. Wollen Sie sich dem etwa in den Weg stellen?"

Jetzt war sie richtig sauer. Unsicher. Sie hielt das Messer wie eine Pistole in der Hand, als würde ein sanfter Druck genügen, um Wren den Schädel zu durchbohren.

„Ich kenne ihn. Ich weiß, was das Richtige für ihn ist."

Wren nickte und ihm wurde einiges klar. „Ich verstehe schon. Sie haben die Saints als Partnerschaft aufgebaut, richtig? Aber eine Frage habe ich noch. Wo ist eigentlich Ihr Titel? Er ist der Alpha, also was sind dann Sie, Beta? Vielleicht waren Sie einmal gleichberechtigt, aber das ist doch schon längst nicht mehr der Fall, oder?" Er hielt einen Augenblick inne. „Sie wissen doch, was Menschen normalerweise mit einem Brandzeichen versehen, oder? Tiere, Sinclair. Eigentum. Sie sind wie eine Kuh für ihn, aber Sie denken immer noch, Sie wären gleichberechtigt?"

Dazu antwortete sie nichts.

„Das nennt man Gehirnwäsche. Mein Freund Mason hier weiß, wovon ich spreche, nicht wahr, Mason?"

Wieder blickte Sinclair zu Mason, dann wieder zu Wren.

„Ganz im Ernst", fuhr er fort, „wenn Sie glauben, dass ich bluffe und Ihr Freund den Orden jetzt nicht in Marsch setzen sollte, dann sollten Sie ihn aufhalten. Und wenn Sie mir doch Glauben schenken, sollten Sie dann nicht an seiner Seite sein und ihm helfen, das Richtige zu tun?"

Sie glotzte, richtete sich dann auf und hielt Mason das Messer entgegen.

„Behalte diesen Lügner gut im Auge. Kneble ihn, wenn es sein muss. Das ist alles Gift."

Dann verschwand sie und ließ sie in vorübergehender Stille zurück.

„So ein Mist", fluchte Cheryl und schwankte hin und her. Blut tropfte an beiden Seiten ihres Halses hinunter und sie starrte in den Spiegel auf ihr eigenes Spiegelbild. „Wie eine außer Kontrolle geratene Body Modification."

„Wir kriegen das schon wieder hin, Cheryl", antwortete er. „Man kann dein Ohr wieder annähen."

„Das sollte eigentlich gar nicht notwendig sein", lallte sie. „Das ist alles deine Schuld."

„Es tut mir wirklich leid. Ich hätte nie gedacht, dass ihr so in die Sache hineingeraten würdet."

Sie verwünschte ihn. Dabei sah er Mason im Spiegel an.

„Kannst du ihr bitte helfen?"

Doch Mason bewegte sich nicht. Er stand einfach nur so da, als wäre er völlig in Trance versunken. Vielleicht war das eine Auswirkung des Hirnschadens durch seine Kriegsverletzung.

Cheryl wankte zur Seite. „Was für eine Scheiße", murmelte sie.

„Mason!", fuhr Wren ihn an und rüttelte ihn damit wach. „Bitte hilf Cheryl. Niemand hat ihren Tod angeordnet. Das heißt, sie sollte nicht sterben, meinst du nicht auch?" Er ließ eine Sekunde verstreichen, damit sein Gegenüber das begreifen konnte. „Der Alpha macht dich dafür verantwortlich, wenn sie stirbt. Außerdem weiß ich, dass du ihr helfen möchtest. Die Army hat dich nicht dazu ausgebildet, ein Sadist zu werden."

Mason blinzelte, dann trat er zögernd vor, bis er neben Cheryl stand. Er wirkte verloren. „Was soll ich …"

„Verbinde ihr die Ohren", bat Wren sanft. „Nimm deine Jacke. Schon gut. Du weißt, wie man das macht. Du hast es ja gelernt."

Mason begann, seine Jacke zu zerreißen und Cheryls Kopf zu bandagieren. Ab und zu warf er einen Blick auf Wren und dann schnell wieder weg, als hätte er sich dabei gestochen.

„Ich kann nichts sehen", brummte Cheryl, woraufhin Mason eine leise Entschuldigung murmelte und den Verband neu ausrichtete. „Besser."

„Jetzt lass sie frei", befahl Wren.

Mason drehte sich zu ihm um.

„Ich meine nicht aus dem Raum", fuhr Wren fort. „Das erwarte ich gar nicht. Der Alpha möchte uns doch eintauschen, falls der Bürgerkrieg scheitert. Nein, ich meine, dass du ihre Handgelenke losmachen sollst. Sie sitzt in einer höchst unnatürlichen Position da, die ihre Blutzufuhr unterbricht. Allein daran könnte sie sterben. Du hast doch schon so viel getan, um den Wünschen des Alphas zu folgen und sie am Leben zu erhalten. Zieh das jetzt durch."

Mason brauchte einen Augenblick länger, aber dann holte er ein Messer heraus und wollte Cheryl schon losschneiden, bevor er innehielt. Er wandte sich um und sah Wren direkt an, während das Licht in seinen Augen wieder aufleuchtete.

„Na also", sagte Wren. „Schön, dass du wieder zu dir gekommen bist."

„Nicht, dass du jetzt glaubst, ich befolge deine Anweisungen", stellte Mason klar. „Es ist genau andersherum."

Wren nickte. „Stimmt genau. Also erzähl schon, was du möchtest. Frag mich."

„Was fragen?"

„Was du mich schon immer fragen wolltest, seit du mich vermöbelt hast. Woher ich von Wendy weiß."

Das löste erneut diese Wut aus; ein starkes Verlangen, Wren zu verprügeln, weil er ihren Namen überhaupt ausgesprochen hatte. „Du hast ihn erraten", stieß er hervor. „Wie der Alpha gesagt hat."

„Ihren Namen? Wie hätte ich das tun sollen, ich bin doch kein Hellseher."

Mason kaute auf seiner Lippe. „Vielleicht habe ich ihn dir ja auch genannt. Manchmal vergesse ich, was ich so alles gesagt habe."

„Ding ding, nein. Aller guten Dinge sind drei?"

Mason starrte vor sich hin. „Keine Ahnung. Wie?"

„Ich habe deinen Zettel gefunden. In dem Lagerhaus in Utah. Ich bin sicher, du hast damals nicht gewusst, wo du eigentlich gewesen bist. Nachdem man dich aus Chicago entführt hatte, unter der West-Pershing-Brücke. Und auch Wendy." Mason zuckte zusammen. „Ihr Name war auf einer Quittung für Blumen aufgeschrieben, mit Blut. Du hast ihn zerknüllt und in eine Steckdose im Boden gesteckt und ich habe ihn gefunden. Das muss eine harte Zeit gewesen sein, das ist jetzt fast ein Jahr her."

„Ich kann mich nicht erinnern", erwiderte Mason reflexartig, aber Wren sah ihm an, dass das Gegenteil der Fall war.

„Ich bin nach Chicago gefahren, um dich zu suchen, Mason. Dort habe ich herausgefunden, wo du unter der Brücke gelebt hast. Ich habe mit dem Typ aus dem Laden gesprochen, der dir die Blumen gekauft hat, Felipe? Er hat sich große Sorgen um dich gemacht und gesagt, dass er mehrmals die Polizei angerufen hat, um dich als vermisst zu melden. Dann bin ich zu der Kirche gegangen, in der Wendy ehrenamtlich gearbeitet hat, und ich bin auf deine Spur gestoßen. Man hat mir von ihr erzählt, wie nett sie zu anderen gewesen ist. Auch zu dir. Sie muss eine ganz besondere Frau gewesen sein."

Masons Augen strahlten. Es spielte keine Rolle, dass die Hälfte davon gelogen war und die Leiterin von Revival Faith Wendy noch nie begegnet war.

„Sie hört sich einfach großartig an", drängte Wren weiter und ging bis an die Grenze. „Also, wo ist sie?"

Da floss die erste Träne über Masons Wange. Sie bahnte sich einen Weg durch die Ritzen und Furchen seiner vielen Narben.

Es war immer dasselbe, wenn ein überzeugtes Sektenmitglied endlich zur Vernunft kam. Anstelle von all der Gewissheit blieb nur noch der Schmerz; der Schmerz darüber, getäuscht worden zu sein, Gräueltaten für eine Lüge begangen zu haben, unbedingt dazugehören zu wollen. Daran waren schon viele Leute zerbrochen, und niemand konnte ihnen helfen; man war völlig allein mit seinen Taten, seiner Schuld. Wren kannte das alles und konnte spüren, dass Mason fast am Ende seiner Kräfte war.

„Sie ist hier", flüsterte er.

„Am Leben?"

Mason nickte fast unmerklich, und Wren las zwischen den Zeilen.

„Aber nicht so frei wie du, oder?" Mason schwieg, aber Wren konnte es jetzt spüren. „Vielleicht angekettet? Vielleicht wird sie ja für dich gefangen gehalten."

Mason sagte nichts, aber seine Augen quollen über vor Tränen.

„Lassen sie dich manchmal zu ihr, Mason? Vielleicht, wenn du brav bist, wenn du dem Alpha gefällig bist? Als ob ihr beide Tiere wärt. Aber Mason, das bist du nicht. Und sie auch nicht. Keiner von euch beiden hat das verdient."

Mason erschauderte jetzt und versuchte, die Fesseln in seinem Kopf abzuschütteln. Wren wollte sich gar nicht ausmalen, wie diese Fesseln angelegt worden waren.

„Wenn sie wirklich da ist, dann müssen wir sie unbedingt befreien, Mason. Im Augenblick schwebt sie in großer Gefahr. Wenn ich Recht habe, bringt der Alpha jeden Menschen in diesem Gebäude um, so wie er jeden auf der Polizeiwache von Price, im Lagerhaus und in Camp Alden ermordet hat."

Jetzt liefen Mason die Tränen über die Wangen. Und der Schmerz war im Anmarsch. Sobald sämtliche Dämme gebrochen waren, würde Mason nichts mehr helfen.

„Der Alpha hat doch gesagt …"

„Der Alpha ist ein verdammter Lügner. Er hat euch beide unter der Brücke hervorgeholt, Mason! Du warst unschuldig. Er hat dir ein Dutzend Brandzeichen ins Gesicht geknallt, er hat Wendy eingesperrt und sie zu deiner 'Belohnung' gemacht, dann hat er dir eine Waffe in die Hand gedrückt und dich gegen die Welt aufgebracht, aber du hast nichts davon verdient! Sieh mich an, Mason."

Mason hob seinen Blick, sah dann beiseite und dann wieder zu Wren.

„Du hast das nicht verdient. Wendy auch nicht und Cheryl auch nicht, aber du kannst das wiedergutmachen."

Masons wuchtige Hände fuhren zu seinem Kopf. „Keine Ahnung. Ich kann gar nicht mehr klar denken."

„Dann frag einen deiner Vorgesetzten. Jeden Augenblick wird jemand durch diese Tür kommen. Es könnte der Alpha sein oder Sinclair oder ein anderer Saint, der uns alle vernichten soll. Das hast du doch auch in seinen Augen gesehen, nicht wahr? Er war kurz davor, diesen Raum in ein weiteres Schießtraining zu verwandeln. Er muss aufgehalten werden, Mason, und du bist der Einzige, der das tun kann. Nur du kannst Wendy retten."

Mason glotzte. Er sah verloren aus, wie ein Kind im Körper eines ausgewachsenen Marines, aber er zog langsam und entschlossen seine Waffe.

Dann richteten sich alle Augen auf die Tür.

40

ZUSAMMENBRUCH

N<small>ACH WENIGEN</small> A<small>UGENBLICKEN</small> ertönten aus der Ferne Schüsse, die langsam und unregelmäßig begannen und sich dann wie eine ganze Serie von Feuerwerkskörpern aneinanderreihten.

„Was ist das?", fragte Mason.

„Kommt drauf an", antwortete Wren, „wer befindet sich denn noch im Gebäude?"

Mason musterte ihn, er kräuselte die Stirn, während sich die Gedanken unter seiner vernarbten Haut überschlugen. Mit einem knappen Nicken traf er eine Entscheidung. „Mein Einsatzteam. Die Hunde der Saints. Vierzig Elitesoldaten, alles ehemalige Sondereinsatzkräfte." Dann hielt er einen Augenblick inne. „Wendy und ein paar andere, im Keller. Und der Kern. Der innere Kreis. Die die Computer bedienen."

Wren grunzte: „Wie viele gehören zum Kern?"

„Keine Ahnung. Dreißig?"

„Bis jetzt ist dreiunddreißig Mal geschossen worden", stellte Wren fest. Der Schusswechsel hatte bis jetzt angehalten. „Ich schätze, euer Alpha hat gerade den ersten Schritt zur Säuberung dieses Geländes unternommen und mit dem Kern begonnen. Dreiunddreißig Schuss bei dreißig Leuten bedeutet für mich, dass er sie hinrichten hat lassen. Das ist seine Methode. Jeder hier, der weiß, wer er ist, muss sterben."

Mason funkelte ihn an. „Du verdrehst die Tatsachen. Du möchtest mich doch bloß Glauben machen, dass ich der Nächste bin."

Wren entspannte seine Miene. Mitgefühl konnte so viel bewirken, wenn nie welches davon bekommen hatte. „Mason, nicht ich lasse dich das denken."

Augenblicke später stampften draußen Schritte näher. Die Tür flog mit einem Knall auf und Sinclair stürmte herein. Sie war vollgespritzt mit Blut. Nachdem sie ihre Pistole gezückt hatte, zielte sie auf Wren, bis ein Klicken von links zu hören war.

Sie wandte sich um und sah, wie Mason seine Waffe auf ihr Herz gerichtet hatte. Ein paar Sekunden vergingen.

„Was zum Teufel soll das, Soldat?", fragte sie.

„Auf wen hast du geschossen?", konterte Mason.

Sie warf einen Blick auf Wren und dann wieder zurück. „Was hat dieser Lügner dir bloß vorgelabert?"

„Wir haben uns über Wendy unterhalten. Er hat gesagt, du sollst sie laufen lassen."

Sinclair warf den Kopf zurück und musste lachen. „Sie laufen lassen? Mason, du Schwachkopf! Du widersetzt dich dem Alpha also tatsächlich wegen einer Frau? Weißt du eigentlich, wie undankbar das ist?" Sie ließ das einen Augenblick lang sacken. „Weißt du, wie viel ich für dich getan habe? Ich habe dich von der Straße geholt. Habe dir ein Zuhause gegeben, einen Platz, an den du gehörst, eine wichtige Rolle in unserem neuen Orden, und jetzt stellst du dich wegen einer nutzlosen Schlampe gegen uns?"

Mason näherte sich mit der Waffe. „Sag ja nicht Schlampe zu ihr."

Sie lachte wieder, dann schoss sie.

Masons Brust fing die erste Kugel mit einem dumpfen Aufprall auf, aber er hatte sich bereits in Bewegung gesetzt, und ihr zweiter Schuss streifte nur seine Seite. Sein erster Schuss drang in ihre Schulter ein und durchschlug ihren Rücken, sein zweiter drang in ihren Magen, als er zu Boden ging, woraufhin sich ihr dritter Schuss durch seinen Oberschenkel bohrte.

Sie stürzten beide zu Boden.

„Oh Gott", murmelte Cheryl, als die Schüsse im Raum widerhallten.

Sinclair sackte unbeholfen zusammen, ihr Abzugsfinger zuckte schlaff, obwohl ihr die Waffe bereits aus den Händen geglitten war. Ihre hellen Augen huschten hin und her, als ob sie nach einem Ausweg gesucht hätte. Mason schnappte nach Luft und rollte sich auf dem weißen Boden auf den Rücken. Das Geräusch ihrer gurgelnden Atemzüge erfüllte den Raum.

„Lass uns frei, Mason", drängte Wren.

Masons Kopf drehte sich in Richtung des Geräusches. Er war schon ganz blass. Seine Lippen formten Worte und in seinen Augen pochte ein schmerzendes Bedürfnis.

„Lass uns abhauen!"

„Warum hast du nicht ...", begann Mason kaum hörbar. „Warum hast du mich nicht früher gerettet?"

Er ließ sich zurücksinken, sein Atem wurde flacher.

„Tut mir leid", antwortete Wren, „aber jetzt bin ich doch hier. Ich kann Wendy immer noch helfen. Ich kann so viele Leute retten, wenn du mich nur befreien würdest."

Mason wälzte sich auf den Bauch und begann, auf ihn zuzukriechen. Seine Augen funkelten wieder, aber diesmal mit etwas, das Wren erkannte. Es war nicht mehr der Wahnsinn eines Sektenmitglieds. Es war Hoffnung.

Mason schaffte es bis zu Wrens Stuhl und Wren spornte ihn weiter an. Er schaffte es, sein Messer zu ziehen, und in den Sekunden, bevor ihm die Augen zufielen und er zusammenbrach, befreite er Wrens Hände.

Wren schnappte sich das Messer und erledigte den Rest. Er sprang auf. Sein linkes Bein hielt ihn kaum noch und sein rechtes war steif vom stundenlangen Sitzen, aber das Adrenalin hielt ihn in Bewegung.

Er schnappte sich vom Boden die beiden Pistolen von Mason

und Sinclair, zwei schwarze Glocks 19. Er konnte sie nicht beide brauchen, also zerlegte er schnell eine und warf die Teile in die Ecken, dann benutzte er das Messer, um Cheryl freizuschneiden.

„Wird aber auch Zeit", stöhnte sie.

„Das wird schon wieder, es kommt bald Hilfe", antwortete Wren und kramte in Sinclairs Tasche nach einem Telefon.

„Das hast du schon … einmal gesagt", murmelte Cheryl.

„Das mit deinem Ohr tut mir leid. Auch wegen Teddy. Aber er könnte es auch schaffen."

Dann kramte er in Sinclairs Tasche und fand ihr Handy, ein altes Nokia. Er wählte die Durchwahl von Humphreys, holte die Glock hervor und trat die Tür auf.

41

JIB-JAB

Der Flur draußen war leer, die weißen Wände und der Boden waren von blutigen Abdrücken von Händen und Füßen übersät. Das kalte Vinyl stach Wren an den nackten Füßen, aber er folgte der Blutspur und suchte vor und hinter sich nach Anzeichen für weitere verbliebene Saints.

Als Wren um eine Ecke bog, wurde endlich die Verbindung hergestellt.

„Ja", meldete sich eine Stimme am anderen Ende.

„Christopher Wren für Director Humphreys", meldete er sich, „Codewort clockjaguar3, er wird den Anruf direkt entgegennehmen."

„Ja." Daraufhin ertönte ein Piepton. In der Zwischenzeit rief Wren die GPS-App des Telefons auf, dann meldete sich Humphreys' Stimme.

„Wren, wir haben darauf gewartet, dass Sie sich melden, wo zum Teufel sind Sie?"

Er hätte nie gedacht, dass er einmal so froh sein würde, die Stimme des Directors zu hören. „Ich bin in Minneapolis, Gerald. Ich bin niedergeschossen, gefangengenommen und gefoltert worden. Mittlerweile bin ich frei, aber der Bürgerkrieg der Saints hat gerade erst begonnen. Hier sind bereits mehrere Schüsse gefallen; vermutlich gibt es Dutzende Tote, ich bin gerade dabei, das Gelände zu verlassen."

„Welches Gelände? Wo?"

„Eine Sekunde." Die GPS-App zeigte einen Gebäudekomplex an, der wie ein Gewerbeobjekt aussah, und Wren zoomte heran. „Sieht aus wie ein Areal nordwestlich der Stadt, in der Nähe von St. Michael, mit dem Namen 'Jib-Jab'. Schicken Sie sofort bewaffnete Einsatzkräfte und Krankenwagen; es gibt zwei schwer verletzte Frauen und zwei Männer in einem Raum im ..." Er erreichte ein Fenster und spähte hinaus, sah einen strahlend blauen Himmel und die Sonne als niedrige Sichel am Horizont zu seiner Linken und orientierte sich, „... Südosten des Gebäudes, dritter Stock."

Unten befand sich ein Parkplatz, auf dem aber nur ein oder zwei Fahrzeuge standen.

„Worauf lassen wir uns da ein, Christopher?", fragte Humphreys. „Haben Sie Beweise für irgendetwas von dem hier?"

„Ja", antwortete Wren und schob das Handy zu, aktivierte die Kamera und startete einen Livestream, der ihn selbst zeigte, wie er den bluttriefenden Korridor entlanglief. „Sieht so aus, als hätte sich die hier ansässige Truppe aus dem Staub gemacht, eine vierzigköpfige Elitetruppe namens ‚Hunde der Saints'. Die muss ich finden."

„Vielleicht kann ich Ihnen ja helfen. Ich sorge dafür, dass Ihr Standort per Satellit überwacht wird, und auch die Überwachungskameras. Vielleicht finden wir sie, aber ..."

„Das ist noch nicht alles", unterbrach ihn Wren. „Das ist erst der Anfang. Sie müssen das ganze Land mobilisieren, Humphreys. Evakuieren Sie alle Regierungsbüros, Rathäuser, Schulen und alle anderen Einrichtungen, in denen sich Bundesbedienstete aufhalten. Die Saints sind in Aktion getreten; ich weiß zwar nicht, wie viele es sind, aber ich schätze, dass es Tausende von Aktivisten sind, die entweder allein oder im Verbund zuschlagen." Beinahe wäre er eine Treppe hinuntergefallen und konnte sich gerade noch am Geländer festhalten.

„Christopher …", begann Humphreys, aber Wren unterbrach ihn.

„Sie müssen sofort den Präsidenten einschalten und einen nationalen Notstand ausrufen, damit die Leute vorgewarnt sind. Es handelt sich um einen landesweiten Angriff mit umfassender Planung. Es soll wie ein Volksaufstand aussehen, also dürfen wir nicht zulassen, dass sich dieser Eindruck verfestigt. Es handelt sich um einen gezielten Angriff von einheimischen Terroristen."

Es dauerte einen Augenblick, bis Humphreys das verarbeitet hatte. „Verstanden. Ich habe bereits Einsatzkräfte zu Ihrem Standort entsandt. Wir haben das Lager gefunden, in dem Sie das Handy zurückgelassen haben, Christopher, aber das war völlig ausgebrannt. Sie haben doch behauptet, dass es sich dabei um ein Trainingsgelände für diese Armee von Schießwütigen handelt?"

„Ganz genau. Das ganze Land, Humphreys, und zwar in diesem Augenblick."

„Und wenn das eine Ablenkung von dem Angriff ist, den Sie geplant haben?"

Wren stieß ein schallendes Lachen aus. „Ich plane gar nichts! Sehen Sie mich doch an, Humphreys, ist das etwa ein geeigneter Look, um einen Krieg zu führen?"

„Möglicherweise. Es könnte eine raffinierte Finte dahinterstecken."

Wren musste noch mehr lachen. „Raffiniert, ja. Ich habe gekündigt, um bei meiner Familie zu sein, und dann entschieden, in dreißig Tagen einen Bürgerkrieg vom Zaun zu brechen. Ziemlich beeindruckend, was?" Er bog um eine Ecke und lief eine weitere Treppe hinunter zu einer schweren, schwarzen Doppeltür. Um den Eingang herum waren rote Stiefelabdrücke verteilt. Er hob die Glock. „Ich habe gedacht, ich wäre frei, aber da habe ich mich wohl geirrt. Meine Frau hat ohnehin alles herausgefunden und die Kinder mitgenommen. Vielleicht bin ich ja tatsächlich kein Familienmensch, wie Sie gesagt haben. Jetzt schauen Sie sich das mal an."

Er stieß mit der Schulter gegen die schwarzen Türen, die nachgaben und ihm den Blick auf ein Blutbad eröffneten.

Sinclair hatte nicht gelogen.

Überall lagen Leichen an drei Reihen von Schreibtischen, die wie eine Flugleitzentrale vor einem großen zentralen Bildschirm angeordnet waren. Es waren etwa dreißig, wie Mason gesagt hatte, und alle waren tot. Sie waren mit Kopfschüssen aus nächster Nähe hingerichtet worden und lagen nun über ihre Tastaturen gekippt oder neben ihren ergonomischen Bürostühlen auf dem Boden, die Monitore blutverschmiert.

Wren nahm das alles in sich auf. Hier gab es keine Ösen oder Ketten, um sie festzuhalten, da das gar nicht nötig gewesen wäre. Das hier war eine Hinrichtung gewesen, die sie genau wie die Leute damals in der Pyramide einfach so hingenommen hatten, und ihm stieg die Galle hoch.

Humphreys stieß einen Fluch aus.

„Ja", rief Wren.

Auf dem großen Bildschirm an der Vorderseite war eine Liste mit etwa fünfzig Kurznachrichten und E-Mails zu sehen, zusammen mit Telefonnummern und E-Mail-Adressen. Jede Nachricht lautete „LOS!", gefolgt von einer Adresse.

Regierungsstellen. Schulen.

Zielpersonen.

Eine Sekunde verging und der Bildschirm aktualisierte sich mit weiteren fünfzig, dann mit weiteren fünfzig.

„Fangen Sie am besten mit diesen an", forderte Wren und deutete mit dem Handy auf den großen Bildschirm. Auf den einzelnen Monitoren fand er weitere Listen. Alle enthielten weitere Ziele, die an neue Agenten verteilt wurden. „Das geschieht alles jetzt gerade."

Er schob einen der Körper aus seinem Sitz und setzte sich an eine Tastatur. Das Handy lehnte er gegen einen Monitor, damit Humphreys den großen Bildschirm erfassen konnte.

Dann legte er seine Hände auf die Tastatur und rief die Eingabezeile auf. Wren war zwar kein Hacker, aber er hatte genug Undercovereinsätze absolviert, um ein paar Hintertüren zu kennen.

Seine erste Suche in der Befehlszeile war „Alpha", aber die führte zu keinem Ergebnis. Er versuchte es mit „Angriff" und dann mit „Sinclair", aber auch da kam nichts. Schließlich wählte er ein Dateiverzeichnis und überprüfte die Ordnerstruktur, dann fiel ihm auf, dass sich der Inhalt selbst löschte.

Er drückte Strg-Alt-Entf, in der Hoffnung, einen weiteren Versuch des Alphas zu unterbrechen, seine Spuren zu verwischen, aber das brachte nichts. So entschied sich Wren dafür, die Kabel aus der Rückseite des Monitors und dem damit verbundenen Computer herauszureißen.

Vielleicht würden einige Beweise für eine spätere Analyse übrigbleiben.

Dann erhob er sich und sah sich im Raum um. Die Monitore schalteten sich bereits ab, als der Löschcode seine Arbeit erledigt hatte, gefolgt vom Hauptbildschirm, sodass der Raum nur noch von den rot leuchtenden EXIT-Zeichen erhellt wurde.

Wren fluchte.

Das Handy krächzte und er nahm es wieder zur Hand.

„Das reicht nicht, Chris", stellte Humphreys fest. „Es sind einfach zu viele."

42

PROFIL

„ICH HABE nichts aus den Computern herausbekommen", stellte Wren fest und stand in der in Rot getauchten Dunkelheit auf.

„Wenn es wirklich so ist, wie Sie sagen", betonte Humphreys, „ein landesweiter Angriff von tausenden bewaffneten Terroristen, dann sind wir völlig unvorbereitet. Wir brauchen mehr."

Wren lief zurück zu den Türen, seine Gedanken rasten. Jetzt, wo die Muskeln warm wurden, entspannten sich seine Beine. „Ich denke ja schon nach."

„Machen Sie schneller!"

Neben der Tür lag ein kräftiger Mann in Jeans, kariertem Hemd und braunen Lederstiefeln, der etwa so groß war wie Wren. Wren zog ihn schnell aus, zog seine Klamotten an, steckte die Glock in den Hosenbund und stürmte durch die Tür hinaus in den hellen, blutgetränkten Korridor.

Das Telefon vibrierte wieder und Wren schaltete auf Freisprechen. „Es geht um den Alpha, Humphreys", gab er ihm zu verstehen und überlegte, wie er weiter vorgehen sollte. „Der Kopf der Schlange. Wenn ich ihn ausschalten kann, hoffe ich, dass die Saints anfangen zu zerbröseln."

„Also, wo steckt der?"

Wren eilte durch eine weitere Doppeltür, wo die blutigen Fußspuren verblassten, und lief einen Gang entlang, der seitlich des Parkplatzes verlief. Nun hörte er bereits Notfallsirenen, die näherkamen. „Keine Ahnung. Haben Sie etwas über Satellit empfangen?"

„Das Gelände, auf dem Sie sich befinden, liegt in einem toten Winkel. Da fliegt kein Satellit drüber."

Wren knirschte mit den Zähnen. Das konnte auf keinen Fall ein Zufall sein. „Wir brauchen also einen anderen Weg. Moment bitte."

Vor ihm lag eine Sicherheitsschleuse. Nachdem er sie überwunden hatte, umrundete er eine Reihe von Aufzügen und befand sich schließlich in einer großen Eingangshalle. Das leuchtende, bunte Logo an den Wänden ließ darauf schließen, dass es sich um eine Art Internetshop handelte. Keine schlechte Tarnung, dachte er sich, als er durch die Halle lief; Platz für ein großes Waffenlager an einem versteckten Ort am Rande der Stadt, mit ständig eingehenden und ausgehenden Lieferungen, einem großen Fuhrpark, vielen freiberuflichen Mitarbeitern, die jeden Tag ein- und ausgingen, und einem Durcheinander von Finanztransaktionen, von denen viele aufgrund ihrer internationalen Herkunft für staatliche Prüfer nicht einsehbar waren.

Auf dem Parkplatz vor ihm befanden sich ein paar Autos, aber wohin sollte er sich nun wenden?

„Wren?"

„Der Alpha", meinte Wren und schob sich durch eine gläserne Drehtür hinaus ins Freie. „Für ihn ist das alles etwas Persönliches, da bin ich mir sicher, und das Gleiche wird für sein allererstes Angriffsziel gelten. Das muss eine Rolle für ihn spielen, auch das wird etwas Persönliches sein." Mit rasenden Gedanken schritt er auf das nächstgelegene Fahrzeug zu, einen stahlblauen Porsche. „Wenn wir herausfinden, wer er ist und was ihn antreibt, können wir vielleicht sein Ziel vorhersagen."

„Ich höre."

„Fangen wir mit den demografischen Daten an", erklärte Wren. „Er ist männlich, 1,90 Meter groß, 220 Pfund schwer, etwa 38 bis 42 Jahre alt, weiß, aber stark gebräunt, wahrscheinlich unecht, mit blauen Augen und blondem Haar und wahrscheinlich nicht vorbestraft."

„Verstanden. Die Fahndungslisten gehen raus, die Datenbanken von NCIC und Nlets werden ebenfalls durchsucht. Was noch?"

„Die Wahl seines Hauptquartiers", fuhr Wren fort und drückte seine Gedanken so aus, wie sie ihm in den Sinn kamen. „Minneapolis ist eine ungewöhnliche Wahl, um ein landesweites Terrornetzwerk zu leiten. Er muss aus dieser Stadt stammen, sie bedeutet ihm etwas, also ist auch das Ziel hier, in der Stadt."

„Das grenzt die Suche ein", antwortete Humphreys, während hinter ihm das Klacken von Tasten zu hören war. „Was noch?"

Wren zerbrach sich den Kopf, als er am Porsche angekommen war. „Das Sommercamp, Camp Alden. Warum ausgerechnet dort, mitten im Nirgendwo? Ich vermute, dass er entweder als Kind oder als Betreuer dort war, in den Sommern von", er rechnete kurz nach, „1980 bis 1986."

Wren stieß den Griff der Glock durch das Fenster des Porsches, öffnete die Tür, wischte die Glassplitter beiseite und stieg ein.

„Wir brauchen mehr, Chris."

Wren schloss das Auto kurz und dachte angestrengt nach. Was konnte er noch drauflegen? Der Alpha war größenwahnsinnig, aber das allein nützte nichts. Viele Spinner waren großartig darin, ihren Größenwahn zu verbergen. Er brauchte etwas Handfesteres und besann sich auf das Aussehen des Alphas.

Das war ungewöhnlich. Er hatte zwar kein sichtbares Brandzeichen, aber irgendetwas stimmte nicht mit ihm. Die tiefe Bräune, die an einen goldenen Schimmer grenzte, war ein Teil davon, aber es war nicht nur das. Auch seine Augen waren seltsam; vielleicht trug er Kontaktlinsen? Seine Nase schien zu schmal für sein Gesicht zu sein. Er war eindeutig eitel, wie die meisten Sektenführer, aber im Gegensatz zu den meisten von ihnen wirkte der Alpha tatsächlich so.

„Ich glaube, er hatte Schönheitsoperationen", stellte Wren fest. „Vielleicht an Nase, Kiefer und Wangenknochen. Vielleicht hat er auch Muskelimplantate."

„Muskelimplantate? Wie sicher sind Sie sich da, Wren?"

„Äh, fünfzig Prozent."

„Fünfzig Prozent bei allem?"

„So ungefähr."

„Gut, das können wir checken. Aus diesem Grund müssen alle plastischen Chirurgen im Land ihre Eingriffe dokumentieren. Sonst noch was?"

Der Porsche erwachte mit einem Brummen zum Leben, und Wren ließ die Gespräche mit dem Alpha noch einmal Revue passieren, bis sich ein letztes Puzzleteil einfügte. Wren stellte fest, dass er es beiseitegeschoben hatte, weil es keinen Sinn ergeben hatte, etwas, das der Alpha in einer beiläufigen Bemerkung über die Pyramide gesagt hatte, aber es musste etwas bedeuten.

Der Alpha hatte behauptet, er hätte alles in seiner Akte gelesen.

Dabei hatte Wren fünfundzwanzig Jahre lang dafür gekämpft, dass alle staatlichen Unterlagen über die Sekte seiner Kindheit gelöscht wurden. Es gab nur einen Ort auf der Welt, an dem man auf die verbliebenen Aufzeichnungen zugreifen konnte, einen einzigen Raum, der peinlich genau über alle Besucher Buch führte, aber keine Unterlagen herausgab.

„Der Lesesaal in der Kongressbibliothek", sagte er. „Dort muss er gewesen sein. Er hat Dinge über die Pyramide gewusst, die sonst niemand weiß. Das ist die einzige Möglichkeit."

„Kongressbibliothek, klar. Gut, Chris. Ich besorge die Unterlagen sofort."

„Es wird in der Innenstadt sein", mutmaßte Wren, „irgendwo, wo er auffällt, wo er deutlich zu sehen ist."

„Ich setze gleich mal mehrere Teams darauf an."

Wren trat aufs Gas. Die Räder des Porsches knirschten auf dem Asphalt und er raste an einem Strom von Sondereinsatzkommandos, Polizeiautos und Krankenwagen vorbei in das Herz von Minneapolis.

43

AUSSIEBEN

WREN RASTE mit weit überhöhter Geschwindigkeit durch den Mittagsverkehr in Richtung Innenstadt. Der breite Highway 10 führte ihn durch flache Vorstädte, während sich zu seiner Rechten die grünen Auen des Mississippi hin und her bewegten.

Ausfahrten peitschten an ihm vorbei, aber er blieb auf der 10 wie eine Eins. Was war der Preis, wenn er das hier in den Sand setzte? Sein Kopf fühlte sich wie mit Watte gefüllt an. Es war nur ein weiterer Angriff unter Tausenden, aber wenn er erfolgreich war, würde er als Ansporn für alle Saints da draußen dienen.

Sie würden noch härter kämpfen und noch mehr töten.

Wren musste ihnen den Kopf abschlagen.

Die 10 wurde zur 47 und führte geradewegs in die Innenstadt; Wren war schon fast im Stadtzentrum, aber er hatte immer noch kein Ziel. Da klingelte sein Handy, er nahm ab und wählte Freisprechen.

„Ja bitte."

„Christopher", kam Humphreys Stimme, „wir haben nichts."

Wren drückte das Gaspedal durch und rammte fast das Heck eines silbernen Lexus.

„Unmöglich. Er muss irgendwo in den Aufzeichnungen auftauchen. Wie kann das sein?"

„Vielleicht ist er da drin, aber wir können ihn nicht finden", behauptete Humphreys. „Es gibt keine einzige Querverbindung zwischen den Datenpunkten, die Sie uns übermittelt haben. Es wird einige Zeit dauern, alle möglichen Namen durchzugehen. Gibt es sonst nichts, womit wir die Liste eingrenzen können?"

Wren hämmerte auf das Lenkrad ein und drückte dabei auf die Hupe. Ein Typ in einem roten Toyota zeigte ihm den Stinkefinger, aber Wren raste in Sekundenschnelle an ihm vorbei, näherte sich dem Stadtzentrum und war kurz davor, in einen Stau zu geraten.

Er zog nach rechts über drei Fahrspuren und schoss auf die Abzweigung zur Stadtautobahn. „Sie sagen also, es hat Treffer gegeben, aber niemand ist herausgestochen."

„Genau."

„Wie viele denn?"

„Wer in all den Jahren dieses Sommercamp besucht hat? Tausende. Wer davon entspricht der Zielgruppe? Hunderte. Wer könnte eine Schönheitsoperation gehabt haben? Schwer zu sagen, aber weniger. Wer war auch in der Kongressbibliothek? Niemand, Christopher."

Wren fluchte.

„Haben Sie Fotos? Schicken Sie mir doch welche."

„Bin schon dabei."

Das Handy piepte und Wren hielt auf dem schmalen Seitenstreifen an. Es war eine einfache Excel-Tabelle mit Namen, Fotos, Adressen und Merkmalen, die zu Wrens Profil passten. Er scrollte schnell durch die etwa dreihundert Zellen, die durch die demografischen Daten eingegrenzt waren, und widmete sich zunächst den Fotos. Unzählige kräftige, weiße Männer, aber der Alpha war nicht darunter.

„Da ist er nicht."

„Genau das habe ich ja gesagt."

„Wir übersehen irgendetwas."

„Die Angriffe haben bereits begonnen, Christopher. Wir sind schon jetzt total überlastet. Sie schlagen überall zu. Wir brauchen das jetzt."

„Ich melde mich wieder", antwortete Wren und legte auf.

Dann kniff er die Augen fest zusammen und presste seine Handflächen fest gegen die Augenlider, sodass silberne Blitze aufleuchteten.

Es musste doch noch irgendetwas anderes geben, etwas, das er übersehen hatte.

Tausende von in Frage kommenden Leuten, aber nicht einer, der die Kongressbibliothek besucht hatte. Hunderte von Menschen, die der Zielgruppe entsprachen und Camp Alden besucht hatten, aber keiner, der wie der Alpha aussah. Wren spürte, wie sein Gehirn schlappmachte. Es gab keine andere Spur, was blieb ihm also übrig?

Er scrollte noch einmal schnell durch die Fotos und vergrößerte das Display, um sie besser betrachten zu können. Ein weißer Kerl nach dem anderen raste vorbei. Alle waren viel blasser als der Alpha, aber dieser hatte diesen goldenen Schimmer besessen, als wäre er im Solarium eingeschlafen. Wren versuchte, die Form seiner Augen zu erkennen und stellte sich Kontaktlinsen vor, mit denen man die Farbe seiner Iris verändern konnte, dann die verschiedenen Haartönungen, denn Haare konnten gebleicht oder gefärbt werden, dann die Form seiner Nase und seiner Lippen, denn auch die konnte man verändern, bis …

Konnte das sein?

Augen konnten verändert werden. Haare konnten verändert werden. Nasen, Ohren, Kinn, Wangen, Lippen, all das konnte verändert werden. Konnte man also nicht auch …

Er richtete sich ruckartig im Sitz auf.

Das war es. Das musste es sein. Das erklärte die Kongressbibliothek und die dreihundert nicht übereinstimmenden Fotos. Der Alpha war nicht einmal aufgelistet worden, weil er von vornherein nicht in Frage gekommen war.

Wren trat das Gaspedal durch und lenkte den Wagen zurück in den Verkehr, wobei er das Telefon in die Hand nahm und Humphreys Nummer anrief.

44

VERWANDLUNG

„ER IST NICHT WEIß!", rief Wren ins Telefon, während er sich durch den Verkehr schlängelte.

„Was?", antwortete Humphreys.

„Der Alpha, ich glaube nicht, dass er weiß ist. Seine Augen könnten sich verändert haben, seine Nase, sein Haar, alles, warum also nicht auch seine Haut? Als ich ihn zum ersten Mal gesehen habe, war ich überzeugt, dass er weiß und stark gebräunt sein muss, aber eine so starke Bräune kann alles verdecken. Er könnte schwarz sein, braun, lila darunter, was auch immer. Beziehen Sie auch nicht-weiße Personen ein und vergleichen Sie die Daten nochmals!"

„Augenblick."

Der Porsche raste durch die Außenbezirke von Minneapolis, und jetzt konnte Wren erkennen, wie sich das Werk der Saints ausbreitete. Aus der Innenstadt stiegen zahlreiche Rauchfäden auf, die nur auf Brandstiftung oder Explosionen hindeuten konnten.

„Minneapolis brennt, Humphreys."

„Das weiß ich doch, Wren. Jede Stadt steht unter Beschuss, aber keine so sehr wie diese. Die Notrufleitungen sind überlastet und wir haben die Nationalgarde im Anmarsch, aber die werden nicht rechtzeitig ausrücken können."

„Wo ist meine Liste?"

„Wird gerade ausgewertet."

„Ich brauche doch nur einen Kerl!"

„Kommt schon. Jede Minute…"

Da ging rechts von Wren eine Explosion los. Im einen Augenblick war in der Nähe noch ein Van unterwegs gewesen, im nächsten war nichts als ein Flammenball zu sehen. Der Porsche wurde von der Druckwelle erfasst und Splitter prasselten gegen die Fenster. Der Wagen geriet ins Schleudern, aber Wren behielt die Nerven, raste durch eine plötzliche Rauchwolke und gewann die Kontrolle zurück.

Sein Herz raste. Im Rückspiegel sah er Rauch aus einem brennenden Fahrzeug aufsteigen, und überall stießen Autos zusammen. Vor ihm verlor ein SUV die Kontrolle und überschlug sich. Wren bremste und konnte gerade noch zwischen ihm und dem Mittelstreifen durchschlüpfen.

„Was war das?", rief Humphreys.

„Ich schätze, ein Saint hat sich gerade in seinem Van in die Luft gesprengt."

Humphreys fluchte.

„Haben Sie ihn?"

„Die Info kommt gerade durch." Ein paar Sekunden vergingen, dann änderte sich Humphreys' Tonfall. „Chris, Sie könnten Recht haben! Es gibt da einen Mann, auf den alle Kriterien zutreffen, aber er war von Anfang an ausgeschlossen."

Wren wurde der Mund trocken. „Warum?"

„Weil er, nun ja …" Humphreys zögerte. „Ich bin mir nicht ganz sicher, aber es sieht so aus, als wäre er schwarz."

„Schicken Sie ihn mir."

„Kommt sofort."

Wren wich erneut auf den Seitenstreifen aus, bremste den Porsche ab und holte das Handy hervor. Seine Hände fühlten sich plötzlich heiß und unbeholfen an. In Sekundenschnelle kam eine E-Mail von Humphreys an, und er tippte auf den Anhang, öffnete ihn und blickte direkt in die Augen des Alphas.

Das war er. Sein Name war Richard Acker.

Wren scrollte ungläubig weiter, während sich Ackers Lebenslauf wie ein Social-Media-Stream im Schnelldurchlauf entfaltete. Er entsprach allem, was Wren suchte, und war doch ganz anders. Er war zwar in Minneapolis verwurzelt, aber nicht so, wie Wren sich das vorgestellt hatte. Auch hatte er sich Schönheitsoperationen unterzogen, aber nicht auf die Art, die Wren erwartet hatte. Er hatte das Sommercamp in Two Harbors besucht und er war sogar in der Kongressbibliothek gewesen, aber unter einem falschen Namen und mit einem anderen Erscheinungsbild, bevor die plastische Chirurgie es für immer verändert hatte.

Langsam fügte sich alles zusammen. Wren kehrte zu Ackers Foto zurück und betrachtete es. Darauf war er vielleicht achtzehn Jahre alt, trug eine Robe für den Schulabschluss und lächelte gezwungen. Die Stirn war die gleiche. Die breiten Schultern, die Statur, die Augenpartie, sogar das Kinn und die Wangenknochen waren wiederzuerkennen, aber alles andere war anders.

Richard Acker war tatsächlich schwarz.

Zumindest war seine Haut fleckig, so als hätte sie aus unsauber gebeiztem Kirschholz bestanden. Dann blickte Wren genauer hin. Strähniges blondes Haar fiel über braune Augen und ein Gesicht mit der kantigen Nase und den schmalen Lippen eines Weißen, aber mit dieser fleckigen dunklen Haut.

Es folgte eine Lawine von Reisen nach Thailand, Vietnam und Singapur, allesamt Medizintourismus, um die in den USA unerlaubten Hautbleichungen durchführen zu lassen, sowie zahlreiche chirurgische Eingriffe: Vergrößerung der Wangenknochen, Verkleinerung des Nasenhöckers, Modellierung des Kinns.

Weitere Fotos belegten die Verwandlung, die Richard Acker von einem Mann mit schwarz-gefleckter Haut und hoffnungslosem Blick zu einer goldglänzenden, künstlich geschaffenen Erscheinung durchgemacht hatte. Haarimplantate zierten seine Kopfhaut nun mit einer prächtigen Mähne und

Muskelimplantate seine Arme, seinen Rücken und seine Oberschenkel. Er hatte sich einer Technik namens „Distraktions-osteogenese" unterzogen, bei der die Beinknochen wiederholt gebrochen und wieder eingesetzt wurden, um seine Körpergröße um bis zu fünfzehn Zentimeter zu erhöhen.

Wren hätte wohl gelacht, wenn das Ganze nicht so furchtbar traurig gewesen wäre. Zu guter Letzt erhielt er auch noch eine Erklärung für die Flecken auf Ackers Gesicht, als er die Diagnose aus seiner Kindheit las: N1 Neurofibromatose, die Skoliose, Hautknötchen, Hörverlust und kaffeefarbene Flecken verursacht hatte.

Das erschütterte Wren. Diese Flecken wuchsen mit der Zeit und wurden immer größer; eine Hautkrankheit, bei der sich blasse Haut dunkel und fleckig verfärbte. Es gab ein Bild von Acker als Kind, auf dem er vielleicht fünf Jahre alt und eher hellhäutig war und nur vier dieser Flecken im Gesicht hatte, kleine runde Stellen, die nicht dunkler waren als verschütteter Tee.

Aber die hatten sich ausgebreitet.

Wren blätterte durch weitere Fotos, die Ackers Verwandlung festhielten, während sich die Flecken über seine Wangen, seine Nase und seine Stirn erstreckten und immer dunkler wurden, bis sein ganzes Gesicht von einem ungleichmäßigen schwarzen Schleier überzogen war.

„Wir wären nie im Leben auf ihn gestoßen", murmelte Wren.

„Die Kongressbibliothek hat seinen Besuch vor all diesen Veränderungen aufgezeichnet", berichtete Humphreys. „Damals war er ein völlig anderer Mensch."

Wren rief dieses Bild auf. Auf dem Foto, das in der Bibliothek aufgenommen worden war, sah Acker wie ein Schwarzer mit einer leichten Vitiligo aus, nicht wie ein Weißer mit ausgedehnten kaffeebraunen Flecken. „Das ist unglaublich."

„In der Tat. Und das hat ihm auch das Leben zur Hölle gemacht."

„Wie das?"

„Es scheint, dass er bei seiner Geburt von seinen

drogenabhängigen Eltern ausgesetzt worden ist, was zu einer sehr turbulenten Jugend in städtischen Pflegeheimen geführt hat."

Wren blätterte weiter zu diesem Abschnitt von Ackers Leben, während Humphreys weiter zusammenfasste. „Wegen seiner ungewöhnlichen Hautfarbe ist er von den anderen Jugendlichen ausgegrenzt und schikaniert worden. Gegen seine verschiedenen Pflegeeltern sind Vorwürfe des Kindesmissbrauchs erhoben worden, aber es ist nichts unternommen worden, außer dass man ihn in eine andere Einrichtung verfrachtet hat. Mit Mitte zwanzig ist er dann gewalttätig geworden, was zu mehreren Inhaftierungen geführt hat."

Wren überflog die Unterlagen. Es gab viele Fotos von verschiedenen Verletzungen, die der junge Acker in dieser Zeit erlitten hatte, darunter ausgedehnte blaue Flecken, gebrochene Knochen und ausgeschlagene Zähne.

„Er war ein Kämpfer."

„Er hat sich immer wehren müssen", fuhr Humphreys fort. „Aber anscheinend hatte er die Nase voll davon, gegen andere Waisenkinder vorzugehen und ist online gegangen, um sich zu rächen."

„An den Behörden?", fragte Wren.

„Ja. Auf seinen frühesten Einträgen im Internet hat er auf zahlreichen regierungsfeindlichen Seiten gepostet. Er hat sich für die Sabotage des Pflegesystems ausgesprochen, und Sie wissen ja, wie es in solchen Gruppen zugeht: Je gewalttätiger und extremer man ist, desto mehr Likes bekommt man."

Wren fand die Beiträge und blätterte sie durch. Es war die Rede von Brandzeichen und reinigendem Feuer. „Das ist er, kein Zweifel."

„Springen Sie ein paar Jahre weiter und dann reichen ihm diese kleineren Gruppen nicht mehr aus."

„Er hat sich selbst radikalisiert", sagte Wren.

„Ganz genau. Er hat sein Ziel auf die gesamte Regierung ausgeweitet, auf größere Standorte, wo seine blutrünstigen

Drohungen ihm mehr und mehr Aufmerksamkeit verschafft haben."

Wren wusste genau, was dieser junge Richard Acker wollte. Das konnte er bei jedem Foto in seinen Augen sehen.

„Was ist mit dem Missbrauch? Hat er jemals auf offiziellem Wege Gerechtigkeit erfahren?"

„Der ist nie bewiesen worden", antwortete Humphreys. „Aber ich glaube ihm. Es gibt da etliche Schlupflöcher im Pflegesystem, und er wäre ein sehr leichtes Ziel gewesen. Seine veränderte Hautfarbe hat dazu geführt, dass er sich zurückgezogen hat, verletzlich war und leicht von krankhaften Erwachsenen ausgenutzt werden konnte. Er hatte keine Freunde, keine Fürsprecher, niemanden, der auf seiner Seite gestanden hätte."

Wren ballte seine Hände zu Fäusten. Unter anderen Umständen hätte er auf der gleichen Seite wie Richard Acker gekämpft. Seit dem Fall der Pyramide verspürte er jeden Tag den Drang nach Rache; eine unbändige Wut, die gestillt werden musste.

Wäre James Tandrews nicht gewesen, wäre er vielleicht genauso rachsüchtig geworden wie dieser Richard Acker. Er hätte mit allen Mitteln versucht, irgendjemanden zur Rechenschaft zu ziehen, und es wäre ihm völlig gleichgültig gewesen, wie viele Unschuldige er dabei verletzt hätte.

Tandrews hatte diese Wut lediglich in eine vernünftigere Richtung gelenkt. Außerdem hatte ihm die Stiftung geholfen. Vielleicht konnte sie auch Acker helfen.

„Schließlich ist er ins Darknet abgerutscht", fuhr Humphreys fort, während seine Tastatur klackte, als er sich durch den Bericht arbeitete. „Anhänger von Verschwörungstheorien waren von seinem Zorn und seiner Leidenschaft begeistert und er ist zu ihrem Helden geworden. Mit ihrer Unterstützung hat er die Saints gegründet und sie zu einer Organisation mit Hunderten von treuen Mitgliedern ausgebaut, aber er ist erst nach einigen Jahren aus dem Internet in die Wirklichkeit zurückgekehrt, zumindest bis …"

„Sinclair", flüsterte Wren und erkannte endlich den Zusammenhang.

„Ganz genau. Anscheinend hat sie ihn mit den plastischen Chirurgen zusammengebracht."

„In Thailand", bestätigte Humphreys. „Alle Verfahren und eine ganze Reihe von Behandlungen zur Hautaufhellung, die hierzulande untersagt sind."

Wren fand die Fotos, die den Verlauf der Behandlung darstellten, und verfolgte, wie sich Acker von einem hellhäutigen Mann mit ausgedehnten dunklen Flecken zu einem ungewöhnlich blassen Mann mit rötlichen Flecken, die wie verbrannt aussehen, entwickelte.

„Kein Wunder, dass er jede Menge Selbstbräuner verwendet", murmelte er.

„Arme Sau", stellte Humphreys fest.

Wren starrte vor sich hin. Der Verkehr rauschte an ihm vorbei. Der Bürgerkrieg war in vollem Gange, aber nun wusste er besser, worauf Acker es abgesehen hatte. Rache. Er wollte der Regierung Schmerz zufügen für die Verbrechen, die er erlitten hatte, als er noch zu klein gewesen war, um sich zu wehren.

Das war der springende Punkt. Jetzt ging es ans Eingemachte. Die wichtigsten Schüsse im großen Bürgerkrieg des Alphas würden gegen seine frühesten Peiniger abgefeuert werden. Wren blätterte in der Akte zurück, bis er die gesuchte Information fand.

Hier.

Und mit einem Mal wusste er, wo Acker sein würde.

45

BISHOP HENRY WHIPPLE

WREN LEGTE den Gang ein und beschleunigte den Porsche innerhalb von zehn Sekunden auf über hundertfünfzig Sachen.

„Das Bishop Henry Whipple Federal Building", rief Wren über das Dröhnen des Motors hinweg. „Da möchte Acker hin, zusammen mit seinen Elitetruppen. Dort hat die Fürsorgebehörde von Minneapolis ihren Sitz, der Ort, an dem er als Kind jahrelang missbraucht worden ist. Ich brauche …"

„Wenn es ein Bundesgebäude ist, haben wir bereits Truppen dorthin geschickt", unterbrach ihn Humphreys. „Ich kann versuchen, noch mehr loszuschicken, aber alle Kollegen des FBIs, der Polizei, der Feuerwehr, des Rettungsdienstes und der Nationalgarde sind damit beschäftigt, Krankenhäuser, Schulen und andere Regierungsgebäude zu sichern. Wenn das Henry Whipple Building verloren ist, bedeutet das, dass Acker bereits durchgebrochen ist. Wir können sonst niemanden einsetzen."

„Dann informieren Sie so viele Leute wie möglich", bellte Wren und bog scharf nach rechts in Richtung Süden ab. Vor ihm stieg bereits eine dicke schwarze Rauchwolke über dem Mississippi Delta auf, wie ein Schatten am Himmel; der grausame Hinweis auf ein Großfeuer. „Bürger, Milizen, Pfadfinder, was immer nötig ist, Humphreys. Das Gebäude steht bereits in Flammen!"

„Das ist nicht das einzige Feuer in der Stadt, Christopher", antwortete Humphreys. „Das ganze Land ist in Aufruhr. Ich arbeite bereits mit einem Dutzend Behörden zusammen, und im Umkreis von hundertfünfzig Kilometern gibt es keine einzige freie Mannschaft, die gegen eine Armee von vierzig Fanatikern vorgehen kann!"

Wren fluchte. Er wünschte, er hätte das früher kommen sehen. „In dem Gebäude müssen tausend Leute sein, Humphreys."

„Dann holen Sie sie da raus! Sie sind der Einzige, der in der Nähe ist, Wren. Lassen Sie sich was einfallen."

Die Leitung war tot. Wren legte auf und widmete sich der Straße vor ihm. Humphreys hatte nicht unrecht; er musste ein ganzes Land retten. Tausend Menschenleben in Minneapolis waren wichtig, aber überall standen Tausende von Menschenleben auf dem Spiel.

Doch Acker war nun mal der Kopf des Ganzen. Sobald der Kopf ausgeschaltet ist, stirbt auch der Körper.

Wren trat das Gaspedal fester durch und steuerte direkt auf die Rauchwolke zu. Bald kam die Ausfahrt und er raste auf die Brücke über den Mississippi. Als er über das Wasser schoss, tauchte durch den Rauch das Whipple Building auf, ein riesiges, freistehendes Bürogebäude bestehend aus zwei Teilen: einem breiten, einstöckigen unteren Stockwerk und einem schmaleren Turm, der in der Mitte acht Stockwerke in die Höhe ragte und von einem breiten Parkplatz umschlossen war.

Das Erdgeschoss war bereits ein wahres Flammeninferno. Orangefarbene Feuerzungen brachen durch die Fenster und leckten in Richtung des zweiten Stockwerks, wo sie in einer dichten Rauchsäule aufstiegen. Wren konnte gerade noch die „Hunde der Saints" ausmachen, die in ihren schwarzen Schutzanzügen das Erdgeschoss umkreisten und mit automatischen Gewehren auf das Dach schossen.

Hunderte von Leuten waren dort oben versammelt und in Rauch gehüllt.

Alle Zugänge waren abgeschnitten.

Wren rechnete nach. Es gab keinen einfachen Weg durch die Hunde und schon gar nicht durch das Feuer im Erdgeschoss. Er musste sich seinen eigenen Weg hinein bahnen.

Er warf einen Blick in die Spiegel, fand heraus, wonach er gesucht hatte, beschleunigte scharf und wechselte die Spur, um sich direkt vor einen großen Sattelschlepper zu setzen. Sein Auflieger hatte metallene Seitenwände und schien ein Kühlfahrzeug zu sein, was ihm helfen sollte.

Wren betätigte die Hupe und trat auf die Bremse. Der Sattelschlepper reagierte schnell, wich auf die nächste Spur aus, um nicht mit ihm zusammenzustoßen, und antwortete mit seinem eigenen Hupen. Wren fuhr direkt vor ihm nach links und blieb mit der Hupe und einem Arm aus dem Fenster stehen, um dem Truck zu zeigen, dass er anhalten sollte.

Der Sattelschlepper bremste.

Sobald das Fahrzeug auf der mittleren Spur zum Stehen gekommen war, stellte sich Wren mitten auf die Fahrbahn und hielt gebieterisch der Fahrerin, einer älteren Frau mit Jeansjacke und roter Mütze, eine Hand entgegen. Sie blickte überrascht auf den blutüberströmten, schwankenden Kerl auf der Interstate hinunter, als er zu ihrer Tür hochstieg und durch das Fenster zu ihr sprach.

„Ich brauche diesen Truck für einen Notfall, Ma'am. Sehen Sie das brennende Gebäude da drüben? Diese Leute muss ich retten, und dazu brauche ich Ihren Truck. Sonst kommt niemand, um ihnen beizustehen."

Sie musterte ihn noch einen Augenblick, dann öffnete sie die Türverriegelung. „Dann steigen Sie mal ein."

Er öffnete die Tür und schlüpfte hinein. „Aber Sie müssten aussteigen, Ma'am."

Sie grinste ihn an: „Sie denken, Sie können dieses Biest beherrschen?" Sie hatte einen lockeren Bostoner Akzent und enge

Fältchen um den Mund, die darauf schließen ließen, dass sie sechzig war. Auf ihren Sonnenblenden waren Bilder von Kindern zu sehen. „Ich habe Sie doch in dieser Blechbüchse beobachtet. Sie kommen doch nicht mal über den Mittelstreifen."

Wren ging im Geiste alle möglichen Einwände vor und widerlegte sie alle. Mittlerweile war jeder ein Soldat. Im Hintergrund lief das Radio mit den neuesten Meldungen über Schießereien im ganzen Land.

„Ich bin eine Patriotin", rief die Frau und gab Gas, ohne auf seine Zustimmung zu warten. Der Sattelschlepper schoss mit einem Ruck vorwärts.

„Wir müssen eine Verteidigungslinie von Profikillern durchbrechen und das Regierungsgebäude stürmen", erklärte Wren. „Und zwar so, dass wir dabei nicht draufgehen."

Sie schnaubte: „Da wollte ich schon immer mal hin. Meine Unterhaltszahlungen sind beschissen."

Wren lachte.

„Lacy Demille", stellte sich die Frau vor und reichte ihm die Hand, als der Sattelschlepper um die Kurve auf der Interstate donnerte. Wren ergriff ihre schwielige Hand und schüttelte sie.

„Christopher Wren."

„Wie der Architekt. Wie hoch ist die Wahrscheinlichkeit, dass wir dabei ums Leben kommen, Chris?"

Auf beiden Seiten fuhren nun Fahrzeuge vorbei, die kräftig hupten, als Lacy an Geschwindigkeit zulegte. Die Ausfahrt zum Bundesgebäude war noch einen knappen Kilometer entfernt.

„Hoch", sagte er. „Oder das Feuer kriegt uns."

„Gegen Feuer kommen wir gut an. Der Benzintank befindet sich unter dem Anhänger und ich bin vollbeladen mit gefrorenem Fleisch; Sie haben sich genau den richtigen Truck ausgesucht, um in ein brennendes Gebäude zu rasen."

Wren lachte wieder. „Ich bin eben wählerisch."

„Dann hätten Sie sich nicht dieses Spielzeugauto aussuchen sollen. Haben Sie eine Waffe?"

„Klar, und Sie?"

„Unter Ihrem Sitz", antwortete sie.

Wren streckte die Hand aus, kramte unter dem Sitz und holte einen alten, gut geölten Colt .45 hervor.

„Kann in der Nacht manchmal ganz schön haarig werden", meinte Lacy und zwinkerte ihm zu.

Wren zog das Magazin heraus und untersuchte die Waffe: alles in Schuss. Nachdem er das Magazin wieder eingesetzt hatte, betätigte er den Verschluss, um eine Patrone in Position zu bringen. Einwandfrei instandgehalten. Dann verstaute er die Waffe im Handschuhfach.

„Nehmen Sie den Colt an sich, aber halten Sie sich aus dem Feuergefecht raus, bis ich zurück bin, Ma'am. Die Männer, mit denen wir es zu tun haben, sind abgebrühte Killer."

Sie runzelte die Stirn. „Nenn mich nicht Ma'am, ich bin nicht deine Lehrerin. Ich heiße Lacy. Und wo willst du überhaupt hin, bis du wieder zurück bist?"

„Auf das Dach des Gebäudes. Kann ich von hier aus eigentlich in den Anhänger gelangen?", fragte er und überprüfte die Glock, die er in seinem Hosenbund verstaut hatte.

Lacy lachte: „Bist du irre, in eine Kühleinheit zu klettern? Natürlich nicht."

„Natürlich nicht", grinste Wren zurück. Plötzlich fühlte er sich ganz wohl.

Er stieß die Tür auf und deutete zur Seite. „Also, du fährst mich jetzt direkt bis zum Dach des Gebäudes. Stell dir einfach vor, ich surfe und du bist die Welle. Halte dich geduckt, wenn wir näherkommen, und peile den am wenigsten verbrannten Teil des Gebäudes an, bevor du aus dem Fahrerhaus springst und losrennst. Der Rauch sollte dich gut verdecken."

Sie blickte ihn nur an.

„Danke, Lacy", rief er und zog sich aus dem Führerhaus auf das Dach, wobei er den Außenspiegel als Halt benutzte. Der Wind peitschte ihm um die Ohren und die Luft stank nach ausgelaufenem Benzin und Rauch. Auf der linken Seite hatte er einen Rundumblick auf das Whipple Building, aus dessen Rauchwolke die Flammen emporschlugen.

„Halt dich fest!" rief Lacy von unten, und Wren schaffte es gerade noch, sich am Metallrahmen des Anhängers festzukrallen, als das Führerhaus scharf nach rechts schwenkte. Der Schwung des Anhängers riss an der Kupplung des Lastwagens, das Metall schrie auf, bevor er Lacys Kommando gehorchte und mit weit überhöhter Geschwindigkeit in die Ausfahrt einbog.

46

MIT VOLLDAMPF

LACYS TRUCK RASTE mit Vollgas über die Ausfahrt, schoss auf eine kurze Brücke über einen Nebenfluss des Mississippi und stürzte sich dann mit voller Wucht in eine weitere scharfe Kurve am anderen Ufer. Dichter Rauch hing nun in der Luft.

Wrens linkes Bein pochte, aber es hielt, und er stand aufrecht auf dem Führerhaus und beobachtete, wie sie sich dem Gebäude näherten. Ackers Hunde hatten das Henry Whipple Building in einem Abstand von etwa fünfzig Metern eingekreist; mehrere von ihnen hielten ihre Gewehrmündungen auf den Sattelschlepper gerichtet, als dieser die letzten hundert Meter zurücklegte.

Das Whipple Building lag nun direkt vor ihnen, sein unteres Stockwerk stand in Flammen, während die oberen acht Stockwerke in Rauch gehüllt waren. Als der Sattelzug auf den Parkplatz und auf die Reihe der Hunde zuraste, erspähte Wren einen langen Graben, der um das Gebäude herum ausgehoben worden war.

Fluchend warf er sich flach auf das Dach des Fahrerhauses und steckte seinen Kopf durch das Fenster hinein.

„Weich nach links aus, Lacy, sofort!"

Kurzerhand riss Lacy das Lenkrad nach links. Wren geriet ins Schleudern, als der Laster hart in die Kurve ging, die Bremsen quietschten und Metall knirschte. Sein Körper rutschte vom Dach des Führerhauses, aber seine rechte Hand klammerte sich an der Kante fest. Er flog durch die Luft wie ein sich schließendes Scharnier und schlug gegen die Tür des Führerhauses, wodurch ihm regelrecht die Puste wegblieb.

Eine Sekunde lang baumelte er mit den Beinen über dem Vorderrad, dann schlingerte der Truck nach rechts auf die Zufahrtsstraße um den Parkplatz. Wren nutzte die Beschleunigung, um seine Füße auf die Trittbretter zu ziehen.

„Ich habe gedacht, wir würden das Gebäude rammen?", rief Lacy durch das Fenster.

Wren schnappte nach Luft. „Die Sicherheitsgräben", brachte er heraus, „haben sie nach Oklahoma City gegraben. Ich habe nicht gedacht …"

„Du hast nicht gedacht? Wie sollen wir jetzt an das Gebäude rankommen?"

Wrens Gedanken rasten. Der Graben war vielleicht anderthalb Meter tief, ein flaches Gefälle, das mit riesigen Schiefersteinen gefüllt war, aber kein Sattelschlepper würde da durchkommen. Das war ja der ganze Sinn der Sache. Er überblickte den Grundriss des Gebäudes, als ein in der Nähe befindlicher Hund die Seite des Sattelschleppers mit Maschinengewehrfeuer beschoss. Lacy zuckte wie automatisch zusammen. Es waren nur noch Augenblicke, bis sie den Parkplatz verlassen und wieder auf die Autobahnauffahrt fahren würden.

Dann erblickte er es.

„Dort, an der nordwestlichen Ecke", rief er und deutete auf die Kurve der Straße, „wird die Zufahrt für Lieferungen sein."

„Was?", rief Lacy zurück. „Ich kann nichts sehen außer diesen bewaffneten Vollidioten."

„Ich bin mir ganz sicher. Es wird zwar ein Gittertor geben, das stark genug ist, um alles aufzuhalten, was kein Panzer ist, aber wir kommen da durch. Vertrau mir." Er zwinkerte und hievte sich wieder auf das Fahrerhaus.

Ein langer Block niedriger Nebengebäude flog vorbei, dann

bog Lacy scharf nach rechts ab, und schließlich sah Wren das Ziel vor sich: den Zugang zu einem Wartungshof hinter dem Gebäude, der durch den abgesenkten Schranken eines verstärkten Sicherheitstors abgeschirmt wurde.

Er stampfte auf die Decke des Fahrerhauses und rief. „Gib Gummi, Lacy!"

Der Sattelschlepper beschleunigte, zermalmte die Kotflügel geparkter Autos und bahnte sich einen Weg über einen niedrigen, mit Büschen bewachsenen Randstreifen. Am äußersten Rand des Gebäudes gab der Anhänger einen mächtigen Knall von sich, als er über den gemauerten Bordstein raste und eine der Achsen brach. Einen Augenblick später krachten sie gegen den Schranken.

Der Kühlergrill des Trucks knickte mit einem metallischen Schrei ein und ließ den Sattelschlepper geradeaus auf das verwüstete Gebäude zurasen.

„Bremsen!", brüllte Wren.

Der Rauch hüllte das Dach wie ein dunkler Kokon ein und machte es unmöglich, die Dachkante auszumachen. Wren sprang auf das Dach des Anhängers, als die Reifen blockierten und das Gummi darunter verbrannte. Zwei Sekunden später prallte das Fahrerhaus mit einem gewaltigen Krachen gegen die Wand und schleuderte Wren in die Luft.

Er flog gefühlte Sekunden lang durch den Rauch und versuchte, die Landung einzuschätzen, bis sein rechtes Bein auf dem Dach hängen blieb. Er schaffte gerade mal einen Schritt, dann gab sein linkes Bein nach und er kippte zu Boden. Seine Hüften, Ellbogen, Schultern und Knie schlugen auf dem glatten Flachdach auf, bis er schließlich seitlich zum Stillstand kam.

Wren stöhnte gegen den Schmerz an und rappelte sich auf. Die Hitze des Feuers unter ihm hatte die Dachpappe geschmolzen, und nun klebten schwarze, gummiartige Streifen an seiner Kleidung. Überall war Rauch zu sehen, der von den sich ausbreitenden Flammen ausgespuckt wurde.

Wren stürmte auf die zweite Etage der acht Stockwerke zu.

Von hinten kamen Schüsse, die durch das Knallen und Wimmern des Feuers vor ihm beantwortet wurden. Er suchte sich einen Platz zwanzig Meter vor dem schlimmsten Rauch, zog Sinclairs Glock und ballerte gegen das Fenster. Anschließend kämpfte er sich durch die Glasscherben und stürzte in ein langes Büro mit Tischen, Stühlen und Trennwänden, das von den orangefarbenen Flammen eingehüllt war.

In der brütenden Hitze lief ihm der Schweiß in Strömen über den Körper. Plötzlich fiel ihm das Atmen schwer, denn jeder Atemzug lieferte ihm viel zu wenig Sauerstoff. Seine Augen tränten und er konnte kaum noch etwas sehen. Ein feiner Regen aus Sprinklerwasser strömte von den Düsen über ihm herab, aber nicht annähernd genug, um das Feuer zu löschen. Er hielt sich mit einer Hand das Hemd vor den Mund und drängte sich zwischen Schreibtischen und Feuerbergen hindurch in Richtung des Herzstücks des Gebäudes.

Nach zwanzig Sekunden stieß er auf einen offenen Bereich: Auf der linken Seite gab es eine Reihe von Aufzügen, die sich wie verrückt öffneten und schlossen, weiter vorne auf der linken Seite schossen Flammen vor den Fenstern empor, und auf der rechten Seite befand sich eine Tür zum großen Treppenhaus.

Dorthin musste er sich durchschlagen. Das Treppenhaus verschaffte ihm etwas Erleichterung von der Hitze, aber schwarze Rauchschwaden zogen bereits nach oben. Wren kniff die Augen halb zu, knallte die Tür hinter sich zu, um die Ausbreitung des Feuers einzudämmen, und begann, zwei Stufen auf einmal hinaufzusteigen.

Schon nach wenigen Sekunden begann sein verletztes linkes Bein zu schwächeln, aber er hielt durch, indem er sich am Geländer festhielt, um sich schneller hochzuziehen. Zweiundzwanzig Stufen zählte er bis zum dritten Stock mit einer Kehrtwende, die gleiche Zahl bis zum vierten, fünften, sechsten, siebten und zweiunddreißig bis zum achten Stock.

Insgesamt einhundertzweiundvierzig Stufen. Selbst in bester Verfassung wäre das mörderisch gewesen. Auf halbem Weg nach oben lief er nur noch mit reiner Willenskraft, schweißgebadet, mit brennenden Beinen und keuchender Lunge. Im siebten Stock schnappte er so heftig nach Luft, dass er silberne Flecken in seinem Sichtfeld dahintreiben sah. Im achten Stock war er ein einziges Wrack, sein linkes Bein zitterte unkontrolliert und er hielt sich nur noch mit Adrenalin und seinem Zorn auf den Beinen.

Ganz in der Nähe schrien Leute. Wren klammerte sich an das Geländer, atmete tief ein und verfolgte, wie sich der Rauch wie ein Fluss aus dem Treppenhaus in einen Korridor ergoss. Dann folgte er einem Notausgang, der zu einer Treppe auf das Dach führte.

47

BRÜLL

DAS BRÜLLEN des Feuers wurde immer lauter, als Wren auf dem Dach erschien. Es klang wie eine Bestie, die dem Gebäude die Eingeweide aus dem Leib riss. Die Schüsse der automatischen Gewehre prallten von der Dachkante ab und wurden von aufsteigenden Rauchschwaden überdeckt, die jetzt von orangefarbenen Flammenzungen durchzogen waren.

Wie verlorene Seelen im Fegefeuer wälzten sich die Leute schreiend und in Todesangst durch das dunstige Grau, und Wren stürzte sich mitten unter sie. Er kam an dicht gedrängten Gruppen vorbei, die in hitzige Debatten verwickelt waren, an Leuten, die in ihre Handys schluchzten, an solchen, die vor Verbrennungen jammerten, und an anderen, die still dalagen oder vom Rauch hustend zusammengesackt waren. Allen liefen Tränenspuren über ihre rußverschmierten Wangen.

Wren suchte nach dem Mittelpunkt des Daches.

Panik und Angst waren ein tödlicher Cocktail. Er musste diese Leute beruhigen und ihnen gleichzeitig Hoffnung geben. Ein falscher Schritt und er würde einen wilden Exodus auslösen, der sie wie Lemminge über die Dachkante treiben oder sie im Treppenhaus ersticken lassen würde.

Um zu überleben, musste man die Kontrolle behalten, und

Kontrolle erforderte Autorität, und Autorität erforderte Aufmerksamkeit.

Genau wie bei der Pyramide am letzten Tag.

Schließlich fand Wren die turbulente Mitte des Daches. Ein einzelner Schuss aus seiner Glock konnte die Aufmerksamkeit aller erregen, aber gleichzeitig auch eine Massenpanik auslösen.

Stattdessen musterte er die Leute, die ihm am nächsten waren, und wählte schnell einen schlanken Mann Mitte dreißig aus, der ein rußverschmiertes rosa Hemd trug. Seine Augen flackerten und blickten panisch drein, aber das war allemal besser als stumpf und gefühllos.

Wren trat näher an ihn heran, packte ihn an den Schultern und sah ihm tief in die Augen.

„Du überlebst das hier, wenn du tust, was ich sage", befahl er, langsam und deutlich. „Geh auf ein Knie und hör genau zu. Verstanden?"

Der Mann glotzte ihn bloß an, also packte Wren ihn an den Schultern und zwang ihn auf ein Knie. „Bleib so und du überlebst das hier."

Also blieb der Mann in dieser Stellung. Wren wandte sich der nächsten zu, einer jungen Frau, die schreiend auf ihren versengten Rock einschlug, obwohl das Feuer längst erloschen war. Er hielt ihre verzweifelten Arme fest und wiederholte dieselbe Masche, um sie zu beruhigen und zur Ruhe zu bringen.

Sie ließ sich auf ein Knie fallen, schwieg und bestaunte ihn, als ob er ein Geist gewesen wäre. Jetzt waren es schon zwei. Wren deutete auf eine dritte Person, einen stämmigen Mann Mitte fünfzig, der das Ganze beobachtet hatte.

Er wirkte anders als die anderen beiden, vielleicht war er ein Manager, vielleicht selbst vom FBI, und seine Augen waren von Zweifel erfüllt.

Wren zog die Glock und deutete auf das Dach.

Daraufhin ging der Mann auf ein Knie.

Wren nickte zustimmend und bewegte sich weiter, immer weiter nach draußen strahlend.

Nach wenigen Minuten knieten etwa zwanzig Leute schweigend vor ihm, und von da an breitete sich das Ganze wie von selbst aus. Das geschäftige Treiben und die Geräusche wurden immer leiser, und nach fünf Minuten war es auf dem Dach bis auf das Rauschen des Feuers vollkommen leise.

„Ich bin vom FBI", rief Wren mit tiefer, kontrollierter Stimme über ihre Köpfe hinweg und ließ seine Worte einen Augenblick lang wirken, sodass sich ihr Verstand wieder einschalten konnte. Für das, was er vorhatte, mussten sie mitdenken, anstatt sich wie hirnlose Monster anzustellen. „Mein Name ist Christopher Wren. Einige von euch haben mich vielleicht gesehen, wie ich das Gebäude in einem Sattelschlepper an der Nordwestseite gerammt habe. Ich bin hier hochgekommen, das heißt, es gibt einen Ausweg. Wir können ..."

Plötzlich stand eine Person auf und rannte davon. Wren feuerte die Glock ab, ohne nachzudenken; der Schuss streifte die Schulter des Mannes und er sank mit einem Aufschrei auf das heiße Dach. Ein Mann, der davonlief, war ein Anführer, dem andere folgen würden.

„Ich kann euch hier rausbringen", fuhr Wren fort, „aber ihr müsst euch an meine Anweisungen halten. Das Treppenhaus ist voller Rauch, also werden wir quasi halbblind dort hinuntersteigen. Wenn ihr dort in Panik geratet, bringt ihr alle um, und glaubt mir, ihr wollt wirklich nicht tausend Tote auf dem Gewissen haben." Er ließ das lange genug wirken, damit sich alle vorstellen konnten, wie sich das anfühlen würde. „Wir gehen also in Gänsemarsch. Einer nach dem anderen. Wir benutzen unseren Verstand und dann werden wir alle überleben."

Sie blickten ihn mit tränenroten Augen an, in denen sich Hoffnung und Verzweiflung mischten. Aber er war noch nicht fertig.

„Sobald wir draußen sind, schießen sie auf uns. Der Parkplatz im Nordwesten ist ziemlich schmal, da bringen sie vielleicht zehn ihrer Schützen unter. Sie haben automatische Gewehre und schießen auf uns, aber vergesst nicht, hier oben gibt es kein

Entkommen, nicht wahr? Hier geht es nicht um Mut, sondern um reine Notwendigkeit. Mit unserer schieren Masse bringen wir die Arschlöcher zu Fall, das schwöre ich."

Er blickte zu ihnen hinüber. Niemand sagte ein Wort.

„Ganz ordentlich, einer nach dem anderen", befahl er. „Eine Hand auf die Schulter des Vordermanns. Bedeckt euren Mund und eure Nase mit allem, was ihr könnt, um den Rauch abzuhalten. Und jetzt folgt mir."

Er ergriff die Hand des ersten Mannes, legte sie auf seine eigene rechte Schulter und schritt zurück durch die Menge.

48

DER KOPF DER SCHLANGE

Im Treppenhaus waberte der Rauch, beeinträchtigte die Sicht und brannte in Wrens Augen. Er verdeckte seinen Mund mit seinem Hemd und stürzte sich dann hinein.

Die Hitze schlug in Wellen von unten herauf. Seine Füße fanden den Rand der Treppe und er begann hinunterzusteigen. Das Geländer fühlte sich schmerzhaft heiß an, und schon bald war das Treppenhaus mit dem Geräusch von Keuchen, Schreien und trappelnden Füßen erfüllt.

„Schon gut", rief Wren sanft nach hinten und widerstand dem Drang, mit voller Geschwindigkeit hinunterzustürmen. „Langsam und vorsichtig."

Er zählte die Stufen bis zur ersten Kehre, spürte, wie sich die Schlange hinter ihm straffte, und zählte dann die Stufen bis zum Treppenabsatz. Als er am beleuchteten EXIT-Schild über der Tür zum siebten Stockwerk vorbeikam, erfasste ihn ein Schwall Hitze. Der Korridor hinter den Brandschutztüren musste in Flammen stehen.

Er beschleunigte seine Schritte, erst in den sechsten, dann in den fünften Stock, bis der Rauch so dicht wurde, dass seine Augen ständig tränten und er kaum noch etwas sehen konnte.

„Schließt eure Augen", rief er zurück, „sagt das weiter. Vertraut euch gegenseitig."

Im vierten Stock fühlte er sich schwindelig und benommen, im dritten Stock gab sein linkes Bein bei jeder Stufe nach, aber er hielt sich trotz der Schmerzen am glühenden Geländer fest und setzte seinen Weg fort, bis ihn die letzte Kehre in den zweiten Stock führte.

Die Schreie seines Gefolges waren jetzt von Husten abgelöst worden. Er riskierte einen Blick durch einen kleinen Spalt seiner Augenlider, aber er konnte nur das rot leuchtende EXIT-Schild erkennen. Die Hitze war unerträglich.

„Wir sind da", rief er über seine Schulter und trat die Tür ein.

Licht und Frischluft strömten herein. Der Kern des Gebäudes um die Aufzüge und das Treppenhaus herum brannte noch nicht, aber Stichflammen drangen aus der Flammenhölle des dahinterliegenden Büros immer näher. Inzwischen brannten die Wände, Decken und Böden und bildeten einen langen Feuertunnel bis zum Windfang.

„Jetzt müssen wir laufen", rief Wren und setzte zu einem Sprint an.

Seine Füße stampften auf den brennenden Vinylboden, sein linkes Bein vermochte sein Gewicht kaum noch zu halten, und beißender Rauch stieg ihm in die Lungen. Die Flammen schlugen zu beiden Seiten hoch, als Computer, Schreibtische und persönliche Gegenstände das Feuer weiter anfachten. Die Hitze war erdrückend, aber es wehte auch eine kühlere Brise über seine Wangen, da das Feuer Frischluft durch das Fenster, das er aufgeschossen hatte, ansaugte.

In wenigen Augenblicken erreichte er es und stürmte auf das Dach des ersten Stocks.

Der Rauch war stärker als zuvor und die Dachpappe verbrannte sofort seine Schuhsohlen, aber das war allemal besser als das Innere des Gebäudes. Wren sog die kühle, verqualmte Luft ein und streckte den Leuten, die ihm folgten, die Hände entgegen.

Ein Körper nach dem anderen stürzte durch das Fenster, und

Wren fing sie auf, um kleine Brände an ihrer Kleidung zu löschen, während sie an ihm vorbeigingen. Das Haar einer Frau war verbrannt. Das Hemd eines Mannes war zu Asche zerfallen und klebte an seiner Brust und seinem Rücken.

Ein Dutzend zog vorbei, dann noch eines, dann schnappte sich Wren die ersten Leute, die entkommen waren, und stellte sie als Retter am Fenster auf.

„Helft ihnen, wenn sie rauskommen", rief er mit heiserer Stimme, „und dann folgt mir."

Er wandte sich um und rannte los. Dabei zog er seine Glock. Der Griff war so heiß, dass seine Handfläche schmerzte. Durch den aufsteigenden Rauch und die Flammen auf beiden Seiten konnte er die schwarzen Gestalten der Hunde der Saints auf dem Gelände unter ihm ausmachen, die immer noch um den Graben des Gebäudes Wache hielten.

Am Rand entdeckte Wren den länglichen Block des Sattelschleppers und sprang vom Dach. Er schlug mit einem hohlen Laut auf dem sich durchbiegenden Metall des Anhängerdachs auf. Dabei dellte er die Oberfläche unter sich ein und löste als Antwort einen Kugelhagel aus.

Wren ließ sich flach zu Boden fallen und hangelte sich zum Rand des Anhängers, wo er sich an der Kante festhielt und seinen Körper über die Seite fallen ließ. Die Kugeln schlugen auf der anderen Seite des Anhängers ein; es klang, als ob einige das Metall durchdrangen und in die Ladung aus gefrorenem Fleisch einschlugen.

Wren ließ sich auf den Asphalt fallen und sein verwundetes linkes Bein gab unter ihm nach, woraufhin er zusammenbrach. Er stöhnte und robbte in den Schutz eines riesigen, dahinschmelzenden Reifens. Von Lacy fehlte jede Spur. Hoffentlich hatte sie sich aus dem Staub gemacht, bevor die Hunde sie eingeholt hatten.

Immer wieder fielen Schüsse, die Funken auf dem Asphalt neben seinen Füßen warfen. Wren drückte seine Wange auf den kalten Boden und legte seinen rechten Arm um die Rundung des

Reifens, um nach einem Ziel Ausschau zu halten. Etwa zwölf Hunde standen im Freien und feuerten auf den Anhänger, aber sie konnten Wren nicht sehen, der in Rauch gehüllt an den Reifen gelehnt dasaß.

In diesem Augenblick ertönte ein metallischer Knall von oben, gefolgt von weiteren, als der erste seiner Entkommenen vom Dach sprang.

Da feuerte Wren. Einer der Hunde ging mit einem Schuss in die Brust zu Boden, aber die anderen hielten einen ständigen Kugelregen aufrecht. Wren zielte und feuerte erneut, und traf einen von ihnen in den Bauch, einen anderen in die Schulter und einen ins Bein, dann richteten sie ihr Feuer auf ihn hinter dem Reifen, gerade als sich jemand neben ihm zu Boden fallen ließ.

„Warte einen Augenblick, und lauf erst auf mein Zeichen hin los", forderte Wren mit leiser Stimme, als die Kugeln in den schweren Rahmen des Reifens einschlugen, dann erhob er sich und schlich zur Fahrerkabine des Sattelschleppers, die inzwischen halb in der Wand versunken war und dichten, schwarzen Rauch ausstieß.

Weitgehend nach Gefühl erklomm Wren das Führerhaus, duckte sich in den Fußraum und griff nach dem Schalthebel. Der Motor war immer noch an. Er fand die Kupplung, legte den Rückwärtsgang ein, schickte ein Stoßgebet hinauf zu jedem, der ihm zuhörte, und trat das Gaspedal durch.

Da erwachte der Sattelschlepper zum Leben, löste sich aus dem Gebäude und fuhr mit einem schrillen Signalton rückwärts. Damit war der Fluchtweg vom Dach abgeschnitten, aber darüber konnte Wren jetzt nicht nachdenken, denn die verbleibenden acht Hunde richteten ihr Feuer auf den Anhänger, der rückwärts auf sie zukam.

Die Kugeln schlugen unbarmherzig in die Rückwand und die Seiten des Anhängers ein, einige durchschlugen sogar die Ladung aus gefrorenem Fleisch und prasselten metallisch klirrend an der Wand hinter Wrens Kopf ab. Der Tachometer stieg auf zehn, als der Truck die Rauchschwaden erreichte, dann schaltete Wren den Sattelschlepper in den Leerlauf und sprang aus dem Fahrerhaus.

Die Hunde feuerten weiter auf den Anhänger. Wren umrundete humpelnd das sich zurückziehende Fahrerhaus, abgeschirmt von den schwarzen Rauchschwaden, die aus dem Kühlergrill quollen, bis der Truck durch die Reihe der verbliebenen Hunde rollte.

Mündungsfeuer blitzte links und rechts auf. Wren nahm sie ins Visier, schoss zurück und erledigte drei von ihnen, bevor die Hinterräder des Trucks auf einen Bürgersteig trafen und er langsamer wurde. Dann erledigte Wren einen weiteren Hund zu seiner Rechten und eilte hinüber, um ihm sein Gewehr zu entreißen. Eine AR-15, ein altes, zuverlässiges Gewehr, mit einem Magazin für zusätzliche Patronen und den nötigen Bauteilen, um es in ein vollautomatisches Gewehr umzubauen.

Wren wechselte rasch das Magazin und eröffnete das Feuer auf die verbleibenden Hunde.

Er schaltete drei von ihnen auf der linken Seite aus, bevor sie merkten, was los war, und die ihnen zugewandte Seite des Anhängers durchsiebten.

„Los!", rief er zurück in den Rauch, und in die Bresche stürmte eine Gruppe von Flüchtlingen aus dem Gebäude. Eine Frau in einem Power Suit schnappte sich ein Gewehr und schoss.

Wren schlich um den Sattelschlepper herum, schloss zu den wenigen verbliebenen Hunden auf und eröffnete das Feuer mit der AR-15. Zwei fielen sofort, die anderen machten kehrt und rannten davon. Wren nahm die Verfolgung auf und brachte beide zu Fall, sobald der Rauch sich ein wenig gelichtet hatte.

Vor ihnen lag der Parkplatz und etwas, das Wren nicht erwartet hatte.

Von der Schnellstraße her strömten Fahrzeuge heran, aber keine Feuerwehrwagen oder Krankenwagen, keine Streifenwagen oder die Bereitschaftspolizei; es waren alles Zivilfahrzeuge. Ein blauer Geländewagen, ein weiterer Sattelschlepper, ein weißer Ford-Kastenwagen, eine Gruppe in Leder gekleideter Biker auf

Harleys und Triumphs, ein Prius mit einem Mann, der durch das Schiebedach herausschaute. Es waren Bürger, die mit Handfeuerwaffen und Jagdgewehren mit aufblitzenden Mündungen auf die Saints zielten.

Das Dröhnen ihrer Schüsse hallte über den Asphalt, sie umzingelten die Hunde und waren ihnen zahlenmäßig überlegen.

Bei diesem Anblick begann Wrens Herz vor Freude zu rasen und seine Beine gewannen neue Kraft. Die Leute waren von der Straße und aus ihren Häusern gekommen, um ihr Land zu verteidigen, und das war eine fabelhafte Sache.

Als sein Gewehr leergeschossen war, ließ er es fallen, hob die Hände und lief auf das erste Fahrzeug zu. Es war ein blauer Geländewagen der Marke Toyota, der anhielt. Aus den hinteren Fenstern richteten sich zwei Gewehre in seine Richtung.

„Die Leute kommen vom Dach herunter", rief er mit vom Rauch heiserer Stimme. „Nordwestseite, haltet an, damit sie auf euer Fahrzeug springen können, und bringt sie dann vom Feuer weg. Danke."

Der Fahrer, ein bulliger Kerl mit Schnauzer, nickte heftig: „Du bist es, nicht wahr? Der Terrorist aus dem Fernsehen."

„Ich bin nicht der Terrorist", erwiderte Wren und deutete auf die Hunde. „Sie sind es."

Der Mann musterte ihn noch einen Augenblick, dann nickte er erneut und fuhr direkt auf das Feuer zu.

Wren flitzte über den Parkplatz, der jetzt von geparkten Autos umringt war, die in der Nachmittagssonne glitzerten. Es war so anders hier draußen, als ob es das Feuer gar nicht gegeben hätte. Er wischte sich den Dreck aus den Augen und machte sich auf die Suche nach Richard Acker. Dazu zückte er sein Handy und rief den Grundriss des Whipple Buildings auf.

Die Fürsorgebehörde befand sich an der südöstlichen Ecke. Das schien die beste Möglichkeit zu sein. Er beobachtete das Feuergefecht um sich herum und erfasste die Ströme von zivilen Fahrzeugen und Hunden.

Alle Ausgänge des Geländes waren durch ankommende

Fahrzeuge verstopft, sodass es kein Entkommen gab. Wren beobachtete in der Ferne zwei Hunde, die zwischen den Reihen der Autos hindurchliefen. Sie bewegten sich in Richtung Südosten.

Das war alles, was Wren gebraucht hatte, und er sprintete los. Acker war noch hier, da war er sich sicher. Er hätte nicht widerstehen können, seine alten Feinde brennen zu sehen.

Zeit, der Schlange den Kopf abzuschlagen.

49

DURCHS FEUER GEHEN

W REN ATMETE KEUCHEND und jeder Schritt fühlte sich an wie ein heißer Dolch in seinem verletzten Oberschenkel. Er war verbrannt, zerschunden, hatte unzählige Prellungen und war benommen vom Einatmen des Rauchs, aber das konnte ihn jetzt auch nicht mehr aufhalten.

Ein Trupp Hunde entdeckte ihn, stürmte auf ihn zu und eröffnete schnell das Feuer. Wren ging hinter einem Tesla in Deckung und feuerte über die Motorhaube, bis sein Magazin leer war. Er schaltete zwei, drei von ihnen aus, bis mehrere der Fahrzeuge, die auf der Straße herumfuhren, sich näherten und die restlichen zwei erledigten. Wren hob eine Hand zum Dank und lief weiter.

Er suchte die Südseite des Gebäudes ab, als er sich dem Wehrgraben näherte, aber vom Alpha war keine Spur zu sehen. Wenn er nicht gerade in den Mississippi gesprungen war und mit der Strömung sein Glück versuchte, musste er doch hier irgendwo sein. Hier hatte für ihn alles seinen Anfang genommen, und hier würde es für ihn auch zu Ende gehen.

So wandte sich Wren wieder dem Gebäude in der Mitte zu. Auf der anderen Seite des flachen Grabens standen die gläsernen

Eingangstüren offen, hinter denen ein Flammenmeer tobte. Wren glaubte, eine Bewegung zu sehen, und lief näher heran.

Dann sah er ihn, einen großgewachsenen, golden schimmernden Kerl mit blutverschmiertem Gesicht, der sich aus der Feuersbrunst in der Lobby hinter ihm herausschälte. Er hielt eine Waffe in der Hand, die er an den Kopf einer verängstigten jungen Frau drückte, die er als Schutzschild vor sich hielt.

Richard Acker, mit einer Geisel.

„Christopher!", brüllte Acker. „Komm und stirb für mich."

Er zog die Waffe vom Kopf der Geisel und feuerte; die Kugel schlug in ein Fahrzeug links von Wren ein und ließ dessen Alarm aufheulen.

Da nahm Wren einen wilden Zickzack-Lauf auf. Auf fünfzig Meter Entfernung musste Acker schon ein hervorragender Schütze sein, um ihn mit einer Handfeuerwaffe zu treffen, und damit rechnete Wren nicht.

Acker war ein Schwätzer. Er war laut und aufbrausend, mit einem unechten Gesicht, unechten Muskeln und unechter Haut. Er hatte noch nie an einem Kampf teilgenommen, sein einziges Training bestand darin, Unschuldige abzuschlachten, die an den Boden gekettet waren, und da in seinem Rücken ein Inferno tobte und seine Hunde auf dem Rückzug waren, rechnete Wren damit, dass jeder Schuss danebengehen würde.

Aber das galt nicht für die Frau, die er vor sich hielt.

Acker schoss weiter, bis Wren in dreißig Metern Entfernung auf ein Knie sank, das Gewehr gegen seine Schulter stemmte und zielte. Da richtete Acker den Lauf des Gewehrs wieder auf den Kopf seiner Geisel.

„Glaubst du, dass du noch eine weitere Seele retten kannst, Chris?", rief Acker.

Die Frau war jung, Anfang zwanzig, und die Spuren ihrer Tränen brannten rot auf ihren bleichen, weißen Wangen.

„Wenn wir dich mitzählen, Richard, sind es sogar zwei", rief Wren zurück.

Acker lachte: „Also nimm dein Fadenkreuz von meinem Kopf."

„Lass das Mädchen gehen und ich tue es." Wren verfügte über das Training, das Acker fehlte, und über die hart erarbeitete Fähigkeit, trotz des Adrenalinstoßes im Kampf gezielte Schüsse abzugeben, aber es bestand immer noch ein gewisses Restrisiko. Selbst ein präziser Kopfschuss konnte nicht verhindern, dass ein Nervenzucken Ackers Waffe auslösen und der jungen Frau das Gesicht wegpusten würde.

„Dann komm doch ein wenig näher und schließ dich uns an. Wir können alle zusammen durchs Feuer gehen."

Acker trat auf die Brücke und zwang die Frau, vor ihm herzugehen. Sein Gesicht war eine Maske aus Blut, das aus einer Stirnwunde quoll, während Flammen ihn von allen Seiten umschlossen.

Wrens Finger wollte schon abdrücken, da erinnerte er sich an sein Versprechen an Sinclair, Acker am Leben zu lassen. Wenn möglich, wollte er dieses Versprechen auch einhalten. Es wäre besser, wenn dieser Mann für seine vielen Verbrechen vor Gericht verurteilt würde, damit all seine Opfer wahre Gerechtigkeit erfahren konnten.

„Es ist vorbei, Richard", rief Wren, ließ den Lauf des Gewehrs sinken und bewegte sich langsam und beharrlich auf die Brücke zu, als hätte er sich einem verwundeten Tier genähert. „Es ist Zeit, sich zu stellen. Ich sorge dafür, dass du fair behandelt wirst."

„Fair?", brummte Acker, das Licht des Wahnsinns funkelte in seinen Augen. „Glaubst du, dass irgendetwas in meinem Leben jemals fair war, Christopher Wren? Ihr stellt mich doch bloß in einem eurer Gerichte zur Schau, als Monster für die Sensationsgier der Massen. Lieber sterbe ich hier als Märtyrer, als der Funke, der ganz Amerika entfacht hat!"

Wren lief die Treppe hinauf, die jetzt nur noch zehn Meter entfernt war. Acker hatte Recht: Das Märtyrertum besaß eine unglaubliche Kraft. Es würde immer Menschen geben, die einem Mann wie ihm folgten, egal wie fehlgeleitet er auch war. Bis zum heutigen Tag verehrten noch jede Menge Leute seinen Vater, den Apex der Pyramide.

Es war bei weitem besser, Acker lebend zu fassen.

Wren legte das Gewehr langsam am oberen Ende der Treppe ab, hob beide Hände und rückte weiter vor. Schließlich war Acker ein Redner. Das hatte sich in allem gezeigt, was er bisher getan hatte: in seinen Postings im Darknet, in seinem Manifest in dem Büchlein, in seinem endlosen Gejammer in der Folterkammer von Jib Jab.

Wren musste ihn zur Vernunft bringen. „Mitnichten, Richard", rief er und näherte sich ihm bis auf acht Meter. „Versprochen."

„Wie willst du mir das versprechen", erwiderte Acker mit fester Stimme. „Du bist doch ein Nichts, Christopher. Du kannst für niemanden sprechen, du weißt doch überhaupt nicht, was sie mit mir vorhaben und was sie mir bereits angetan haben."

„Ich weiß sehr wohl, was sie hier mit dir angestellt haben", erwiderte Wren und deutete mit einem Nicken in Richtung des Gebäudes. „Die Fürsorgebehörde. Ich weiß, dass dich keiner von ihnen beschützt hat und dass die, die sich um dich kümmern hätten sollten, dich missbraucht haben. Das kenne ich selbst nur zu gut, weil mein Vater auch so war. Er hat uns alle gequält."

Acker lachte, der Klang hörte sich wild und schrill an. „Das kennst du zu gut? Aber du hast doch Brüder, Schwestern, eine Familie gehabt. Freunde, die ganze Sekte um dich herum, und als sie gestorben sind, sind sie gemeinsam gestorben. Glaubst du nicht, dass mir das auch gefallen würde? Glaubst du nicht, auch ich wäre bereit, dafür zu sterben?"

Wren runzelte die Stirn. Was Acker da sagte, folgte einer verdrehten Logik, der er nicht widersprechen konnte, also versuchte er das erst gar nicht. „Dann wärst du tot, Richard."

„Dann ist es besser, tot zu sein!"

Wren machte einen weiteren Schritt. Acker riss die Waffe von der Geisel und schoss auf seine Füße. „Bleib sofort stehen, Pequeño 3!"

Wren hielt einen Augenblick inne und berechnete seine Schritte. Bei sieben Metern konnte er in vier großen Schritten auf ihn aufgeholt haben, insgesamt vielleicht drei Sekunden. Er musste Acker nur lange genug aufhalten, und vielleicht hatte er dazu ja genau das Richtige: die frische Verletzung an Ackers Stirn.

Sie sah vertraut aus, sie hatte die gleiche Form wie Masons unzählige Brandzeichen im Gesicht, aber diese hier war noch tiefer, als ob das Brandeisen viel zu lange dort festgehalten worden war und die Buchstaben in seinen Schädelknochen gebrannt hatte.

SIC SEMPER TYRANNIS, stand da.

„Wie ich sehe, hast du auch endlich dein Brandzeichen erhalten", stellte Wren fest. „Fühlst du dich jetzt zugehörig?"

Acker lachte und begann, sich nach hinten zu bewegen, um sich von Wren zu entfernen. „Ja. Du hast schon Recht gehabt, was mich angeht; zuvor war ich nicht bereit, alles für die Sache zu opfern. Jetzt aber schon."

„Was für eine Sache soll das denn sein?", drängte Wren und verfolgte ihn mit jedem Schritt, den Acker zurückging. „Du tötest hier Hunderte von Unschuldigen, Richard. Die haben dich doch nicht alle missbraucht."

„Aber sie haben es vertuscht!", brüllte Acker zurück und näherte sich nun den brennenden Eingangstüren. „Daher sind sie alle mitschuldig. Diese Schlampe hier, zum Beispiel?" Er schüttelte die Frau in seinen Armen. „Die arbeitet im Archiv der Pflegebehörde. Und sie hat davon gewusst! Alle haben es gewusst und doch nichts getan."

„Sie war noch nicht mal geboren, als du missbraucht worden bist", widersprach Wren. „Vielleicht ist sie ja in ein fragwürdiges System hineingekommen. Aber hat sie es wirklich verdient, dafür zu sterben? Soll das Gerechtigkeit sein?"

„Gerechtigkeit? Diese Leute haben mich verletzt, als ich mich nicht wehren konnte! Ich habe gedacht, gerade du würdest das verstehen, nach allem, was du durchgemacht hast. Wir sind jetzt

Brüder, Christopher, obwohl ich dorthin gegangen bin, wo du dich nicht hin traust."

Wren deutete auf das Gebäude. „Ich bin dort reingegangen, Richard. Die meisten von ihnen habe ich rausgeholt. Und das gelingt mir auch mit dieser Frau hier." Er deutete mit einem Nicken auf die Frau. „Jetzt steht nur noch deine Seele auf dem Spiel."

„Meine Seele?", knurrte Acker. „Verleihst du mir jetzt eine deiner Münzen, Christopher, machst mich zu einem Mitglied deiner Stiftung von Möchtegern-Vampiren und Hackern, deinen Bikern und gebrochenen Seelen, sodass ich bloß eine Sekte gegen eine andere eintausche?"

Acker hielt an, als er mit dem Rücken fast an die äußere Feuerwand herangekommen war, aber Wren ging weiter und verringerte den Abstand auf sechs Meter.

„Ganz recht. Genau dafür ist die Stiftung ja da. Und falls du die Schuldigen bei lebendigem Leib verbrennen möchtest, zünde ich höchstpersönlich sogar das Streichholz an, aber nicht so. Nicht so viele Unschuldige."

„Keiner von ihnen ist unschuldig!", wütete Acker. „Weder sie, noch ich und auch nicht du!"

Wren ging noch einen Schritt weiter. Jetzt waren es nur noch fünf Meter. Zwei Schritte und er könnte sich die Waffe und die Frau schnappen und sie vielleicht beide retten.

„Ich habe jede Menge Verbrechen begangen", gab Wren zu. „Habe einen Haufen Leute umgebracht. Meine Familie belogen. Meine Kinder. Ich habe die Pyramide überlebt, wohingegen tausend andere das nicht haben."

Ackers Lippen verzogen sich zu einem Grinsen. „Ah ja, die Pyramide. Dein Vater ist ein großer Mann, Pequeño 3."

Vier Meter. „Nicht 'ist', Richard, 'war'. Er ist vor fünfundzwanzig Jahren gestorben."

Ackers Grinsen wurde breiter. „Bist du dir da so sicher? Vielleicht ist er ja jetzt gerade bei deiner Familie. Vielleicht bemalt er sie mit Napalm und zündet ein Streichholz an."

Wrens Herz setzte einen Schlag aus. „Du hast absolut keine Ahnung, wovon du da redest. Du bluffst doch nur."

„Was für ein Bluff soll das sein? Dass ich ihm verraten habe, wo sie sich aufhalten? Sieh dir doch nur mal an, was ich alles auf die Beine gestellt habe, Mann, bin ich jemand, der blufft?"

Drei Meter. Wren machte sich bereit, um sich auf Acker zu stürzen und ihn zu packen, aber plötzlich schubste er die Frau auf Wren zu und sprang nach hinten, durch den zerborstenen Türrahmen und geradewegs in die lodernden Flammen.

„Ich hätte die Pyramide geliebt", schrie er über das Tosen des Feuers hinweg, während rote und orangefarbene Zungen an seiner Kleidung leckten. „Ich wäre durch die Straßen gelaufen, während all diese Körper verbrannt sind, und wäre dankbar gewesen. Weißt du noch, wie sich das angefühlt hat, Christopher?"

Wren fing die Frau auf und schritt an ihr vorbei, wobei er gegen die sengende Hitze des Feuers blinzeln musste. „Ich erinnere mich, dass ich entkommen bin, Richard. Ich habe überlebt, und das kannst du auch."

Er drang immer weiter vor und streckte seine Hand aus, aber Acker war einfach zu schnell.

Er hüpfte drei Schritte tiefer in das Inferno, das um ihn herum tobte. „Niemand ist der Pyramide entkommen, Christopher Wren! Dein Vater hat mir erzählt, wie du sie alle umgebracht hast."

Wren musste beide Hände hochhalten, um seine Augen vor der glühenden Hitze zu schützen. „Wen umgebracht?"

„Ich weiß doch, dass du sein Liebling warst", rief Acker, während das Feuer an seinem goldenen Haar hochleckte. „Wie du jeden einzelnen der Tausend mit Napalm eingepinselt und das Streichholz angezündet hast, und er war so stolz. Weißt du noch, wie sich das angefühlt hat?"

Plötzlich tauchten Bilder vor Wrens Augen auf: Feuer überall, sowohl in der Vergangenheit als auch in der Gegenwart. Er sah sich selbst, wie er die Bandenmitglieder unter der Brücke in Chicago in Brand gesteckt hatte, und dann sah er eine lange Schlange von Leuten in der Wüste, die darauf gewartet hatten, gesalbt zu werden, während der kleine Pequeño 3 den Pinsel gehalten und ihn in das Fass mit dem beißenden Napalm getaucht hatte.

Er schüttelte den Kopf.

„Das ist nie passiert", brummte er und warf sich direkt in die Feuersbrunst, aber seine Hände trafen nur auf leere Luft.

Nun stand der Alpha der Saints mit ausgebreiteten Armen in der Mitte der Lobby und wurde von den Flammen verschlungen.

„Eines Tages wirst du die Schönheit sehen!", rief er, als das Feuer ihn verzehrte. „Weißt du eigentlich, dass diese Leute einen Vermerk in meine Akte hinterlassen haben, Bruder, um zu zeigen, wie schwach ich war? Sie haben mich herumgereicht wie einen Gegenstand. Wo warst du damals?"

Wren sprang zurück, als Ackers Körper zu einer lodernden Flammensäule wurde.

„Sieh zu, dass man Songs über mich schreibt", schrie seine Stimme aus dem Höllenschlund. „Größer als Manson!"

Dann war er verschwunden.

Das Feuer verschlang ihn vollständig, leckte über seinen gebräunten Kopf und sein goldenes Haar und ließ ihn wie eine Wachsfigur schmelzen.

Wren wich mit brennenden Augen zurück, an der Frau vorbei und über die Brücke, bis er am Rand der Stufen fast hinfiel.

Schweiß durchtränkte ihn. Beide Beine zitterten. Alte Dämonen tanzten in den Flammen, wo Richard Acker verschwunden war; längst begrabene Erinnerungen.

Da sah er wieder seine kleinen Hände, die den Pinsel gehalten und die Gesichter und die Brust seiner ganzen Familie bemalt hatten, und wie sein Feuerzeug immer wieder ihre Haut berührt hatte, während sein Vater stolz dabei zugesehen hatte.

Hatte sich das tatsächlich so zugetragen?

War er derjenige gewesen, der die Pyramide tausendfach verbrannt hatte?

Er klammerte sich an das Geländer und drehte sich benommen um.

Auf dem Parkplatz wimmelte es von Fahrzeugen. Vom Rauch geschwärzte Leute strömten von dem Gebäude weg, während andere mit Wasser und Verbänden herbeieilten.

Acker war tot. Es war vorbei.

Da meldete sich das Handy in seiner Hand. Wren betrachtete es wie betäubt: eine Nachricht von Director Humphreys.

EIN NACHRICHTENHUBSCHRAUBER HAT DAS ALLES AUFGENOMMEN, CHRISTOPHER. ES WIRD ÜBERALL VERBREITET. DIE SAINTS HABEN SICH BEREITS ZURÜCKGEZOGEN.

Wie gut, dachte er. Es war schwer, einen klaren Gedanken zu fassen. Er wandte sich um und sah die junge Frau über dem Graben stehen, schwindlig und offensichtlich zutiefst unter Schock.

Wren eilte auf sie zu und fing sie auf, bevor sie in den Graben stürzen konnte.

„Schon gut", beruhigte er sie, nahm sie in den Arm und lief die Treppe hinunter, auf den Parkplatz und in Richtung der sich zusammendrängenden Zivilisten. „Alles in Ordnung, du bist in Sicherheit, versprochen."

50

ERNTE

Einige Zeit später kam Wren wieder zu sich, verschmiert mit Ruß und Blut, nachdem die Rettungsaktion abgeschlossen war und alle Leute in Sicherheit waren. Er hatte nur noch verschwommene Erinnerungen an die letzten Stunden; nur, dass er sie alle durchgestanden hatte.

Trotz des dichten Rauchs kamen die Leute noch über eine Stunde lang durch das Treppenhaus nach unten. Leute liefen im ersten Stock herum und suchten nach einem Weg nach unten, und die Hunde hielten mit ihren gesenkten Waffen nach jemandem Ausschau, dem sie sich ergeben konnten.

Wren hatte alles getan, was er konnte. Hatte an der Seite von Bikern in Lederjacken, Arbeitern in Warnwesten und Geschäftsleuten in schicken Anzügen versucht, Verletzte wiederzubeleben. Ruß und Blut zeichneten sie alle aus und machten sie alle gleich.

Jetzt stand er am Ufer des Mississippi und sah das Wasser vorbeifließen, während er immer noch die Nachwirkungen der Flammen vor Augen hatte. Er wusste nicht, was er da sah, ob es echte oder erfundene Erinnerungen waren.

Das wusste er einfach nicht.

Da klingelte sein Handy. Er hob es ab und stöhnte auf, als er den Anrufer sah. Niemand, den er erwartet hatte. Er ging ran. „Ja."

„Chris? Bist du das?"

Es war Charlie, sein Schwiegervater. Er klang griesgrämig und verärgert.

„Ja doch", antwortete Wren und hielt die Hand vor den Hörer, während Krankenwagen unter Sirengeheul die letzten Verletzten wegbrachten.

„Sie hat mich gebeten, dich anzurufen", meinte Charlie. „Loralei."

Wren knurrte. Er erinnerte sich, dass Acker etwas Anderes behauptet hatte. „Geht es ihr denn gut? Geht es den Kindern gut?"

„Es geht ihnen gut. Alles in Ordnung. Aber sie sehen sich gerade die Anschläge dort drüben an. Wie wir alle, es läuft ja auf jedem Nachrichtensender. Wir haben auch den Showdown mit diesem Wahnsinnigen auf der Brücke gesehen." Er hielt inne, und ein langer Augenblick verging. Wren stellte sich vor, wie Charlie in seinem Sessel saß, in seinem Haus am Stadtrand von London, und dort ein völlig anderes Leben führte. Ein Seufzer kam über die Leitung. „Wir haben dich gesehen, Chris."

Wren sagte nichts. Eine Flutwelle der Erleichterung durchfuhr ihn, die so stark war, dass er einen Augenblick nur noch silberne Flecken sah. Im Eifer des Gefechts hatte er Ackers Drohung gegen seine Kinder völlig vergessen. Hatte seine Familie völlig vergessen.

„Alles, was du getan hast", fuhr Charlie fort, bevor Wren etwas sagen konnte, „spricht für dich, Chris. Überall hast du deine Spuren hinterlassen. Wir sehen, wie sehr du dafür gekämpft hast."

Charlies Tonfall verriet ihm, wo das alles hinführte. Er klang nicht besonders glücklich. Eher resigniert. Warum sonst hatte Loralei ihn nicht selbst angerufen?

„Aber sie lässt mich die Kinder trotzdem nicht sehen, nicht wahr?"

Einen Augenblick lang herrschte Schweigen. „Das sind zwei völlig unterschiedliche Dinge, oder?", erwiderte Charlie. „Auf der einen Seite ist sie natürlich mächtig stolz. Wie wir alle. Du hast heute eine Menge Leute gerettet, nicht wahr? Aber nach dieser Aktion bist du ein noch größeres Ziel geworden, als du vorher schon warst. Für Verrückte, für die Feinde deines Landes, für wen auch immer. Das bedeutet, dass auch Loralei und die Kinder wegen dir zur Zielscheibe werden, oder nicht? Eigentlich hat sich überhaupt nichts geändert. Wenn überhaupt, dann ist es nur schlimmer geworden."

Schlimmer geworden. Wren wusste nicht, was er darauf sagen sollte.

„Gib ihr noch einen Monat", schlug Charlie vor. „Darum bittet sie. Und wir auch. Lass Gras über die Sache wachsen."

Wren dachte darüber nach. Er dachte an die Bilder, die er in den Flammen gesehen hatte. „Nein."

„Nein?"

„Nein. Es sind meine Kinder, Charlie. Nicht deine. Sie gehören nicht nur zu Loralei. Sie gehören auch zu mir."

„Tu das nicht!", mahnte Charlie. „Es sei denn, du möchtest, dass die Sache vor Gericht geht. Dann kriegst du nach mehr als einem Jahrzehnt voller Lügen kein Bein mehr auf den Boden, nicht wahr?" Er atmete beruhigend ein. „Wie ich schon gesagt habe, warte einfach noch einen Monat, Junge. Das ist das Beste für alle."

Das Beste für alle.

Nun musst du auch die Ernte einfahren

Wren legte auf, dann ließ er sich am Ufer des Flusses nieder und betrachtete das vorbeifließende Wasser.

51

FAMILIENMENSCH

DREI TAGE später saß Wren an Teddys Bett im Abbot Northwestern Hospital, nachdem sein Bein genäht und verbunden war und seine Verbrennungen behandelt worden waren.

Teddy lag im Koma. In seiner Krankenakte stand, dass es sich um ein künstliches Koma handelte, um seinem Gehirn Gelegenheit zur Heilung zu geben. Sein Kopf war gründlich bandagiert, aber an den Seiten seiner Kopfhaut waren die Nähte zu sehen, wo er operiert worden war.

Wren ergriff seine Hand. Sie war schlaff.

Schläuche führten flüssige Nahrung in seine Nase. Eine Kanüle mündete in seiner linken Ellenbeuge und versorgte ihn über einen Infusionsbeutel mit Narkosemitteln. Ein weiterer Schlauch verschwand in seinem Hals und unterstützte seine Lunge. Sein Puls piepte auf dem Monitor in der Nähe. Schon jetzt wurden seine Bäckchen immer schmaler und er verlor etwas von seiner Körperfülle.

„Hast du das gemeint?", kam eine schroffe, verärgerte Stimme hinter ihm. „Als du davon gesprochen hast, dass er eine Raupe in einer Puppe ist?"

Wren drehte sich zu Cheryl um. Ihre Freudlosigkeit hinderte sie zwar daran, Glücksgefühle zu empfinden, nicht aber Wut, und jetzt war sie eindeutig stinksauer: Ihre Augen waren zusammengekniffen, die Lippen verzogen, und durch die schwarzen und blauen Flecken auf ihren Wangen schimmerte es rot.

„Es tut mir leid, was passiert ist", meinte Wren.

„Es tut dir leid", wiederholte sie. Auch ihr Kopf war mit einem Verband umwickelt. Wren hatte bereits festgestellt, dass man ihr beide Ohren wieder angenäht hatte. „Das hast du doch schon mal gesagt, oder? Bei Jib-Jab."

„Und das ist auch wahr. Es tut mir leid. Ich wollte nie, dass ihr zur Zielscheibe werdet."

Sie schnaubte: „Man hat mir gesagt, dass du hier bist. Am gleichen Ort wie wir. Aber es hat geheißen, ich könnte dich nicht sehen. An deiner Tür hat eine Wache gestanden."

Wren nickte, dann drehte sie sich um und betrachtete Teddy. So eingewickelt sah er tatsächlich ein bisschen aus wie ein Mann in einer Puppe. Der Gedanke daran machte ihn krank.

„Mit der Aktion habe ich mich selbst ins Fadenkreuz begeben. Und meine Familie auch. Ich hätte nie damit gerechnet, dass es so weit kommen würde."

„Dann solltest du in Zukunft gründlicher nachdenken", schnauzte Cheryl. „Du bist für uns verantwortlich. Das ist doch der Sinn der Stiftung, oder? Wir passen alle aufeinander auf."

Wren beobachtete, wie eine Maschine Teddys Lungen aufblähte und eine andere sein Blut durch den Körper pumpte. Nach solchen Schlägen auf den Kopf wusste man nie, wie viel man von der Person zurückbekommen würde, wenn überhaupt.

„Das stimmt", antwortete er leise. „Mehr oder weniger. Die Stiftung ist ein Gerüst. Sie hilft Menschen dabei, stärker zu werden, damit sie Verantwortung für sich selbst übernehmen können. Dorthin führt das System mit den Münzen."

Augenblicke vergingen. Dann schloss sich Cheryls Hand um seine. Sie drückte fest zu.

„Niemand schafft das allein, Chris", erklärte sie. „Diese Lektion habe ich gelernt. Und Teddy ist stark. Stärker, als er je gedacht hat." Ein Augenblick verging, in dem ihre Finger seine umschlossen. „Ich glaube, du hast Recht gehabt. Wenn er das überstanden hat, geht es ihm besser. Wie einem Schmetterling aus seiner Puppe."

Wren wandte sich ihr zu. Sie stand an seiner Seite. Der Ärger war immer noch da, aber jetzt wich er der Hoffnung. Er hatte selten Hoffnung in Cheryls Augen gesehen, und das rührte ihn.

„Das hoffe ich."

„Ich auch", stimmte Cheryl zu und tätschelte seine Hand. „Sei einfach ab jetzt vorsichtig, in Ordnung? Gib auf uns acht, Chris."

Er nickte. Sie berührte seine Wange und setzte sich dann an Teddys Seite. Dabei nahm sie seine Hand und hielt sie fest.

Wren stand noch eine Weile lang da und entfernte sich dann leise.

Bald saß er hinter dem Steuer eines anderen gemieteten Jeep Wrangler und verließ Minneapolis auf der I-94. Seine Gedanken drehten sich langsam, während er auf die Grenze zu Wisconsin zusteuerte.

Mit jedem heißen Pulsschlag in der Seite seines Oberschenkels kamen Erinnerungen hoch. Manchmal war er wieder in den Flammen mit dem Alpha, als der Mann ihm aus der Tiefe seinen Wahnsinn entgegengeschrien hatte. Die Verzweiflung in seinen Augen verschwamm mit der brennenden Hitze, und seine letzten Worte hallten in Wrens Ohren wider …

Irgendwann schaltete er das Radio ein und durchsuchte die Sender. Alle redeten nur noch über die Saints, selbst drei Tage später. Die Zahl der Toten lag bei etwa dreihundert, über das ganze Land verstreut. Viele von ihnen waren selbst Saints gewesen, als sich Bürger erhoben hatten, um ihre Mitbürger zu schützen.

Viele weitere Saints waren festgenommen worden, bevor sie überhaupt zuschlagen hatten können, und es wurde ein Massenprozess vor einem Bundesgericht anberaumt. Wren verfolgte die Geschichte aus der Ferne, als er weiterfuhr, Richtung Osten und Süden nach Delaware.

In Richtung seiner Kinder.

An diesem ersten Tag legte er nur ein paar hundert Kilometer zurück, bevor er in einem Motel anhielt. Er aß gut und schlief so gut wie seit Jahren nicht mehr, als wäre eine große Last von ihm genommen worden.

Am nächsten Tag fuhr er runter nach Indiana. Während die Stunden vergingen, verfolgte er die Foren der Stiftung im Darknet. Seine Mitglieder waren in ihren Münzgruppen aktiver als je zuvor und tauschten sich über den Orden, ihre Süchte und ihren Aufstieg in den verschiedenen Levels aus. Sie erzählten von vergangenen Fehlern und gegenwärtigen Verlockungen.

Das erfüllte ihn mit Stolz.

Am dritten Tag rief Dr. Ferat an. Wren fuhr gerade durch Ohio, als er abnahm.

„Doctor", meldete er sich.

„Christopher", erwiderte Dr. Ferat. „Es ist so schön, deine Stimme zu hören."

„Gleichfalls, Greylah. Ich stehe tief in deiner Schuld. Ohne deine Hilfe hätte ich das nicht geschafft. Deine Erkenntnisse über Vandenberg haben mich gerettet."

„Unsinn", widersprach Ferat, aber er konnte den Stolz in ihrer Stimme hören. „Es war mir ein Vergnügen, dir zu helfen. Und wie geht es dir?"

Das war eine schwierige Frage. Es gab viele mögliche Antworten, von denen Wren sich bei keiner wirklich sicher war. „Gut", antwortete er schließlich. „Ich denke viel nach."

„Worüber?"

„Über etwas, das Acker gesagt hat, bevor er ins Feuer gegangen ist."

„Und zwar?"

Wren biss die Zähne zusammen. Sobald er es aussprach, wurde es wahr, aber in seinem Kopf war es bereits wahr geworden. „Dass ich bei der letzten Verbrennung der Pyramide mit dabei war. Dass ich alle Leute mit Napalm bestrichen und angezündet habe."

Es herrschte eine lange Stille.

„Glaubst du, er hat die Wahrheit gesagt, Christopher? Kannst du dich an sowas erinnern? Du warst doch erst elf Jahre alt."

Wren seufzte: „Keine Ahnung. Vielleicht. Vereinzelt blitzen Fetzen auf. Vielleicht sind es Erinnerungen. Ich habe mit Sicherheit alles mitangesehen, das weiß ich, aber habe ich den Pinsel gehalten? Habe ich sie angezündet?" Seine Finger krallten sich so fest um das Lenkrad, dass die Knöchel weiß wurden. „Das weiß ich einfach nicht."

Die Stille dehnte sich aus. Wren hörte Dr. Ferat atmen. Er wartete.

„Falsche Erinnerungen sind durchaus möglich", antwortete sie. „Es ist aber auch denkbar, dass du tatsächlich getan hast, was Acker behauptet hat. Doch beides ändert nichts an dem Mann, der du heute bist. Du bist elf gewesen, und dein Vater war der fieseste und geschickteste Manipulator in der amerikanischen Geschichte. Du hast überhaupt keine Chance gehabt."

Wren stöhnte. Vielleicht half das. Aber vielleicht war das auch bloß eine Ausrede.

„Aber, wenn es wahr ist, woher hat Acker davon gewusst?", fuhr Ferat fort. „Ich habe alle Unterlagen zu deiner Geschichte durchgesehen und alle besagen, dass du der einzige Überlebende warst. Es gibt niemanden, der ihm das hätte verraten können."

Wren atmete langsam ein. „Er hat gemeint, es war mein Vater. Der Apex. Er hat behauptet, dass er noch am Leben ist und dass er vielleicht sogar meine Kinder holen kommt."

Wieder herrschte langes Schweigen. „Ich habe etwas gefunden, Christopher", antwortete sie schließlich. „Ich hatte das schon verdrängt, aber jetzt könnte es von Bedeutung sein. Es war in den digitalen Aufzeichnungen von Acker, die aus dem Whipple Building geborgen worden sind."

Wren knirschte mit den Zähnen. „Was hast du gefunden?"

„In Ackers Akte war ein bestimmtes Zeichen eingetragen. Ein bekanntes Symbol, das gestörte Leute einsetzen, um ein schwaches Ziel zu kennzeichnen."

Wren spürte, wie sich die Welt um ihn herum zusammenzog. „Davon hat er gesprochen, von einem Symbol in seiner Akte. Was ist es denn?"

„Es wird die 'Blaue Fee' genannt. Wie die Figur aus dem Märchen von Pinocchio? Dieses Symbol hat dein Vater anscheinend auch während seiner Zeit bei der Pyramide benutzt. Um bestimmte Kinder zu kennzeichnen."

Das warf Wren zurück in die Vergangenheit. Er hielt den Wagen an und musste rechts ranfahren. Dabei betrachtete er den blauen Himmel, während ihm der kalte Schweiß den Rücken hinunterlief.

Erinnerte er sich daran? Das Symbol einer blauen Fee, das mit Kreide auf die Kojen seiner Brüder und Schwestern gezeichnet war. Vielleicht ja. Vielleicht hatte er es selbst in den Sand von Arizona gekritzelt, ohne wirklich zu wissen, was es zu bedeuten hatte.

„Willst du damit sagen, dass der Apex tatsächlich mit Acker verbunden war? Dass er noch am Leben sein könnte?"

„Schon möglich, Christopher." Sie holte tief Luft. „Es ist gelungen, Sinclair zu retten, und sie hat mit mir gesprochen. Ich habe mich beim FBI als Expertin für die Behandlung von Sektenopfern gemeldet. Sie hat mir erzählt, dass der Umfang von Ackers Ideen nicht seinem Charakter entsprochen hätte. Er war zwar gewalttätig und rachsüchtig, aber nicht gegenüber der ganzen Nation. Irgendjemand oder irgendetwas hat ihn radikalisiert. Vielleicht ja dein Vater."

Wren drückte so fest gegen das Lenkrad, dass es schon wehtat. „Vielleicht."

„Wir haben nur die Blaue Fee als Anhaltspunkt, aber es gibt einen Mythos über dieses Symbol im Darknet. Angeblich steht es für eine Vereinigung der reichsten und verkommensten Männer auf der Welt. Die können wir zur Strecke bringen."

„Ich nicht", erwiderte Wren schroff. „Ihr müsst das ohne mich durchziehen."

Ferat hielt inne. „Was? Christopher. Du …"

„Das bin ich meiner Familie schuldig. Ich bin raus, Doctor. Bei der CIA, bei der Stiftung, was auch immer ich tun muss. Meine Kinder sind das Wichtigste. Ich muss …"

„Jake und Quinn", unterbrach Ferat scharf. „Das sind die Namen deiner Kinder, richtig?"

Wren hatte ihr nie etwas über seine Kinder erzählt. „Woher weißt du das?"

„Es sind Aufzeichnungen in den Unterlagen von Acker gefunden worden. Ihre Namen, ihr Alter, Fotos, wo sie wohnen." Ein Augenblick verging. „Sie befinden sich irgendwo in Delaware und wohnen in einem Doppelhaus mit dem neuen Freund deiner Frau, richtig?" Es folgte eine Pause. „Tut mir leid, Christopher. Es scheint, dass deine beiden Kinder mit der Blauen Fee gekennzeichnet worden sind."

Das traf Wren wie ein Schlag ins Gesicht. Sein Herz raste in seiner Brust. Er würde alles tun, um seine Kinder zu beschützen.

„Sag mir alles, was du hast", forderte er und trat aufs Gas.

DER NÄCHSTE CHRIS WREN-THRILLER

Sie sind hinter seinen Kindern her. Da kennt er keine Gnade.
Der ehemalige CIA-Agent Chris Wren ist seit Monaten auf
der Jagd nach der Blauen Fee – einer Hackergruppe, die
Unschuldige im Darknet ausspioniert. Auch seine Kinder.
Nun wurde in Detroit jemand getötet und zwei wurden
entführt, und nur Wren ahnt, was das bedeutet.
Die Ratten kriechen aus ihren Löchern.
Während sich eine Armee der Blauen Feen erhebt und eine

dunkle neue Morgendämmerung über Amerika anbricht, müssen Wren und seine geniale Mitstreiterin Sally Rogers das Rennen gegen die Zeit gewinnen, um für echte Gerechtigkeit zu sorgen:

Keine Gnade für die Bösen.

JETZT VORBESTELLEN

VON MIKE

Vielen Dank, dass du Saint Justice gelesen hast – ich hoffe, dass es dir gefallen hat. Wenn du dir ein oder zwei Minuten Zeit nehmen würdest, um eine Rezension auf Amazon zu hinterlassen, wäre ich dir sehr dankbar. Rezensionen sind mir sehr wichtig, und ich lese jede einzelne. Außerdem würde ich dich sehr gerne in den Mike Grist Newsletter aufnehmen. Dann erfährst du als Erster, wann der nächste Thriller rund um Chris Wren oder Girl Zero erscheint.

www.subscribepage.com/christopher-wren

Mike Grist

Printed in Great Britain
by Amazon